Selma Lagerlöf
Die besten Geschichten

Selma Lagerlöf

Die besten Geschichten

Aus dem Schwedischen von Marie Franzos
und Pauline Klaiber-Gottschau

Anaconda

MIX
Papier | Fördert gute Waldnutzung
FSC® C014496
FSC www.fsc.org

Penguin Random House Verlagsgruppe FSC® N001967

Die Deutsche Nationalbibliothek verzeichnet diese Publikation in der Deutschen Nationalbibliografie; detaillierte bibliografische Daten sind im Internet unter http://dnb.d-nb.de abrufbar.

Umschlagmotiv: Adobe Stock / AnnaNenasheva
Umschlaggestaltung: www.katjaholst.de
Satz und Layout: InterMedia – Lemke e. K., Heiligenhaus
Druck und Bindung: GGP Media GmbH, Pößneck
Printed in Germany
ISBN 978-3-7306-1410-5
www.anacondaverlag.de

Inhalt

Der Luftballon

Vater und die Knaben sitzen an einem regnerischen Oktoberabend in einem Coupé dritter Klasse, auf der Fahrt nach Stockholm. Vater ist auf seiner Bank allein. Die Knaben sitzen ihm gegenüber, eng aneinander geschmiegt, und lesen einen Roman von Jules Verne, der den Titel führt: Sechs Wochen im Luftballon. Das Buch ist sehr abgegriffen. Die Knaben können es fast auswendig und haben endlose Diskussionen darüber geführt, aber sie lesen es immer wieder mit demselben Vergnügen, sie haben alles vergessen, um den kühnen Luftschiffern quer über Afrika zu folgen, und sie erheben nur selten den Blick vom Buche, um die schwedischen Landschaften zu betrachten, die sie durchfahren.

Die Knaben sehen einander sehr ähnlich. Sie sind von gleicher Größe, gleich gekleidet – in graue Überröcke und blaue Schulmützen –, sie haben alle beide große träumerische Augen und kleine Stumpfnasen. Sie sind immer gut Freund, gehen immer miteinander, kümmern sich nicht um andre Kinder und sprechen immer von Erfindungen und Entdeckungsfahrten. Der Begabung nach sind sie recht verschieden geartet. Lennart, der ältere, der dreizehn Jahre zählt, kommt in der Schule schwer vorwärts, und er kann kaum in irgendeinem Gegenstande mit seiner Klasse Schritt halten. Dafür ist er aber sehr geschickt und unternehmungslustig. Er will Erfinder werden und beschäftigt sich beständig damit, eine Flugmaschine zu konstruieren. Hugo ist ein Jahr jünger als Lennart, aber er begreift leichter und ist schon in derselben Klasse wie der Bruder. Auch er interessiert sich nicht besonders für das Lernen, hingegen ist er ein großer Sportsmann: Skiläufer, Radfahrer und Eisläufer. Wenn er erwachsen ist, will er auf Entdeckungsreisen gehen. Sobald Lennarts Flugmaschine fertig ist, wird Hugo damit ausfliegen, um zu entdecken, was von der Welt noch zu entdecken übrig ist.

Vater ist ein großgewachsener Mann mit eingesunkner Brust, fahlem Gesicht und schmalen, schönen Händen. Er ist nachlässig gekleidet. Seine Hemdbrust ist zerknittert, der Rockaufhänger guckt am Halse hervor, die Weste ist schief geknöpft, und die Strümpfe sind herabgerutscht. Er trägt das Haar so lang, dass es auf den Rockkragen hängt, dies jedoch nicht aus Nachlässigkeit, sondern aus Geschmack und Gewohnheit.

Vater stammt aus einem alten Spielmannsgeschlecht, weit her aus dem Bauernland, und er hat als sein besondres Erbteil zwei starke Anlagen mitbekommen. Die eine Anlage ist eine große musikalische Begabung, und sie trat als Erstes zutage. Er besuchte die Akademie in Stockholm, studierte dann ein paar Jahre im Ausland und machte in diesen Studienjahren so glänzende Fortschritte, dass er selbst und seine Lehrer erwarteten, es würde ein großer, weltberühmter Violinspieler aus ihm werden. Er hätte sicherlich Talent genug gehabt, dieses Ziel zu erreichen, aber es fehlte ihm an Kraft und Ausdauer. Er konnte sich draußen in der Welt keine Stellung erkämpfen, sondern kam gar bald heim und nahm einen Organistenposten in einer Provinzstadt an. Anfangs schämte er sich wohl, dass er allen den in ihn gesetzten Erwartungen nicht entsprochen hatte; aber er empfand es auch angenehm, einen sichern Lebensunterhalt zu haben und nicht mehr die Barmherzigkeit fremder Leute in Anspruch nehmen zu müssen.

Kurz nachdem er die Stelle bekommen hatte, heiratete er; und einige Jahre lang war er mit seinem Lose ganz zufrieden. Er hatte ein schönes kleines Heim, eine frohe und glückliche Frau und zwei kleine Jungen, und er war der Liebling der ganzen Stadt, überall gesucht und gefeiert. Aber dann war eine Zeit gekommen, wo dies alles ihn nicht mehr zu befriedigen schien. Er sehnte sich danach, noch einmal in die Welt hinauszuziehen und sein Glück zu versuchen, doch fühlte er sich verpflichtet, daheim zu bleiben, weil er nun Weib und Kind hatte.

Vor allem war es die Frau, die ihn überredet hatte, von dieser Reise abzustehen. Sie glaubte, dass es ihm nicht besser glücken werde als das erste Mal. Sie meinte, sie seien so glücklich, dass er nichts andres zu erstreben brauche. Damit beging sie sicher einen Fehler, aber sie musste ihn auch schwer genug büßen; denn von der Zeit an kam der zweite Familienzug bei dem Manne zum Vorschein. Da er seine Sehnsucht nach Ruhm und Erfolg nicht stillen konnte, suchte er sich mit dem Trinken zu trösten.

Und es ging ihm nun so, wie es den Menschen aus seiner Familie zu gehen pflegte: Er trank ohne Besinnung und ohne Maß und kam binnen Kurzem ganz herunter. Er wurde allmählich ein ganz andrer Mensch als zuvor. Er war nicht mehr liebenswürdig und einnehmend, sondern böse und hart. Und das größte Unglück war, dass er einen furchtbaren Hass gegen seine Frau fasste und sie in jeder möglichen Weise quälte, wenn er betrunken war – und auch sonst.

Die Knaben hatten also kein gutes Heim gehabt, und ihre Kindheit wäre sehr unglücklich gewesen, hätten sie sich nicht eine kleine Welt für sich selbst geschaffen, voll von Maschinenmodellen, Entdeckungsplänen und Abenteuerbüchern. Die Einzige, die zuweilen einen Blick in diese Welt werfen durfte, war Mutter. Vater hatte nicht einmal eine Ahnung, dass sie existierte; und auch jetzt vermag er mit den Knaben über nichts zu sprechen, was sie interessiert. Er stört sie einmal ums andre, wenn er fragt; er fragt, ob es nicht schön wäre, Stockholm kennenzulernen, und ob sie sich nicht freuten, mit Vater zu reisen, und dergleichen mehr. Sie antworten sehr kurz, um sich augenblicklich wieder in das Buch zu vertiefen. Vater jedoch fragt weiter. Er glaubt, dass die Knaben von seiner Liebenswürdigkeit sehr entzückt sein müssten und nur zu schüchtern wären, es zu zeigen.

»Die haben zu lange an Mutters Schürzenband gehangen«, denkt er. »Sie sind ängstlich und zimperlich geworden. Das wird jetzt anders werden, wenn sie in meine Hand kommen.«

Aber Vater täuscht sich. Dass die Knaben ihm so kurze Antworten geben, kommt nicht von der Schüchternheit, sondern bedeutet nur, dass sie wohlerzogen sind und ihn nicht verletzen wollen. Wenn es nicht so wäre, würden sie ganz anderes antworten. »Warum sollten wir es schön finden, mit Vater zu reisen?«, würden sie dann sagen. »Vater glaubt freilich, etwas ganz Besondres zu sein, aber wir sehen ja, dass er nur ein verkommner Schwächling ist. Und warum sollten wir uns darauf freuen, Stockholm kennenzulernen? Wir wissen sehr gut, dass Vater uns nicht mitgenommen hat, um uns eine Freude zu machen, sondern nur, um Mutter zu kränken.«

Es wäre klüger, wenn Vater die Knaben lesen ließe, ohne sie zu stören. Sie sind niedergeschlagen und ängstlich, und es reizt sie, dass er so guter Laune ist. »Nur weil er weiß, dass

Mutter daheim sitzt und weint, ist er heute so vergnügt«, flüstern sie einander zu.

Vaters Fragen bringen es schließlich dahin, dass die Knaben nicht mehr lesen, obgleich sie noch immer über das Buch gebeugt dasitzen. Anstatt dessen beginnen ihre Gedanken mit großer Bitterkeit um alles zu kreisen, was sie um Vaters willen haben leiden müssen.

Sie erinnern sich, wie sich Vater einmal am helllichten Tage betrunken hatte und über die Straße getorkelt kam, von einer Menge Schuljungen verfolgt, die ihn ausspotteten. Sie rufen sich zurück, wie die andern Jungen sie gehänselt und ihnen Spitznamen gegeben haben, weil sie einen Vater hatten, der trank. Sie haben sich für Vater schämen müssen, sie mussten seinetwegen in beständiger Angst leben; und sowie sie irgendeinen Spaß hatten, ist er dazwischen gekommen und hat ihnen das Vergnügen verdorben. Es ist kein kleines Sündenregister, das sie aufstellen. Die Knaben sind sehr sanftmütig und geduldig, aber sie fühlen einen Groll in sich aufsteigen, der stärker und stärker wird. Er hätte doch begreifen müssen, dass sie ihm die große Enttäuschung nicht verzeihen konnten, die er ihnen gestern bereitet hatte. Das war doch das Ärgste, was er ihnen noch angetan hatte.

Die Sache war nämlich die, dass die Mutter der Knaben sich im vorigen Frühling entschlossen hatte, sich von deren Vater zu trennen. Mehrere Jahre lang hatte der Mann sie auf jede erdenkliche Art verfolgt und gepeinigt, doch sie hatte sich nicht von ihm trennen wollen, sondern war bei ihm geblieben, damit er nicht völlig verkomme. Aber jetzt endlich wollte sie es um der Knaben willen tun. Sie hatte beobachtet, dass der Vater sie unglücklich machte; und sie meinte, sie müsse sie diesem Elend entziehen und ihnen ein gutes, friedliches Heim schaffen.

Als das Frühlingssemester zu Ende war, hatte sie die Knaben aufs Land zu ihren Eltern geschickt und war selbst ins Ausland gereist, um so aufs Einfachste die Scheidung zu erlangen. Es war ihr freilich nicht recht gewesen, dass es dadurch den Anschein gewann, als ob die Ehe durch ihr Verschulden gelöst würde; aber dem hatte sie sich unterwerfen müssen. Noch weniger zufrieden war sie damit, dass die Knaben vom Gerichte dem Vater zugesprochen wurden, weil sie eine entlaufne Ehefrau wäre. Sie tröstete sich freilich damit, dass er unmöglich die Absicht haben könnte, die Kinder zu behalten; aber sie hatte doch keine rechte Ruhe mehr.

Sobald die Scheidung durchgeführt war, war sie zurückgekommen und hatte eine Wohnung gemietet, in der sie mit den Knaben leben wollte. Erst vor zwei Tagen hatte sie alles fertig gehabt, sodass die Knaben zu ihr übersiedeln konnten. Es war der glücklichste Tag, den die Kinder noch erlebt hatten. Die ganze Wohnung bestand aus einem großen Zimmer und einer großen Küche, aber alles war neu und fein, und Mutter hatte es so außerordentlich behaglich eingerichtet.

Das Zimmer sollte Mutter und ihnen tagsüber als Arbeitsraum dienen, und nachts sollten die Knaben da schlafen. Die Küche war sehr niedlich und hell. Da würden sie essen. Und in einem kleinen Verschlag hinter der Küche hatte Mutter ihr Bett.

Mutter hatte ihnen gesagt, dass sie sehr arm sein würden. Sie hatte eine Stelle als Gesanglehrerin an der Mädchenschule bekommen; aber dies war auch alles: Davon mussten sie leben. Sie waren nicht in der Lage, sich ein Dienstmädchen zu halten, sondern mussten sich allein behelfen. Die Knaben waren über das Ganze in hellstem Entzücken; vor allem darüber, dass sie mit angreifen durften. Sie erboten sich, Holz und Wasser zu tragen. Sie wollten die Schuhe putzen und die Betten machen. Es war ein rechter Spaß, sich das alles auszudenken.

Eine Kammer war da, wo Lennart alle seine Maschinen aufheben konnte. Er selbst sollte den Schlüssel dazu haben, und kein andrer als Hugo und er sollten sie je betreten dürfen.

Aber nur einen einzigen Tag durften die Knaben bei Mutter glücklich sein. Dann hatte ihnen Vater die Freude verdorben, wie er es stets getan hatte, solange sie sich zurückerinnern konnten. Mutter hatte ihnen erzählt, sie habe gehört, dass Vater eine Erbschaft von einigen tausend Kronen gemacht hätte; er habe seine Stellung gekündigt und wolle nun nach Stockholm ziehen. Mutter und sie hatten sich sehr darüber gefreut, dass er die Stadt verließ, sodass sie ihm nicht mehr auf der Straße zu begegnen brauchten. Aber dann war einer von Vaters Freunden mit der Botschaft zu Mutter gekommen, dass Vater die Knaben nach Stockholm mitnehmen wolle.

Mutter hatte geweint und gefleht, ihre Knaben behalten zu dürfen, aber Vaters Abgesandter hatte geantwortet, dass Vater fest entschlossen sei, die Knaben in seine Obhut zu nehmen. Wenn sie nicht gutwillig kämen, würde er sie durch die Polizei holen lassen. Er sagte, Mutter solle doch das Scheidungsurteil durchlesen, da stünde es ja deutlich, dass die Knaben dem Vater gehörten. Und das wusste Mutter ja auch. Das ließ sich nicht leugnen.

Vaters Freund hatte viele schöne Dinge gesagt: Vater liebe seine Jungen und wolle sie deshalb für sich haben. Aber die Knaben wussten, dass Vater sie einzig und allein fortschleppte, um Mutter zu quälen. Er hatte sich das ausgedacht, damit Mutter an der Trennung von ihm keine Freude hätte. Das Ganze war nur Rache und Bosheit.

Aber Vater hatte seinen Willen durchgesetzt, und hier waren sie nun auf dem Wege nach Stockholm. Und ihnen gegenüber saß Vater und freute sich, dass er Mutter unglücklich gemacht hatte. Mit jedem Augenblick, der verging, wurde ihnen der Gedanke, dass sie bei Vater bleiben und mit ihm leben müssten, immer widerwärtiger. Waren sie denn völlig in seiner Gewalt? Gab es keine Rettung?

Vater hat sich in seine Ecke zurückgelehnt, und nach einem Weilchen schlummert er ein. Sogleich beginnen die Knaben sehr lebhaft miteinander zu flüstern. Es wird ihnen nicht schwer, einen Entschluss zu fassen. Den ganzen Tag haben sie, jeder für sich, nur daran gedacht, durchzubrennen.

Sie verabredeten, sich auf die Plattform zu schleichen und aus dem Zuge zu springen, wenn er gerade durch einen großen Wald führe. Dann würden sie sich an einem versteckten Plätzchen im Wald eine Hütte bauen und dort allein leben, ohne sich irgendeinem Menschen zu zeigen.

Während die Knaben diese Pläne schmieden, bleibt der Zug an einer Station stehen, und eine Bäuerin, die ein kleines Kind an der Hand führt, steigt in das Coupé. Sie ist schwarz gekleidet, trägt ein Kopftuch und sieht gut und freundlich aus. Sie zieht dem Kleinen das Oberröckchen aus, das vom Regen nass geworden ist, und wickelt ihn in einen Schal. Dann zieht sie ihm die Schuhe ab, trocknet die kalten Füßchen, sucht aus einem Bündel Strümpfe und Schuhe hervor und legt sie ihm an. Schließlich steckt sie ihm ein Bonbon zu und legt ihn auf die Bank, den Kopf auf ihrem Schoße, damit er einschlafe.

Bald wirft der eine, bald der andre Knabe einen Blick auf die Bäuerin, die sich mit ihrem Kinde beschäftigt. Diese Blicke werden immer häufiger, und plötzlich haben die Knaben, beide zugleich, Tränen in den Augen. Nun sehen sie nicht mehr auf, sondern halten die Augen hartnäckig niedergeschlagen.

Es ist, als wäre zugleich mit der Bäuerin noch jemand anders, der für alle, außer für die Knaben, unsichtbar und unmerkbar ist, in den Wagen gekommen. Und dieser andre ist – Mutter. Die Knaben haben das Gefühl, dass sie gekommen sei und sich zwischen sie gesetzt und ihre Hände ergriffen habe, wie sie es noch gestern Abend tat, als es sich entschied, dass sie reisen müssten; und sie spricht ebenso zu ihnen wie damals: »Ihr müsst mir versprechen, dass ihr Vater meinetwegen nicht gram sein werdet. Vater hat es mir nie verzeihen können, dass ich ihn gehindert habe, fortzureisen. Er meint, dass es meine Schuld sei, wenn nichts aus ihm geworden ist, und wenn er trinkt. Er kann mich nie genug strafen. Aber ihr dürft ihm deshalb nicht böse sein. Da ihr jetzt mit Vater leben sollt, müsst ihr mir versprechen, gut gegen ihn zu sein. Ihr dürft ihn nicht reizen, ihr müsst auf ihn achten, so gut ihr könnt. Das müsst ihr mir versprechen; sonst weiß ich gar nicht, wie ich euch ziehen lassen soll.«

Und die Knaben hatten es versprochen.

»Ihr dürft euch nicht von Vater fortschleichen! Versprecht mir das!«, hatte Mutter gesagt.

Das hatten sie auch versprochen.

Die Knaben sind zuverlässig, und in demselben Augenblick, wo sie daran dachten, dass sie Mutter dieses Versprechen gegeben haben, lassen sie alle Fluchtgedanken fahren. Vater schläft noch immer, aber sie bleiben geduldig auf ihren Plätzen sitzen. Mit verdoppeltem Eifer fangen sie wieder zu lesen an, und ihr Freund, der gute Jules Verne, führt sie bald aus ihren Sorgen in die Wunderwelt Afrikas.

*

Weit draußen in der Södervorstadt hatte Vater zwei Zimmer zu ebner Erde gemietet, mit der Aussicht in einen engen Hof. Die Wohnung ist schon lange in Gebrauch, sie ist von einer Familie auf die andre übergegangen, ohne je instand gesetzt zu werden. Die Tapeten haben eine Unmenge Risse und Flecken, die Decken sind verrußt, ein paar Fensterscheiben sind zerbrochen, und der Küchenboden ist so ausgetreten, dass er ganz holperig geworden ist. Ein paar Dienstmänner haben die Möbel vom Bahnhof geholt, sie in die Zimmer getragen und sie da kunterbunt stehen lassen. Vater und Knaben sind jetzt dabei, auszupacken. Vater steht mit hocherhobener Axt da, um eine Kiste zu öffnen. Die Knaben packen aus einer andern Kiste Glas und Porzellan und stellen es in den Wandschrank. Sie sind geschickt und arbeiten eifrig, aber Vater hört nicht auf, sie zur Vorsicht zu mahnen, und verbietet ihnen, mehr als ein Glas oder einen Teller auf einmal zu tragen. Inzwischen geht es mit Vaters eigner Arbeit nicht recht vorwärts. Seine Hände sind zittrig und kraftlos, und er ist schon ganz schweißbedeckt, ohne den Deckel von der Kiste losbekommen zu können. Er legt die Axt nieder, geht um die Kiste herum und fragt sich, ob sie vielleicht verkehrt stehe. Da nimmt einer der Knaben die Axt und fängt an, sie anzustemmen, doch Vater stößt ihn fort. Lennart werde doch nicht glauben, dass er den Deckel aufbringen könne, wenn Vater selbst es nicht zustande bringe? »Nur ein geübter Arbeiter kann diese Kiste öffnen«, sagt Vater und nimmt Hut und Rock, um den Hausknecht zu holen.

Kaum ist Vater zur Türe hinaus, als ihm etwas einfällt. Er begreift plötzlich, warum er keine Kraft in den Händen hat. Es ist noch früh am Vormittag, und er hat nichts zu sich genommen, was das Blut in Umlauf bringt. Wenn er in ein Café ginge und einen Kognak tränke, dann würde er seine Kraft wiederfinden und könnte sich ohne fremde Unterstützung behelfen. Das ist viel besser, als den Hausknecht zu holen.

Vater geht also auf die Straße, um ein Café zu suchen. Als er in die kleine Hofwohnung zurückkehrt, ist es acht Uhr abends.

In Vaters Jugend, als er noch auf die Akademie ging, hatte er in der Södervorstadt gewohnt. Er war damals Mitglied eines Doppelquartetts gewesen, das hauptsächlich aus Kontoristen und kleinen Kaufleuten bestand und in einem Keller in der Nähe von Mosebacke seine Zusammenkünfte abzuhalten pflegte. Vater hatte nun Lust bekommen, nachzusehen, ob dieser kleine Keller noch existiere. Er war wirklich noch da, und Vater hatte das Glück gehabt, ein paar von den alten Freunden zu treffen, die da saßen und frühstückten. Sie hatten ihn mit größter Freude begrüßt, ihn zum Frühstück eingeladen und seine Ankunft in Stockholm auf die herzlichste Weise gefeiert. Als die Mahlzeit schließlich beendet war, hatte Vater heimgehen wollen, um seine Möbel auszupacken; doch die Freunde hatten ihn überredet, zu bleiben und mit ihnen zu Mittag zu essen. Und dies hatte sich so lange hinausgezogen, dass Vater nicht vor acht Uhr nach Hause gekommen war. Und es hatte ihn keine geringe Überwindung gekostet, sich zu so früher Stunde von der lustigen Gesellschaft loszureißen.

Als Vater heimkommt, sitzen die Knaben in der Dunkelheit, denn sie haben kein Zündholz. Vater hat ein Zündholzschächtelchen in der Tasche, und als er ein kleines Kerzenstümpfchen angezündet hat, das glücklicherweise mitgekommen ist, sieht er, dass die Knaben erhitzt und verstaubt sind, aber munter und vergnügt und augenscheinlich sehr zufrieden mit ihrem Tag. In dem Stübchen stehen die Möbel geordnet, die Kisten sind fortgeräumt, Stroh und Papierschnitzel fortgekehrt. Hugo macht gerade im ersten Zimmer die Betten für die Knaben. Das zweite Zimmer soll Vaters Schlafstube sein, und da steht sein Bett, mit so viel Sorgfalt gemacht, wie er sich's nur wünschen kann. Jetzt geht mit Vater ein eigentümlicher Umschwung vor. Als er heimkam, war er mit sich selbst unzufrieden gewesen, weil er sich von der Arbeit davongemacht und die Knaben ohne Speise und Trank zurückgelassen hatte. Aber jetzt, wo er sieht, dass sie guter Laune sind, und dass ihnen nichts abzugehen scheint, bereut er es, dass er ihrethalben seine Freunde verlassen hat; er wird reizbar und streitsüchtig.

Er sieht wohl, dass die Knaben stolz auf alle die Arbeit sind, die sie geleistet haben, und dass sie erwarten, von ihm gelobt zu werden; aber dazu ist er gar nicht geneigt. Er fragt vielmehr, wer dagewesen sei und ihnen geholfen habe, und bittet sie, sich gefälligst zu merken, dass man in Stockholm nichts geschenkt bekomme und der Hausknecht für alles, was er täte, bezahlt werden müsse. Die Knaben antworten, dass sie keine Hilfe in Anspruch genommen, sondern alles allein gemacht hätten, aber er hört nicht auf, zu zanken. Es sei unrecht von ihnen gewesen, die große Kiste zu öffnen. Sie hätten sich dabei etwas zuleide tun können. Er hätte ihnen doch verboten, sie zu öffnen. Sie hätten jetzt ihm zu gehorchen. Er sei für sie verantwortlich.

Er nimmt die Kerze, geht in die Küche und leuchtet in die Schränke. Der kleine Vorrat an Glas und Porzellan ist in guter Ordnung auf den Brettern aufgestellt. Er prüft alles haargenau, um Anlass zu weiterem Tadel zu finden.

Plötzlich erblickt Vater ein paar Überreste des Abendbrots der Knaben und beginnt sogleich zu zanken, weil sie Huhn gegessen haben. Woher sie sich das verschafft hätten? Ob sie wie die Prinzen zu leben gedächten? Ob sie sein Geld hinauswürfen, um Hühner zu essen? Dann fällt ihm ein, dass er ihnen ja kein Geld zurückgelassen hat. Er fragt, ob sie das Huhn gestohlen hätten, und gerät ganz außer sich.

Er spricht und ermahnt, zankt und tobt, aber jetzt bekommt er von den Knaben keine Antwort. Sie wollen ihm nicht sagen, woher sie das Huhn haben, sondern lassen ihn austoben. Und er hält ganze Reden, ganze Predigten, er erschöpft seine letzten Kräfte. Schließlich bittet und bettelt er.

»Ich beschwöre euch, sagt mir die Wahrheit! Ich will euch alles verzeihen, was ihr begangen haben mögt, wenn ihr mir nur die Wahrheit sagt.«

Jetzt können es die Knaben nicht länger aushalten. Vater hört einen prustenden Laut. Sie werfen die Decken ab und setzen sich auf, und er merkt, dass sie vor unterdrücktem Lachen ganz rot im Gesicht sind. Und während sie jetzt ungezügelt herauslachen, sagt Lennart, von beständigem Kichern unterbrochen: »Mutter hat uns doch ein Hühnchen in den Esskorb gelegt, den sie uns auf die Reise mitgegeben hat.« Vater richtet sich auf, sieht die Knaben an, will sprechen, findet aber keine passenden Worte. Er richtet sich noch majestätischer empor, sieht sie mit tiefster Verachtung an und geht ohne Weitres auf sein Zimmer.

*

Vater hat jetzt herausgebracht, wie geschickt die Knaben sind, und er benützt dies, um ein Dienstmädchen zu ersparen. Morgens schickt er Lennart in die Küche und lässt ihn Kaffee kochen, während Hugo den Frühstückstisch deckt und Brot vom Bäcker holt. Nach dem Frühstück setzt Vater sich auf einen Stuhl und sieht zu, wie die Knaben die Betten machen, die Zimmer kehren und die Öfen heizen. Er gibt unaufhörlich Befehle und kommandiert sie von einer Arbeit zur andern, nur um seine Macht zu zeigen. Wenn das Morgenaufräumen vorüber ist, geht er aus und bleibt den ganzen Vormittag weg. Das Mittagessen lässt er aus einer benachbarten Kochschule holen. Dann lässt Vater die Knaben für den Abend allein und verlangt von ihnen nichts andres, als dass sein Bett gemacht sei, wenn er heimkommt.

Die Knaben sind so fast den ganzen Tag allein und können sich beschäftigen, womit sie wollen.

Eine ihrer wichtigsten Arbeiten besteht darin, an Mutter zu schreiben. Sie bekommen von ihr jeden Tag einen Brief, und sie schickt ihnen Papier und Marken, damit sie ihr antworten können.

Mutters Briefe enthalten hauptsächlich Ermahnungen, artig gegen Vater zu sein. Sie schreibt immer, wie liebenswert Vater gewesen sei, als sie ihn kennenlernte, und sie erzählt ihnen, wie hochstrebend und arbeitsam er im Anfang seiner Laufbahn gewesen sei. Sie sollten zärtlich und liebevoll gegen ihn sein. Sie dürften nie vergessen, wie unglücklich er wäre. »Wenn Ihr so recht gut gegen Vater seid, dann hat er vielleicht Mitleid mit Euch und lässt Euch wieder nach Hause zu mir kommen«, schreibt Mutter.

Mutter erzählt, dass sie beim Pfarrer und beim Bürgermeister gewesen sei, um zu fragen, ob es nicht möglich wäre, die Knaben wiederzubekommen. Aber alle beide hätten ihr gesagt, dass es keinen Ausweg gebe. Die Knaben müssten bei ihrem Vater bleiben. Mutter wolle gern nach Stockholm übersiedeln, um ihre Jungen wenigstens ab und zu sehen zu können, aber alle Menschen rieten ihr, sich zu gedulden und noch zu warten. Sie glaubten, dass Vater die Knaben bald satt bekommen und sie wieder heimschicken werde. Mutter wisse nicht recht, was sie tun solle. Einerseits finde sie es schrecklich, dass ihre Knaben in Stockholm ohne irgendjemand lebten, der sich ihrer annehme; und andrerseits wisse sie: Wenn sie ihr Heim verließe und ihre Anstellung aufgäbe, könnte sie sie nicht bei sich aufnehmen und versorgen, falls sie frei würden. Aber zu Weihnachten werde Mutter auf jeden Fall nach Stockholm kommen und nach ihnen sehen.

Die Knaben schreiben und erzählen, was sie den ganzen Tag tun, Stunde für Stunde. Sie lassen Mutter wissen, dass sie Vater das Essen holen und ihm das Bett machen. Sie begreift, dass sie sich bemühen, ihr zuliebe gut gegen ihn zu sein, aber sie merkt, dass sie ihn nicht besser leiden können als früher.

Ihre kleinen Jungen scheinen immer einsam zu sein. Sie wohnen in einer großen Stadt, wo es von Menschen wimmelt, aber niemand fragt nach ihnen, niemand beachtet sie. Und vielleicht ist es noch am besten so. Wer weiß, in was sie hineingeraten könnten, wenn sie irgendwelche Bekanntschaften machten!

Sie bitten sie immer, sich ihrethalben keine Sorgen zu machen. Sie würden sich schon durchschlagen. Sie erzählen, dass sie sich die Strümpfe stopfen und die Knöpfe annähen. Sie deuten auch an, dass Lennart mit seiner Erfindung sehr weit gekommen sei, und sagen, dass alles gut sein werde, sowie die fertig wäre. Aber Mutter lebt in beständiger Angst. Tag und Nacht sind ihre Gedanken bei den Knaben. Tag und Nacht betet sie zu Gott, er möge über ihre kleinen Söhne wachen, die einsam in einer großen Stadt leben, ohne irgendjemand, der ihre Augen gegen die Lockungen der Verderbnis schützt und ihre jungen Herzen vor der Lust zum Bösen bewahrt.

*

Vater und die Knaben sitzen eines Vormittags in der Oper. Einer von Vaters früheren Kollegen, der der Hofkapelle angehört, hat ihn eingeladen, der Probe zu einem Symphoniekonzert beizuwohnen, und Vater hat die Knaben mitgenommen. Als das Orchester einsetzt und das Haus von den Tonwellen erfüllt wird, gerät Vater in so heftige Bewegung, dass er sich nicht beherrschen kann, sondern zu weinen anfängt. Er schluchzt, schnäuzt sich geräuschvoll und stöhnt einmal um das andre auf. Er legt sich gar keinen Zwang mehr an, sondern wird so laut, dass die Spielenden gestört werden. Ein Diener kommt und winkt ihm ab, darauf nimmt Vater die Knaben bei der Hand und schleicht sich ohne ein Wort des Widerspruchs hinaus, und den ganzen Heimweg hören seine Tränen nicht auf zu fließen.

Vater hat die Hände der Knaben in den seinen behalten und geht mit einem Jungen an jeder Seite einher. Plötzlich fangen auch die Knaben zu weinen an. Sie verstehen nun zum ersten Male, wie Vater seine Kunst geliebt hat. Es war entsetzlich für ihn gewesen, versoffen und verkommen dazusitzen und andre spielen zu hören. Es war ein Jammer, dass er nicht das geworden war, was er hätte werden sollen. Es war für Vater so, wie es für Lennart wäre, wenn er seine Flugmaschine nie fertigbrächte, oder für Hugo, wenn er keine Entdeckungsreise machen dürfte. Zu denken, dass sie einmal als untaugliche Greise dasitzen und sich zu Häupten prächtige Luftschiffe dahinbrausen sehen sollten, die sie weder erfunden hätten noch lenken dürften!

*

Die Jungen sitzen eines Vormittags daheim und haben ihre Bücher vor sich. Vater hat eine Notenrolle unter den Arm genommen und ist ausgegangen. Er hat etwas davon gemurmelt, dass er eine Musiklektion zu geben hätte, aber die Knaben haben sich keinen Augenblick einreden lassen, dass dies die Wahrheit sei.

Vater ist schlechter Laune, wie er so über die Straße geht. Er hat den Blick bemerkt, den die Knaben wechselten, als er sagte, dass er zu einer Musiklektion ginge. »Sie werfen sich zum Richter auf über ihren Vater«, denkt er.

»Ich bin zu nachsichtig gegen sie. Ich hätte jedem eine Ohrfeige geben sollen. Sicherlich hetzt ihre Mutter sie gegen mich auf.«

»Wie wäre es, wenn ich mich ein wenig nach den Herrchen umsähe?«, fährt er fort. »Es könnte gewiss nichts schaden, sich zu überzeugen, wie sie ihren Studien obliegen.«

Er kehrte um, geht rasch durch den Hof, öffnet ganz leise die Türe und steht in dem Zimmer der Knaben, ohne dass einer von ihnen ihn hätte kommen hören. Und richtig: Die Knaben fahren mit ganz roten Köpfen auf, und Lennart reißt ängstlich ein Bündel Papiere an sich, das er in die Schreibtischlade wirft.

Als die Knaben ein paar Tage in Stockholm waren, da hatten sie gefragt, in welche Schule sie gehen würden, und Vater hatte geantwortet, mit ihrem Schulbesuch sei es jetzt aus. Er würde versuchen, einen Meister zu finden, der sie in die Lehre nehmen wollte. Dies hatte er jedoch nie ins Werk gesetzt, und die Knaben hatten auch nicht weiter von ihrem Schulbesuch gesprochen. Doch nach kaum einer Woche hing in dem Zimmer der Knaben ein Stundenplan an der Wand. Schulbücher wurden hervorgesucht, und jeden Vormittag saßen die Knaben an einem alten Schreibtisch und machten Aufgaben. Es war offenbar: Sie hatten einen Brief von Mutter bekommen, der sie ermahnte, auf eigne Faust zu arbeiten, um nicht alles zu vergessen, was sie gelernt hätten.

Als Vater jetzt so unerwartet zu ihnen hereinkommt, geht er zuerst hin und studiert den Stundenplan. Er zieht seine Uhr heraus und vergleicht. Mittwoch von zehn bis elf: Geografie. Dann kommt er an den Tisch heran. »Hättet ihr in dieser Stunde nicht eigentlich Geografie?«, fragt er. – »Ja«, antworten die Knaben, flammend rot im Gesicht. – »Aber wo habt ihr das Geografiebuch und den Atlas?« – Die Knaben werfen einen Blick auf das Bücherbrett und sehen tödlich verlegen aus. »Wir haben noch nicht angefangen«, sagt Lennart. – »So, so«, sagt Vater. »Ihr habt wohl etwas andres vor.« Und er richtet sich ganz vergnügt auf. Er hat jetzt die Oberhand, und die will er behalten, bis er die Knaben gründlich an die Wand gedrückt hat.

Die beiden Knaben schweigen. Seit dem Tage, da sie mit Vater in die Oper gingen, haben sie Mitleid mit ihm, und es hat ihnen nicht so viel Überwindung gekostet wie früher, artig gegen ihn zu sein. Aber natürlich haben sie keinen Augenblick daran gedacht, Vater ins Vertrauen zu ziehen. Er ist in ihrem Ansehen nicht gestiegen, wenn er ihnen auch leid tut.

»Habt ihr einen Brief geschrieben?«, fragt Vater mit seiner strengsten Stimme. – »Nein«, rufen die beiden Knaben wie aus einem Munde. – »Was habt ihr denn getan?« – »Wir haben nur geplaudert.« – »Das ist nicht wahr! Ich habe gesehen, wie Lennart etwas in die Schreibtischlade gesteckt hat.« – Jetzt schweigen die beiden Knaben wieder. – »Nehmt es heraus!«, ruft Vater, rot vor Zorn. Er glaubt, dass die Söhne an seine Frau geschrieben hätten; und da sie ihm den Brief nicht zeigen wollten, stünde natürlich etwas Hässliches über ihn darin. Die Knaben rührten sich nicht, und Vater hebt die Hand, um nach Lennart zu schlagen, der vor der Schublade sitzt. – »Rühr ihn nicht an!«, ruft Hugo. »Wir haben nur über etwas gesprochen, was Lennart sich ausgedacht hat.«

Hugo schiebt Lennart weg, reißt die Lade auf und zieht einen Bogen Papier hervor, der mit Luftschiffen in den wunderlichsten Formen vollgekleckst ist. »Lennart hat sich heute Nacht ein neues Segel für sein Luftschiff ausgedacht. Und darüber haben wir gesprochen.« Vater will ihm nicht glauben. Er beugt sich hinunter, durchsucht die Lade, findet aber nichts andres als Bogen Papier, bedeckt mit Zeichnungen, die Luftballons, Fallschirme, Flugmaschinen und alles andre vorstellen, was zur Luftschifffahrt gehört.

Zum größten Staunen der Knaben schleudert Vater dies alles nicht gleich fort, er lacht auch nicht über ihre Versuche, sondern er betrachtet Blatt für Blatt genau. Vater hat nämlich auch ein wenig Anlage zur Mechanik; und er hat sich einstmals, als sein Hirn noch zu etwas taugte, für solche Dinge interessiert. Bald beginnt er Fragen nach dem Zweck von diesem und jenem zu stellen; und da seine Worte verraten, dass er großen Anteil nimmt und das, was er sieht, versteht, bekämpft Lennart seine Verlegenheit und antwortet ihm zuerst zögernd, doch allmählich mit immer größerer Bereitwilligkeit.

Bald sind Vater und die Knaben in eine tiefsinnige Diskussion über Luftschiffe und Flugmaschinen vertieft.

Nachdem sie so recht in Zug gekommen sind, plaudern die Knaben unbefangen und teilen Vater alle ihre Pläne und Träume mit. Und wenn Vater auch begreift, dass die Knaben mit den Luftschiffen, die sie jetzt konstruieren, nicht weit fliegen können, imponiert ihm die ganze Sache doch. Seine kleinen Söhne sprechen von Aluminiummotoren, Aeroplanen und Gleichgewichtslagen wie von den selbstverständlichsten

Dingen. Er hat sie für rechte Dummköpfe gehalten, weil sie in der Schule nicht gut vorwärts kamen. Jetzt scheint es ihm mit einem Male, dass sie ein paar kleine Gelehrte seien.

Und hochfliegende Gedanken und Hoffnungen –, das versteht Vater besser als irgendjemand. Er erkennt es wieder: Er hat selbst so geträumt und hat durchaus keine Lust, über solche Träume zu lachen.

An diesem Vormittag geht Vater nicht mehr aus, sondern bleibt sitzen und plaudert mit seinen Knaben, bis es Zeit ist, das Mittagessen zu holen und den Tisch zu decken. Und da sind Vater und die Knaben zu ihrer großen Überraschung richtig gute Freunde.

*

Es ist elf Uhr abends, und Vater taumelt durch die Straßen. Die kleinen Jungen gehen neben ihm. Sie haben ihn im Wirtshaus gesucht und haben sich dicht an die Tür gestellt, ohne ein Wort zu sagen. Vater saß allein an einem Tisch, einen großen dunklen Toddy vor sich, und hörte einer Damenkapelle zu, die am andern Ende des Zimmers spielte. Nach einem Weilchen war er unwillig aufgestanden und zu den Knaben hingegangen. »Was soll das heißen?«, hatte er gefragt. »Warum kommt ihr hierher?« – »Du solltest doch nach Hause kommen, Vater«, sagten die Knaben. »Es ist doch der fünfte Dezember. Du hast ja versprochen – – –«

Da hat sich Vater erinnert, dass Lennart ihm anvertraut hatte, heute sei Hugos Geburtstag, und dass er versprochen hätte, beizeiten nach Hause zu kommen. Aber das hatte er ganz vergessen. Hugo erwartete sich wohl ein Geburtstagsgeschenk von ihm, aber er hatte nicht daran gedacht, eins zu besorgen.

Auf jeden Fall ist er mit den Knaben gegangen, und nun wandert er, unzufrieden mit ihnen und mit sich selbst, die Straße entlang. Als er heimkommt, steht der Geburtstagstisch gedeckt. Die Knaben haben es festlich machen wollen. Lennart hat Kuchen gebacken, die jetzt ein paar Stunden alt sind und wie Lappen aussehen. Sie haben von Mutter ein bisschen Geld bekommen, und dafür haben sie Nüsse, Mandeln und eine Flasche Himbeersaft gekauft.

Alle diese Herrlichkeiten haben sie nicht allein genießen wollen, sondern haben gewartet, dass Vater heimkomme. Nachdem sie sich nun mit Vater befreundet haben, können sie ein so großes Fest nicht ohne ihn feiern. Vater versteht das schon. Es schmeichelt ihm, dass sie sich nach ihm gesehnt haben, und in leidlich guter Laune lässt er sich an dem Tisch nieder. Aber halb betrunken, wie er ist, strauchelt er, als er Platz nehmen will, er hält sich an der Tischdecke fest, fällt zu Boden und zieht alle Herrlichkeiten mit. Als er wieder aufsteht, sieht er, wie der Himbeersaft über den Boden strömt und Backwerk und Konfekt zwischen Scherben und Porzellan und Glas verstreut liegen.

Vater wirft einen Blick auf die langen Gesichter der Knaben, läuft zur Türe hinaus und kommt nicht vor den Morgengrauen heim.

*

An einem Vormittag im Februar gehen die Knaben mit Schlittschuhen über der Schulter durch die Straße. Sie sind nicht recht dieselben. Sie sind mager und blass geworden und sehen ungepflegt und nachlässig aus. Ihr Haar ist nicht geschnitten, sie sind nicht ordentlich gewaschen, und Strümpfe und Schuhe zeigen Löcher. Wenn sie miteinander sprechen, brauchen sie eine Menge Gassenjungenausdrücke, und es kommt auch vor, dass ein Fluch über ihre Lippen gleitet.

Es ist ein Umschwung bei den Knaben eingetreten, und dies schreibt sich von dem Abend her, an dem Vater vergaß, heimzukommen und Hugos Geburtstag zu feiern. Es war, als hätte sie bis dahin doch die Hoffnung aufrecht erhalten, dass eine baldige Änderung in ihrem Schicksal eintreten würde. In der ersten Zeit hatten sie darauf gerechnet, dass Vater ihrer bald müde werden und sie wieder heimschicken würde. Dann hatten sie sich eingebildet, Vater würde sie lieb gewinnen und um ihretwillen zu trinken aufhören. Ja, sie hatten sich gedacht, dass Mutter und er sich versöhnen könnten, und dass sie alle glücklich sein würden. Aber an jenem Abend wurde es ihnen klar, dass dies alles unmöglich war. Vater konnte nichts andres lieben als das Saufen. Wenn er auch ab und zu einmal gut gegen sie war, so machte er sich doch eigentlich nichts aus ihnen.

Und eine schwere Hoffnungslosigkeit bemächtigte sich der Knaben. Nichts könnte je anders werden. Sie würden nie von Vater loskommen. Sie hatten das Gefühl, als wären sie verurteilt, ihr ganzes Leben lang in einem dunklen Gefängnis eingeschlossen zu sitzen.

Nicht einmal ihre großen Pläne konnten sie trösten. Festgekettet, wie sie hier saßen, könnten sie die ja nie zur Ausführung bringen. Da sie doch nicht einmal etwas lernen durften …! Sie kannten die Geschichte der großen Männer gut genug, um zu wissen, dass jeder, der etwas Bedeutendes leisten will, vor allem Kenntnisse braucht.

Der härteste Schlag aber war gewesen, dass Mutter zu Weihnachten nicht zu ihnen gekommen war. Zu Anfang des Dezembers war sie auf der Treppe gefallen und hatte sich ein

Bein gebrochen, sodass sie während der Weihnachtsferien im Krankenhaus liegen musste und nicht nach Stockholm reisen konnte. Jetzt war Mutter wohl auf, aber jetzt hatte auch ihre Schule wieder begonnen. Überdies hatte sie kein Geld zur Reise. Alles, was sie zusammengespart hatte, war während ihrer Krankheit draufgegangen.

Die Knaben fühlten sich von der ganzen Welt verlassen. Es war ganz klar, dass es ihnen nie besser gehen würde, wie sehr sie sich auch anstrengten; und darum hatten sie so allmählich aufgehört, sich mit dem zu plagen, was ihnen langweilig schien. Sie konnten ja ebenso gut etwas tun, was ihnen Spaß machte.

Manchmal betteten sie ihre Betten tagelang nicht auf, und sie hörten ganz auf, die Zimmer zu kehren. Es kam ja auf eins heraus. Es besuchte sie ja doch niemand, um nachzusehen, wie es ihnen ginge.

Vater kam immer tiefer herunter. Er versuchte manchmal, sich aufzurütteln und die Knaben zur Ordnung anzuhalten, aber es waren nur ohnmächtige Anläufe. Er vergaß seine Befehle ebenso rasch, wie er sie gegeben hatte.

Die Knaben hatten auch angefangen, die Vormittagsarbeit zu vernachlässigen. Niemand hörte ihnen die Aufgaben ab; und da hatte es ja keinen Zweck, dass sie lernten. Es war jetzt seit ein paar Tagen gutes Eis; so machten sie sich lieber Ferien und liefen Schlittschuh, solang es Tag war. Auf dem Eise gab es auch immer eine Menge andre Jungen, und sie hatten mit mehreren Bekanntschaft gemacht, die auch lieber Schlittschuh liefen als daheim saßen und lernten.

Heute nun ist ein so wunderschöner Tag, dass sie unmöglich im Zimmer bleiben können. Es sind nur ein paar Grad Kälte –, stille, hohe Luft und klarer Sonnenschein. Es ist so herrliches Wetter, dass die Schulen Eislaufferien gegeben haben. Die ganze Straße ist voll von Kindern, die daheim waren, um ihre Schlittschuhe zu holen, und jetzt dem Eise zueilen.

Wie die Knaben so unter den andern Kindern einhergehen, sehen sie sehr ernst und schwermütig aus. Kein Lächeln huscht über ihr Gesicht. Ihr Unglück ist so groß, dass sie es keinen Augenblick vergessen können. Als sie aufs Eis kommen, herrscht dort Leben und Bewegung. Das Ufer ist von einer dichten Menschenmenge umsäumt, weiter draußen schwirren die Schlittschuhläufer durcheinander wie Ameisen, deren Haufen gestört worden ist; noch weiter weg sieht man einzelne schwarze Punkte, die in blitzschneller Fahrt dahingleiten.

Die Knaben schnallen die Schlittschuhe an und mischen sich unterer die übrigen Läufer. Sie laufen sehr gut; und wie sie so in voller Fahrt über das Eis schießen, bekommen ihre Wangen Farbe und die Augen Glanz, doch nicht eine Minute sehen sie froh und sorglos aus wie andre Kinder.

Auf einmal, als sie gerade eine Wendung zum Ufer machen, erblicken sie etwas sehr Schönes. Ein großer Luftballon kommt aus der Richtung von Stockholm und treibt zur Ostsee hin. Er ist rot und gelb gestreift; und als die Sonne darauf fällt, leuchtet er wie eine Feuerkugel. Die Gondel ist mit einer Menge bunter Fähnchen geschmückt, und da der Ballon nicht sehr hoch fliegt, ist das lebhafte Farbenspiel sehr gut zu sehen.

Als die Knaben den Ballon erblicken, stoßen sie einen Freudenschrei aus. Es ist das erste Mal in ihrem Leben, dass sie einen großen Ballon durch die Luft segeln sehen. Er ist viel schöner, als sie ihn sich vorgestellt haben. Alle die Träume und Pläne, die in so vielen schweren Tagen ihr Trost und ihre Freude waren, tauchen wieder auf, da sie ihn erblicken.

Sie bleiben stehen, um zu sehen, wie die Stricke und Leinen befestigt sind, sie bemerken den Anker und die Sandsäcke an der Gondelkante.

Der Ballon streicht mit scharfer Geschwindigkeit über die vereiste Bucht. Alle Schlittschuhläufer, groß und klein durcheinander, stürzen ihm lachend und rufend entgegen, als er sich zeigt, und eilen ihm dann nach. Sie folgen ihm in einer langen, geschwungenen Linie wie ein ungeheures Schlepptau. Und die Luftschiffer vergnügen sich damit, eine Menge Papierchen in verschiedenen Farben auszuwerfen, die langsam durch die blaue Luft flattern.

Die Knaben sind die vordersten in der langen Reihe, die dem Ballon nachjagt. Sie eilen voran, den Kopf zurückgeworfen, den Blick nach oben gerichtet. Zum ersten Male, seit sie von ihrer Mutter getrennt sind, strahlen ihre Augen voll Glück. Sie sind ganz außer sich vor Entzücken über das Luftschiff und denken an nichts andres, als ihm so lange zu folgen wie nur möglich.

Doch der Ballon treibt rasch dahin, und man muss schon ein guter Läufer sein, um nicht zurückzubleiben. Die Schar, die ihm nachjagt, lichtet sich, aber an der Spitze derer, die die Verfolgung fortsetzen, sind die kleinen Knaben. Sie sind so eifrig, dass man auf sie aufmerksam wird. Später sagten die Leute, es sei etwas Eignes über ihnen gewesen. Sie lachten nicht, sie riefen nicht; aber es ruhte ein Glanz der Hingerissenheit auf ihren emporgewandten Gesichtern, als sahen sie eine Vision.

Der Ballon wirkt auf die Kleinen auch fast so wie ein himmlischer Wegweiser, der käme, sie auf den rechten Pfad zurückzuführen und sie zu lehren, ihn mit frischem Mut zu gehen. Wie die Knaben ihn erblicken, schwellen ihre Herzen vor Sehnsucht danach, wieder an der großen Erfindung zu arbeiten. Sie sind wieder gewiss, dass es ihnen gelingen wird. Wenn sie nur ausharren, werden sie sich schon zum Siege durchringen. Und der Tag wird kommen, da sie ihr eignes Luftschiff besteigen und in den Raum hinaufschweben werden. Ja, eines Tages werden sie dort oben hoch über den Menschen fliegen. Und ihr Luftschiff wird weit vollkommener sein als dieses, das sie jetzt sehen. Es wird sich lenken und drehen, senken und heben lassen, wird gegen den Wind und ohne Wind gehen. Es wird sie durch Tage und Nächte tragen, wohin sie nur wollen. Sie werden sich auf den höchsten Berggipfeln niederlassen, die ödesten Wüsten durchfahren, die am schwersten zugänglichen Gegenden erforschen. Sie werden alle Herrlichkeit der Welt sehen.

»Wir dürfen es nicht aufgeben, Hugo«, sagt Lennart. »Es wird prächtig sein, wenn wir nur fertig werden.« Vater und sein Unglück –, das ist etwas, was sie gar nichts mehr angeht. Wer ein so großes Ziel hat wie sie, kann sich wohl nicht von etwas Erbärmlichem hindern lassen.

Je weiter der Ballon kommt, desto größer wird seine Geschwindigkeit. Die Schlittschuhläufer haben nun aufgehört, ihn zu verfolgen. Die Einzigen, die die Jagd fortsetzen, sind die kleinen Knaben. Sie eilen so rasch und leicht dahin, als hätten sie Flügel an den Füßen.

Plötzlich entringt sich den Menschen, die auf dem Lande stehen und weit über die Bucht schauen können, ein Schrei des Entsetzens und der Angst. Sie sehen, wie der Ballon, noch immer von den zwei Kindern verfolgt, dem offnen Fahrwasser zugleitet.

»Draußen ist offnes Wasser! Offnes Wasser!« So rufen die Menschen.

Die Schlittschuhläufer unten auf dem Eise hören die Rufe und wenden ihre Blicke der Mündung der Bucht zu. Sie sehen, dass weit draußen ein Streifen Wasser in der Sonne glitzert. Sie sehen auch, dass zwei kleine Knaben gerade auf diesen Streifen zulaufen, den sie nicht bemerken, weil sie die Augen auf den Ballon geheftet haben, ohne sich auch nur einen Moment zur Erde zu wenden.

Man ruft mit aller Macht, man stampft auf das Eis, Schnellläufer eilen dahin, sie aufzuhalten. Aber die Kleinen merken nichts von alledem, wie sie so dem Luftschiff nachjagen. Sie wissen nicht, dass sie die Einzigen sind, die es verfolgen: Sie hören keine Rufe hinter sich, sie vernehmen nicht das Wogen und Brausen des offnen Wassers vor sich. Sie sehen nur den Ballon, der sie gleichsam mitzieht. Schon fühlt Lennart, wie sein eignes Luftschiff sich unter ihm erhebt, und Hugo schwebt über den geheimnisvollen Gegenden des Nordpols dahin.

Die Leute auf dem Eise und am Strande sehen, wie rasch sich die Knaben dem offnen Wasser nähern. Ein paar Augenblicke herrscht eine so atemlose Spannung, dass sie weder rufen noch ein Glied rühren können. Es liegt wie eine Verzauberung über den beiden Kindern, die in ihrem wilden Dahinstürmen nichts merken, die dem Tode zueilen, einer strahlenden Himmelserscheinung nach.

Die Luftschiffer oben im Ballon haben nun auch die kleinen Knaben bemerkt. Sie sehen, dass sie in Gefahr sind, sie schreien ihnen zu und machen warnende Gebärden, aber die Knaben verstehen sie nicht. Als sie sehen, dass die Luftschiffer ihnen Zeichen machen, glauben sie, jene wollten sie in die Gondel hinaufnehmen. Sie strecken die Arme zu ihnen empor, überglücklich in der Hoffnung, ihnen durch den strahlenden Raum folgen zu dürfen.

In diesem Augenblick haben die Knaben den Wasserrand erreicht, mit emporgewendeten, freudestrahlenden Gesichtern und aufgehobenen Armen gleiten sie ins Meer und verschwinden ohne einen Hilferuf. Die Schlittschuhläufer, die versucht haben, sie einzuholen, stehen ein paar Sekunden später an der Eiskante, aber die Strömung hat die Körper unter das Eis gezogen, und keine helfende Hand kann sie erreichen.

Reors Geschichte

War da ein Mann, der hieß Reor. Er war aus Fuglekärr im Kirchspiel Svarteborg und galt für den besten Schützen der Gegend. Er wurde getauft, als König Olof die alte Lehre in Viken ausrottete, und war fortab ein eifriger Christ. Er war von freier Geburt, aber arm, schön, aber nicht hochgewachsen, stark, aber sanft. Er zähmte junge Fohlen mit Blick und Wort allein, und er konnte mit einem einzigen Zuruf die kleinen Vöglein an sich locken. Er hielt sich fast immer im Walde auf, und die Natur hatte große Macht über ihn. Das Wachstum der Pflanzen und das Knospen der Bäume, das Spiel der Hasen in den Waldlichtungen und der Sprung des Barsches in dem abendstillen See, der Kampf der Jahreszeiten und der Wechsel der Witterung, dies waren die Hauptgeschehnisse in seinem Leben. Schmerz und Freude bereitete ihm derlei, und nicht das, was sich unter den Menschen zutrug.

Eines Tages tat der geschickte Jäger einen guten Fang. Er traf im tiefen Waldesdickicht einen alten Bären und erlegte ihn mit einem einzigen Schuss. Die scharfe Spitze des grünen Pfeiles drang in das Herz des Gewaltigen, und er sank dem Jäger tot zu Füßen. Es war Sommer, und der Pelz des Bären war weder dicht noch glatt, dennoch zog der Schütze ihn ab, rollte ihn zu einem harten Bündel zusammen und ging mit dem Bärenfell auf dem Rücken weiter.

Er war noch nicht lange gewandert, als er einen überaus starken Honigduft verspürte. Der kam von den kleinen, blühenden Pflanzen, die den Boden bedeckten. Sie wuchsen auf dünnen Stielen, hatten lichtgrüne, glatte Blätter, die sehr schön geädert waren, und auf der Spitze des Stängels ein kleines Büschelchen, das dicht mit weißen Blüten besetzt war. Die kleinen Kronen waren nach winzigem Maßstabe geraten, doch aus ihnen ragte eine kleine Bürste von Stempeln auf, deren blütenstaubgefüllte Knöpfchen auf weißen Saiten zitterten. Reor dachte, während er so unter ihnen einherging, dass diese Blumen, die einsam und unbemerkt im Waldesdunkel standen, Botschaft um Botschaft, Ruf um Ruf aussandten. Der starke honigsüße Duft war ihr Ruf, der verbreitete die Kunde ihres Daseins weit unter die Bäume und hoch hinauf in die Wolken. Aber es lag etwas Beängstigendes in dem schweren Duft. Die Blumen hatten ihre Becher gefüllt und ihre Tischlein gedeckt, der geflügelten Gäste harrend, aber niemand kam. Sie sehnten sich zu Tode in ihrer trüben Einsamkeit in dem dunklen, windstillen Waldesdickicht. Sie schienen schreien und jammern zu wollen, weil die schönen Schmetterlinge nicht kamen, um bei ihnen zu Gaste zu sein. Da, wo die Blumen am dichtesten beisammen standen, deuchte es ihn, als sängen sie zusammen ein eintöniges Lied: »Kommt, ihr schönen Gäste, kommt heute, denn morgen sind wir tot. Morgen liegen wir auf dem trocknen Laub.«

Doch es sollte Reor vergönnt sein, das frohe Ende des Blumenmärchens zu sehen. Er vernahm hinter sich ein Flattern wie das allerleiseste Lüftchen und sah einen weißen Schmetterling im Dunkel zwischen den dicken Stämmen umherirren. Unruhig suchend flog er hin und wieder, als wüsste er den Weg nicht. Er war nicht allein, ein Schmetterling nach dem andern tauchte im Dunkel auf, bis endlich ein ganzes

Heer der weißbeschwingten Honigsucher versammelt war. Aber der erste war der Anführer, und er fand, vom Dufte geleitet, die Blumen. Nach ihm kam das ganze Schmetterlingsheer herangestürmt. Es stürzte sich auf die sehnsüchtigen Blumen, wie der Sieger sich auf die Beute stürzt. Wie ein Schneefall von weißen Flügeln senkten sie sich auf sie herab. Und nun gab es ein Fest- und Trinkgelage um jede Blume. Der Wald war voll von stillem Jubel.

Reor ging weiter. Doch nun war es, als folgte ihm der honigsüße Duft auf dem Fuße, wohin er auch ging. Und er empfand, dass sich drinnen im Walde eine Sehnsucht verbarg, stärker als die der Blumen. Dass da etwas war, was ihn zu sich zog, so wie die Blumen die Schmetterlinge angelockt hatten. Er ging mit einer stillen Freude im Herzen einher, so, als harrte er eines großen unbekannten Glückes. Das Einzige, was ihn ängstigte, war, ob er auch den Weg zu diesem finden konnte, was sich nach ihm sehnte.

Vor ihm auf dem schmalen Pfade kroch eine weiße Schlange. Er bückte sich, um das Glück bringende Tier aufzuheben, aber die Schlange glitt ihm aus den Händen und eilte rasch den Pfad hinauf. Da rollte sie sich zusammen und lag still, doch als der Schütze wieder nach ihr griff, glitt sie so glatt wie Eis zwischen seinen Fingern durch. Nun war Reor ganz und gar darauf erpicht, das klügste Tier zu besitzen. Er lief der Schlange nach, konnte sie aber nicht erreichen, und sie lockte ihn von dem Pfade fort auf den ungebahnten Waldboden.

Dieser war mit Föhren bestanden, und in einem Föhrenwalde findet man selten Rasen. Aber jetzt verschwand plötzlich das trockne Moos und die braunen Nadeln, Farrenkräuter und Preißelbeerbüsche zogen sich zurück, und Reor fühlte seidenweiches Gras unter seinen Füßen. Über der grünen

Matte zitterten federleichte Blumenrispen auf sanft geneigten Stängeln, und zwischen den langen schmalen Blättern zeigten sich die kleinen, halb erblühten Blumen der Steinnelke. Es war nur eine ganz kleine Stelle, und darüber breiteten die hochstämmigen Föhren ihre knorrigen, braunen Äste mit dichten Nadelbüscheln. Doch zwischen diesen konnten die Sonnenstrahlen viele Wege zur Erde finden, und es war erstickend heiß.

Aber gerade vor dieser kleinen Wiese erhob sich eine Felswand lotrecht aus dem Boden. Sie lag im hellen Sonnenschein, und man sah deutlich die moosigen Steinflächen, die frischen Brüche, da wo der Winterfrost zuletzt gewaltige Blöcke gelöst hatte, die großen Stauden Steinwurz, die die braunen Wurzeln in erdgefüllte Spalten drängten, und die zollbreiten Absätze, wo die Säulenflechte ihre rot gestreiften Pokale aufrichtete und eine grasgrüne Moosart auf nadelfeinen Stiftchen die kleinen grauen Mützen erhob, die ihre Befruchtungsorgane enthielten.

Diese Felswand schien in allen Stücken jeder andern Felswand zu gleichen, aber Reor bemerkte sogleich, dass er gerade vor die Giebelwand einer Riesenbehausung gekommen war, und er entdeckte unter Moos und Flechten die großen Angeln, auf denen das Steintor des Berges sich drehte.

Er glaubte jetzt, dass die Schlange sich in das Gras verkrochen habe, um sich da zu verbergen, bis sie unbemerkt in den Felsen schlüpfen konnte, und er gab die Hoffnung auf, sie zu fangen. Er spürte jetzt wieder den honigsüßen Duft der sehnsüchtigen Blumen und merkte, dass hier oben unter der Bergwand eine erstickende Hitze herrschte. Es war auch seltsam still: Kein Vogel rührte sich, keine Nadel spielte im Winde, es war, als hielte alles den Atem an, um in unbeschreiblicher Spannung zu warten und zu lauschen.

Reor war gleichsam in ein Gemach gekommen, wo er nicht allein war, obgleich er niemanden sah. Er hatte das Gefühl, als ob jemand ihn beobachtete, es war ihm, als würde er erwartet. Er empfand keine Angst, nur ein wohliger Schauer durchrieselte ihn, so, als sollte er bald etwas überaus Schönes zu sehen bekommen.

In diesem Augenblick gewahrte er wieder die Schlange. Sie hatte sich nicht versteckt, sie war vielmehr auf einen der Blöcke gekrochen, die der Frost von der Felswand abgesprengt hatte. Und dicht unter der weißen Schlange sah er den lichten Leib eines Mädchens, das im weichen Grase lag und schlief. Sie lag ohne andre Decke, als ein paar spinnwebdünne Schleier, gerade als hätte sie sich dort hingeworfen, nachdem sie die Nacht hindurch im Elfenreigen getanzt, aber die langen Grashalme und die zitternden, federleichten Blumenrispen erhoben sich hoch über der Schlafenden, sodass Reor nur undeutlich die weichen Linien ihres Körpers gewahren konnte. Er trat auch nicht näher, um besser zu sehen, aber sein gutes Messer zog er aus der Scheide und warf es zwischen das Mädchen und die Felswand, damit die den Stahl fürchtende Riesentochter nicht in den Berg fliehen konnte, wenn sie erwachte.

Dann blieb er in tiefe Gedanken versunken stehen. Eines wusste er sogleich, das Mägdlein, das hier schlief, wollte er besitzen; aber noch war er nicht recht einig mit sich selbst, wie er gegen sie handeln sollte.

Doch da lauschte er, der die Sprache der Natur besser kannte als die der Menschen, dem großen ernsten Walde und dem strengen Berge. »Sieh«, sagten sie, »dir, der du die Wildnis liebst, geben wir unsre schöne Tochter. Besser ziemt sie dir als die Töchter der Ebene. Reor, bist du der edelsten Gabe würdig?«

Da dankte er in seinem Herzen der großen wohltätigen Natur und beschloss, das Mädchen zu seiner Frau zu machen und nicht nur zu seiner Magd. Und da er dachte, dass sie, wenn sie das Christentum und Menschensitte angenommen hatte, sich bei dem Gedanken, dass sie so unverhüllt dagelegen habe, schämen würde, löste er die Bärenhaut von seinem Rücken, entrollte das steife Fell und warf den grauen, zottigen Pelz des alten Bären über sie.

Doch als er dies tat, erdröhnte hinter der Felswand ein Lachen, von dem die Erde erzitterte. Es klang nicht wie Hohn, nur so, als hätte jemand in großer Angst gewartet, der lachen musste, als er ganz plötzlich davon befreit wurde. Die furchtbare Stille und die drückende Hitze hatten nun auch ein Ende. Über das Gras schwebte ein erquickender Wind, und die Nadeln begannen ihren rauschenden Gesang. Der glückliche Jäger fühlte, dass der ganze Wald den Atem angehalten hatte, in Unruhe, wie die Tochter der Wildnis von dem Menschensohn behandelt werden würde.

Die Schlange schlüpfte jetzt in das hohe Gras; aber die Schlummernde lag in Zauberschlaf versunken und regte sich nicht. Da rollte Reor sie in die grobe Bärenhaut, sodass nur ihr Kopf aus dem zottigen Fell hervorguckte. Obgleich sie sicherlich eine Tochter des alten Riesen im Berge war, war sie doch zart und fein gebaut, und der starke Schütze hob sie in seine Arme und trug sie fort durch den Wald.

Nach einem Weilchen fühlte er, wie jemand seinen breitrandigen Hut abhob. Da sah er auf und merkte, dass die Riesentochter erwacht war. Sie saß ganz ruhig in seinem Arm, aber nun wollte sie sehen, wie der Mann aussah, der sie trug. Er ließ sie gewähren, er machte größre Schritte, aber sagte nichts.

Da musste sie wohl gemerkt haben, wie heiß ihm die Sonne auf den Kopf brannte, nachdem sie ihm den Hut abgenommen hatte. Sie hielt ihn darum über seinen Kopf wie einen Sonnenschirm, aber sie setzte ihn ihm nicht auf, sondern hielt ihn so, dass sie immerzu in sein Gesicht sehen konnte. Da deuchte es ihn, dass er nichts zu fragen, nichts zu sagen brauchte. Stumm trug er sie hinab zu seiner Mutter Hütte. Doch sein ganzes Wesen durchbebte Glückseligkeit, und als er auf der Schwelle seines Heims stand, da sah er, wie die weiße Schlange, die Glück ins Haus bringt, unter die Grundmauer schlüpfte.

Die Prinzessin von Babylonien

Es war an einem dunklen Winterabend in der kleinen Hütte Skrolycka. Kattrinna, die Bäuerin, saß da und spann, und die Katze lag auf ihrem Schoß und spann auch, so gut sie konnte. Der Mann, Jan Andersson, saß am Herde und wärmte sich mit dem Rücken gegen das Feuer. Er war den ganzen Tag in Erik Fallas Wald gewesen und hatte Holz gehackt, da konnte niemand von ihm verlangen, dass er jetzt, wo er daheim war, noch eine andere Arbeit vornehmen sollte. Nicht einmal Kattrinna hatte etwas dagegen einzuwenden, dass er jetzt nichts anderes tat als mit ihrem kleinen Mädchen spielen und plaudern, das diesen Winter in sein fünftes Jahr ging.

Kattrinna saß in ihren eigenen Gedanken da und hörte nicht viel darauf, was der Mann und das Kind miteinander schwatzten. Aber auf eines hielt sie strenge. Sie konnte es nicht leiden, wenn Jan der Kleinen sagte, dass sie so schön und besonders sei, und das tat er gar zu gerne. Denn wenn Klara Gulla schon als kleines Kind eine hohe Meinung von sich selbst bekam, dann wusste ja Kattrinna, dass nie und nimmer ein vernünftiges Frauenzimmer aus ihr werden konnte.

Jan trieb es zu arg, er kam auf alles Mögliche, was das Kind hoffärtig machen musste. Aber an diesem Abend war Kattrinna ganz ruhig, denn nun saß er da und erzählte von

Dingen, die sich früher einmal in der Welt zugetragen hatten, zu der Zeit, als die Erde erschaffen wurde und die Menschen sie zu erfüllen begannen. Er war gerade dabei, die alte Geschichte vom Turm zu Babel zu erzählen, und da konnte man ja hoffen, dass er keine Gelegenheit finden würde, mit seinen gewohnten Torheiten zu kommen.

»Ja, und da haben sie Lehm herbeigeschleppt«, sagte Jan, »und sie haben Ziegel geschlagen, und Kalk haben sie gelöscht und ein Gerüst aufgerichtet, und mit jedem Tag ist der Turm höher geworden.

Sie haben schon gewusst, dass es unserem Herrgott nicht recht ist, wenn sie den Turm bauen, aber danach haben sie nicht viel gefragt. Denn sie hatten sich's einmal vorgenommen, sie wollten bis zum Himmel hinauf, um zu sehen, wie's dort ausschaut.

›Hört einmal, ihr guten Leute‹, hat da der liebe Gott gesagt, ›jetzt sag' ich's euch aber zum letzten Mal: wenn ihr nicht gleich von hier weggeht und mit der Bauerei aufhört, dann kann ich mir nicht helfen, ich muss ein Unglück über euch kommen lassen. Und das wird ein solches Unglück sein, das ihr nie loswerdet, und niemand kann euch dagegen helfen.‹

Aber die Menschen, die haben sich gedacht, ach was, unser Herrgott wird schon langmütig sein, wie gewöhnlich. Und sie haben weiter an ihrem Turm gebaut, und jeden Tag sind sie ein Stückel höher gekommen.

Da ist aber unser Herrgott hergegangen und hat ihre Sprache ganz durcheinandergebracht. Siehst, bis zu dem Tag haben sie so gesprochen, dass eins das andere verstanden hat, aber jetzt war's damit aus.

Wenn die Maurermeister jetzt sagen wollten: ›Gib mir Lehm!‹ Dann haben sie anstatt dessen gesagt: ›Fitzliputzli

Fitzliputzli.‹ Und wenn die Lehrlinge haben fragen wollen, was sie denn meinen, da haben sie gesagt: ›Erbe, derbe, mirbe, marbe.‹ Na, da kann man sich nicht wundern, dass sie sich nicht verstanden haben.

Die Meister, die haben geglaubt, die Lehrlinge wollen sie zum Narren halten. Aber wenn sie sagen wollten: Sprecht doch ordentlich, dann haben sie gesagt: ›Ullen dullen dorf!‹ Na, und wenn die Lehrlinge fragen wollten, warum sie ein so böses Gesicht machen, da haben sie nichts anderes herausgebracht als: ›Abrakadabra?‹ Und da sind sie alle miteinander zornig geworden und sind sich in die Haare gefahren und haben zu raufen angefangen.

Na, und von dem Tag an war's aus mit der Freundschaft zwischen den Menschen, und niemand hat mehr daran gedacht, weiter an dem Turm zu bauen, sondern ein jedes ist für sich gegangen.«

Als Jan in seiner Erzählung so weit gekommen war, schielte er zu Kattrinna hinüber. Der Spinnrocken stand stille, und es sah beinahe aus, als seien Frau und Katze eingeschlummert. Da nahm Jan seine Erzählung wieder auf. Er senkte die Stimme nur ein wenig.

»Aber unter all den anderen dort in Babylon, die an dem Turm gebaut hatten, waren auch ein König und eine Königin, und die hatten eine kleine Prinzessin. Und auf einmal fängt auch dieses kleine Mädel an, so närrisch zusprechen, dass ihre Eltern und alle anderen Leute nicht ein einziges Wort verstanden haben. Da wollt' der König und die Königin sie nicht mehr auf ihrem Schloss behalten, sie haben sie fortgejagt, und sie musst' ganz mutterseelenallein in die große, weite Welt hinaus.

Da war sie natürlich ganz verzagt. Sie hat ja nicht gewusst, wem sie da unterwegs begegnen kann. Für einen Bären oder einen Wolf war es ja ein Kinderspiel, so eine kleine Prinzessin aufzufressen, wenn sie ihm in den Weg lief.

Aber so zart und fein sie auch war, so hat ihr doch niemand was zu Leid getan.

Nein, im Gegenteil, alle, denen sie begegnet ist, sind freundlich auf sie zugegangen und haben ihr die Hand gegeben und gefragt, wo sie denn hin will. Aber was sie zur Antwort gegeben hat, davon haben sie kein Wort verstanden, na, und da haben sie sich nicht weiter um sie gekümmert.

So lieb und fein wie sie war, braucht' sie nur in die Schlösser und Burgen hinaufzukommen, da haben sie die Türen sperrangelweit aufgerissen und sie hineingehen lassen. Aber wenn sie den Mund aufgemacht und man ihre närrische Sprache gehört hat, da hat sie gleich wieder fortmüssen.

Na, und endlich, da war sie schon durch alle Königreiche gewandert, die's gibt, da kommt sie eines Abends spät in einen großmächtigen Wald, und als sie durch den Wald gegangen ist, da sieht sie eine kleine Hütte, die war so niedrig, dass sie grad noch durch die Tür durchkonnt', und da geht sie hinein und sagt ›Grüß Gott‹.

Da drinnen sitzt die Bäuerin und spinnt, und der Bauer sitzt am Herd und wärmt sich. Und wie sie sehen, dass ein Fremdes zur Tür hereinkommt, so sagen sie auch: ›Grüß Gott‹.

Da hat die kleine Prinzessin eine schreckliche Freude gehabt, denn da in der Hütte haben sie akkurat so gesprochen, dass sie sie verstehen konnt'. Aber sie war sehr vorsichtig, sie hat ihnen nicht gleich alles erklären wollen.

›Wie heißt denn diese Hütte?‹, hat sie gefragt, um sie auf die Probe zu stellen.

›Die heißt Skrolycka‹, haben sie gleich geantwortet, und da hat sie schon gemerkt, dass sie sie verstanden haben.

Und da war sie ganz wild vor lauter Freude, aber sie hat gemeint, es ist doch besser, wenn sie sie noch einmal auf die Probe stellt.

›Wie heißt denn die Sprache, die ihr hier im Haus sprecht?‹, hat sie gesagt.

›Das ist die wermländische Sprache‹, haben die Leute in der Hütte gesagt.

Und da ist die kleine Prinzessin zu ihnen hingegangen und hat sie gebeten, dass sie bei ihnen bleiben darf, denn hier wär' der einzige Ort auf der Welt, wo sie verstehen konnten, was sie geredet hat.

Aber wie sie zum Feuer hingekommen ist, da haben die Leute ja gesehen, dass sie eine kleine Prinzessin von Babylonien ist. Und da haben sie ihr gesagt, dass sie fehlgegangen sein muss. Und sie haben ihr gesagt, es könnt' ihr unmöglich bei ihnen gefallen. Die wermländische Sprache, die wär' ja überall, in jedem Haus, in der ganzen Gegend hier herum bekannt, haben sie gesagt, sie könnt' überall hingehen, wo es ihr beliebt. Aber die kleine Prinzessin, die hat auf diesem Ohr nicht gehört. ›Nein‹, hat sie gesagt, ›ich merk' schon, dass ich recht gegangen bin. Und hier will ich bleiben. Denn hier hat man eine Freude und einen Nutzen von mir.‹«

Die kleine Klara Gulla war ganz still auf Jans Schoß gesessen und hatte gelauscht, und ihre Augen waren vor Staunen immer runder und runder geworden. Aber als jetzt Jan zu erzählen aufhörte, saß sie zuerst ganz stumm da, dann drehte und wendete sie das Köpfchen und guckte sich alles in der Stube an, so, als hätte sie es noch nie gesehen.

»Ja, jetzt kann's ja noch so bleiben, wie's ist, eine Zeit lang«, sagte sie endlich. »Aber bis ich einmal groß bin, dann geh' ich schon wieder dorthin zurück, wo ich her bin.«

Jan machte ein langes Gesicht. Und das Schlimmste war, dass Kattrinna jetzt wach war und den Schluss des Gesprächs gehört hatte.

»Ja, siehst du, das hast du davon, dass du dem Mädchen immer einreden willst, dass sie gar so was Feines und Besonderes ist!«, sagte sie.

Waldemar Attertag brandschatzt Visby

In dem Frühling, in dem Hellquists großes Bild »Waldemar Attertag brandschatzt Visby« im Kunstverein ausgestellt war, kam ich an einem stillen Vormittag hinauf, ohne zu ahnen, dass dieses Kunstwerk sich da befand. Die große, farbenreiche Leinwand mit den vielen Gestalten machte schon beim ersten Anblick einen außerordentlichen Eindruck. Ich konnte kein andres Bild ansehen, sondern ging geradewegs auf dieses zu, setzte mich nieder und versank in stille Betrachtung. Eine halbe Stunde lang lebte ich das Leben des Mittelalters.

Bald war ich mitten in der Szene, die sich auf dem Marktplatz von Visby abspielte. Ich sah die Bierbottiche, die sich mit dem goldnen Trank zu füllen begannen, den König Waldemar begehrt, und die Gruppen, die sich rings um sie ansammelten. Ich sah den reichen Kaufherrn mit dem Pagen, der unter seinen Gold- und Silberschüsseln fast zusammenbricht, den jungen Bürger, der die Faust gegen den König ballt, den Mönch mit dem scharfen Antlitz, das forschend die Majestät betrachtet, den zerlumpten Bettler, der sein Scherflein opfert, die Frau, die neben der einen Kufe hingesunken ist, den König auf seinem Thron, das Kriegsheer, das sich aus dem schmalen Gässchen heranwälzt, die hohen Hausgiebel und die zerstreuten Gruppen trotziger Soldaten und halsstarriger Bürger.

Aber plötzlich merkte ich, dass die Hauptgestalt des Bildes nicht der König ist, nicht einer der Bürger, sondern der eine der eisengepanzerten Schildträger des Königs, der mit dem gesenkten Visier.

In diese Gestalt hat der Künstler eine seltsame Kraft gelegt. Man sieht nicht das Geringste von ihm selbst, der ganze Mann ist Eisen und Stahl, und doch macht er den Eindruck, der wahre Herr der Lage zu sein.

»Ich bin die Gewalt, ich bin die Raublust«, sagt er. »Ich bin es, der Visby brandschatzt. Ich bin kein Mensch, ich bin nur Eisen und Stahl. Ich habe meine Lust an Qualen und Grausamkeit. Mögen sie einander nur peinigen. Heute bin ich der Herr auf dem Marktplatz zu Visby.«

»Sieh«, spricht er zu dem Betrachter, »kannst du nicht sehen, dass ich hier Herr bin? So weit dein Auge reicht, gibt es nichts andres als Menschen, die einander quälen. Seufzend kommen die Besiegten und liefern ihr Gold aus. Sie hassen und drohen, aber sie gehorchen. Und die Begierde der Siegesherren wird immer wilder, je mehr Gold sie hervorpressen können. Was sind Dänemarks König und seine Soldaten andres als meine Diener, wenigstens für diesen Tag? Morgen werden sie zur Kirche gehen oder in friedlicher Zwiesprach in den Schenken sitzen oder vielleicht auch gute Väter sein im eignen Heim, doch heute dienen sie mir, heute sind sie Bösewichte und Gewalttäter.«

Und je länger man ihm zuhört, desto besser versteht man, was das Bild ist: nichts andres als eine Illustration der alten Mär, wie Menschen einander quälen können. Kein versöhnender Zug ist da, nur grausame Gewalt. Und trotziger Hass und hoffnungsloses Leiden.

Es ist doch so, dass diese drei Bräukufen gefüllt werden müssen, auf dass Visby nicht geplündert und eingeäschert werde. Warum kommen sie nicht, diese Hanseaten, in flammender Begeisterung? Warum kommen die Frauen nicht herangeeilt, mit ihren Geschmeiden, der Trinker mit seinem Becher, der Priester mit dem Reliquienschrein, eifrig, glühend von Opfermut?

»Für dich, für dich, unsre geliebte Stadt! Wozu uns Krieger schicken, wenn es sich um dich handelt! Oh, Visby, unsre Mutter, unser Ruhm! Nimm zurück, was du uns gegeben hast!«

Aber so wollte der Maler es nicht sehen, und so war es auch nicht. Keine Begeisterung, nur Zwang, nur gebändigter Trotz, nur Jammer. Das Gold ist ihnen alles, Frauen und Männer seufzen über dies Gold, von dem sie sich trennen müssen.

»Sieh sie an!«, spricht die Gewalt, die auf den Stufen des Thrones steht. »Es geht ihnen tief zu Herzen, es zu opfern. Mag, wer da will, mit ihnen Mitleid haben! Geizig, gewinnsüchtig, übermütig sind sie! Sie sind um nichts besser als der gierige Räuber, den ich gegen sie ausgesandt habe.«

Eine Frau ist vor der Tonne zusammengebrochen. Kostet es ihr so großes Leid, ihr Gold herzugeben? Oder ist sie vielleicht die Schuldige? Ist sie des Jammers Urheberin? Ist sie die, welche die Stadt verraten hat? Ja, sie ist es, die König Waldemars Liebste gewesen. Es ist Jung-Hansens Tochter.

Sie weiß wohl, dass sie ihr Gold nicht auszuliefern braucht. Ihres Vaters Haus wird dennoch nicht geplündert, aber sie hat zusammengerafft, was sie besitzt und bringt es herbei. Auf dem Marktplatz angelangt, ist sie von all dem Elend, das sie gesehen, überwältigt worden und in grenzenloser Verzweiflung zu Boden gesunken.

Frisch und fröhlich war er gewesen, der junge Goldschmiedegeselle, der voriges Jahr in ihres Vaters Haus diente. Herrlich war es, an seiner Seite über diesen selben Marktplatz zu wandern, wenn der Mond hinter den Giebeln hinaufstieg und den Glanz von Visby beleuchtete. Stolz war sie auf ihn gewesen, stolz auf ihren Vater, stolz auf ihre Stadt. Und nun liegt sie da, von Jammer gebrochen. Unschuldig und doch schuldig! Er, der kalt und grausam auf dem Throne sitzt und alle diese Verheerung über die Stadt gebracht hat, ist er derselbe, der ihr zärtliche Worte zugeflüstert hat? Schlich sie sich zum Stelldichein mit ihm, als sie in der vorigen Nacht ihres Vaters Schlüssel stahl und das Stadttor öffnete? Und als sie ihren Goldschmiedegesellen als einen gewappneten Ritter traf mit einem stahlgepanzerten Heere hinter sich, was dachte sie da? Wurde sie nicht wahnsinnig, da sie die stählerne Flut sich durch das Tor wälzen sah, das sie geöffnet hatte? Zu spät deine Klagen, o Jungfrau! Warum liebtest du den Feind deiner Stadt? Gefallen ist Visby, vergehen wird sein Glanz. Warum stürztest du dich nicht mitten im Tore nieder und ließest dich von den eisernen Hufen zu Tode treten? Wolltest du leben, um den Verbrecher von des Himmels Blitzen getroffen zu sehen?

O Jungfrau, an seiner Seite steht die Gewalt und schützt ihn. An heiligern Dingen als einer leichtgläubigen Jungfrau vergreift er sich. Nicht einmal Gottes heiligen Tempel schont er. Die leuchtenden Karfunkelsteine bricht er aus der Kirchenwand, um die letzte Kufe zu füllen.

Da ändern alle Gestalten des Bildes ihre Haltung. Blindes Entsetzen packt alles Lebende. Der wildeste Kriegsknecht erbleicht, die Bürger wenden ihren Blick zum Himmel, alle erwarten Gottes Strafgericht, alle erbeben, außer der Gewalt auf den Stufen des Thrones und dem König, der ihr Diener ist.

Ich wünschte, der Künstler lebte noch, sodass er mich hinab zum Hafen von Visby führen und mir diese selben Bürger zeigen könnte, als sie mit den Blicken der fortsegelnden Flotte folgten. Sie rufen Verwünschungen über die Wogen hin. »Vernichtet sie«, rufen sie, »vernichtet sie! O Meer, du unser Freund, nimm unsre Schätze wieder! Tue deine erstickende Tiefe auf unter den Gottlosen, unter den Treulosen!«

Und das Meer donnert dumpf Beifall, und die Gewalt, die auf dem königlichen Schiffe steht, nickt zustimmend. »So ist es gut«, sagt sie, »verfolgen und verfolgt werden, so lautet mein Gesetz. Möge der Sturm und das Meer die räuberische Flotte zerstören und die Schätze meines königlichen Dieners an sich raffen! Desto früher ist es uns beschieden, auf neue Verheerungszüge auszuziehen!«

Aber die Bürger auf dem Strande wenden sich um und sehen zu ihrer Stadt empor. Feuerflammen sind dort aufgelodert, Plünderung ist über sie hingezogen, hinter gesprungenen Scheiben gähnen verwüstete Wohnstätten. Geschwärzte Giebel sehen sie, geschändete Kirchen, blutige Leichen liegen in den engen Gässchen, und vor Schreck wahnsinnige Frauen durcheilen die Stadt. Sollen sie alledem ohnmächtig gegenüberstehen? Gibt es niemanden, den ihre Rache erreichen kann, niemanden, den sie ihrerseits quälen und vernichten können?

Gott im Himmel, seht doch! Des Goldschmieds Haus ist nicht geplündert, nicht verbrannt. Was ist das? War er im Bunde mit dem Feinde? Hat er nicht den Schlüssel zu einem der Tore der Stadt in seinem Gewahrsam? O du, Jung-Hansens Tochter, antworte, was soll das bedeuten?

Dort auf dem Königsschiffe steht die Gewalt und betrachtet ihren königlichen Diener, unter dem Visier lächelnd. »Höre den Sturm, Herr, höre den Sturm! Das Gold, das du geraubt, bald wird es dir unerreichbar auf dem Meeresgrunde ruhen. Und sieh zurück auf Visby, mein hoher Herr! Das Weib, das du betrogst, wird zwischen Priestern und Kriegsknechten zur Stadtmauer geführt. Hörst du den Volkshaufen, der ihr folgt, fluchend und wehklagend? Sieh, sieh, die Maurer kommen mit Kalk und Maurerkellen! Sieh, die Frauen kommen mit Steinen! Alle tragen sie Steine, alle, alle!

O König, wenn du nicht sehen kannst, was in Visby vorgeht, musst du doch hören und wissen, was dort geschieht. Du bist ja nicht von Stahl und Eisen wie die Gewalt an deiner Seite. Wenn des Alters düstre Tage kommen und du unter dem Schatten des Todes lebst, dann wird das Bild von Jung-Hansens Tochter vor deine Erinnerung treten.

Bleich wirst du sie unter ihres Volkes Hohn und Verachtung zusammensinken sehen. Du wirst sie dahinziehen sehen zwischen Priestern und Kriegsknechten unter Glockengeläute und Hymnengesang. Sie ist schon tot in den Augen des Volkes. Tot fühlt sie sich in ihrem Innersten, getötet von allem, was sie geliebt. Du wirst sie in den Turm steigen sehen, sehen, wie man die Steine einfügt, vernehmen, wie die Maurerkellen scharren, und das Volk hören, wie es mit seinen Steinen herbeieilt. ›O Maurer, nimm meinen, nimm meinen! Bediene dich meines Steines zum Rachewerk! Lass meinen Stein mit dabei sein, Jung-Hansens Tochter von Licht und Luft abzuschließen! Gefallen ist Visby, das herrliche Visby! Gott segne eure Hände, Maurer! Lass mich mit dabei sein und die Rache vollziehen!‹

Und Hymnengesang erklingt, und die Glocken läuten wie über einer Toten.

O Waldemar, König von Dänemark, auch dein Los wird es sein, dem Tode zu begegnen, dann wirst du auf deinem Bette liegen und vieles hören und sehen und dich in Qualen dabei winden. Und auch dieses Scharren mit der Maurerkelle, diese Rufe der Rache wirst du hören. Wo sind sie dann, die heiligen Glocken, die die Marter der Seele übertönen? Wo sind sie, die weiten Metallrachen, deren Zungen zu Gott um Gnade für dich flehen? Wo ist die von Wohllaut erzitternde Luft, die die Seele hin zu Gottes Gefilden führt?

O hilf, Esrom, hilf, Sorö, und du, große Glocke in Lund!«

*

Welch düstre Geschichte erzählt nicht dieses Bild! Es war ein wunderliches, fremdes Gefühl, wieder in den Königsgarten zu treten, in den strahlenden Sonnenschein unter lebende Menschen.

Unter den Kletterrosen

Ich wollte, dass die Blicke der Menschen, unter denen ich meinen Sommer verlebt habe, auf diese Zeilen fielen. Jetzt, wo Kälte und dunkle Nächte gekommen sind, möchte ich ihre Gedanken zu der hellen warmen Jahreszeit zurückführen.

Vor allem möchte ich sie an die Kletterrosen erinnern, die die Veranda umschlangen, an das feine, ein wenig dünne Laubwerk der Rosa bengalensis, das sich beim Sonnenschein wie beim Mondlicht in dunkelgrauen Schatten auf dem lichtgrauen Steinboden abzeichnete und einen leichten Spitzenschleier über alles dort draußen warf, und an ihre großen lichten Riesenblumen mit den ausgefransten Rändern.

Andre Sommer erinnern mich an Kleewiesen oder an Birkenwälder oder an Birnbäume und Beerensträucher, aber dieser Sommer hat seinen Charakter von den Kletterrosen bekommen. Die lichten, zarten Knospen, die weder Wind noch Regen vertrugen, die leicht wehenden hellgrünen Schösslinge, die sanft geneigten Stämmchen, der überschwängliche Reichtum an Blumen, die fröhlich summende Insektenschar, alles das wird mich begleiten und in seiner ganzen Pracht vor mir auferstehen, wenn ich an den Sommer zurückdenke, den zarten, feinen Schmelz des Sommers.

Jetzt, wo die Arbeitszeit angebrochen ist, fragt man mich oft, womit ich meinen Sommer verbracht habe. Dann gleitet alles andre aus meiner Erinnerung fort, und es will mir scheinen, als hätte ich tagaus tagein auf der Veranda unter den Kletterrosen gesessen und Duft und Sonnenschein eingeschlürft. Was tat ich da? Ach, ich sah zu, wie andre arbeiteten.

Da war eine kleine Tapezierbiene, die vom Morgen bis zum Abend, vom Abend bis zum Morgen arbeitete. Aus den weichen grünen Blättern sägte sie mit ihren scharfen Kiefern ein zierliches kleines Oval, rollte es so zusammen, wie man eine richtige Tapete rollt, und die kostbare Bürde an sich drückend, flatterte sie fort zum Parke und ließ sich auf einem alten Baumstumpf nieder. Da vertiefte sie sich in dunkle Gänge und geheimnisvolle Galerien, bis sie endlich den Grund eines lotrechten Schachtes erreichte. In dessen unbekannten Tiefen, in die sich weder Ameise noch Tausendfüßler je gewagt hatten, breitete sie die grüne Blattrolle aus und bedeckte den holprigen Boden mit dem schönsten Teppich. Und als der Boden bedeckt war, holte die Biene wieder neue Blätter, um die Wände des Schachtes zu bekleiden, und arbeitete so rasch und eifrig, dass es bald in der ganzen Rosenhecke kein Blatt gab, das nicht seinen ovalen Ausschnitt hatte, der bezeugte, dass es zur Ausschmückung des alten Baumstumpfes das Seinige hatte beitragen müssen.

Eines schönen Tages änderte das Bienchen seine Beschäftigung. Es bohrte sich tief in die Blätterwirrnis der Riesenrosen und schlürfte und trank aus ihren schönen Vorratskammern nach Herzenslust, und jedes Mal, wenn es einen Mund voll hatte, schwirrte es gleich hinüber zu dem alten Baumstumpf, um die frisch tapezierte Kammer mit dem klarsten Honig zu füllen.

Aber die kleine Tapezierbiene war nicht die Einzige, die draußen in der Rosenhecke arbeitete. Da gab es auch eine Spinne, eine ganz unvergleichliche Spinne. Sie war größer als alles, was ich bisher vom Spinnengeschlechte gesehen habe, sie war klar gelbrot mit einem deutlich punktierten Kreuz auf dem Rücken, und sie hatte acht lange, weiß und rot gestreifte Beine, alle gleich schön gezeichnet. Ihr hättet diese Spinne sehen sollen! Jeder Faden wurde mit der äußersten Genauigkeit gezogen. Von den ersten an, die nur zur Stütze und zum Halt dienten, bis zu den innersten feinen Webfäden. Und ihr hättet sehen sollen, wie sie den schmalen Fäden entlangbalancierte, um eine Fliege zu haschen oder ihren Thron in der Mitte des Netzes einzunehmen, regungslos, geduldig, stundenlang wartend.

Diese große rot-gelbe Spinne gewann mein Herz: Sie war so geduldig und so weise. Jeden Tag hatte sie ihr kleines Scharmützel mit der Tapezierbiene, und immer zog sie sich mit dem gleichen untrüglichen Takt aus der Affäre. Die Biene, deren Weg dicht an ihr vorbeiführte, blieb einmal ums andre in ihrem Netz hängen. Sogleich begann sie zu surren und zu reißen, sie zerrte an dem feinen Netz und benahm sich ganz toll, was natürlich zur Folge hatte, dass sie sich immer ärger und ärger verwickelte und Flügel und Beinchen in das klebrige Gewebe verstrickte.

Sobald die Biene ermattet und erlahmt war, kroch die Spinne zu ihr heran. Sie hielt sich immer in gebührlicher Entfernung, aber mit der äußersten Spitze eines ihrer eleganten rot gestreiften Beine gab sie der Biene einen kleinen Stoß, sodass sie sich im Netz herumdrehte. Und wenn die Biene wieder herumgeschnurrt und sich müde gerast hatte, bekam sie abermals einen ganz sachten Puff, und dann noch einen und noch einen, bis sie sich wie ein Kreisel drehte und in ihrer

Raserei nicht ein noch aus wusste und so verwirrt war, dass sie sich nicht zur Wehr setzen konnte. Aber bei diesem Herumschwingen drehten sich die Fäden, die sie hielten, immer mehr zusammen, und die Spannung wurde so groß, dass sie rissen und die Biene zu Boden fiel. Ja, das war es natürlich, was die Spinne gewollt hatte.

Und dieses Kunststück konnten die beiden Tag für Tag wiederholen, solange die Biene in der Rosenhecke Arbeit hatte. Nie konnte der kleine Tapezierer es lernen, sich vor dem Spinnennetz in acht zu nehmen, und nie zeigte die Spinne Zorn oder Ungeduld. Ich mochte sie wirklich alle beide gerne leiden, die kleine eifrige zottige Arbeiterin geradeso wie die große schlaue alte Jägerin.

Es begaben sich nicht oft große Ereignisse in dem Hause mit den Kletterrosen. Zwischen den Spalieren konnte man den kleinen See in der Sonne liegen und blinken sehen. Und das war ein See, der zu klein und zu umfriedet war, um sich in wirklichen Wellen erheben zu können, aber bei jedem kleinen Gekräusel des grauen Spiegels flogen Tausende kleine Fünkchen auf, die auf den Wellen glitzerten und tanzten, es sah aus, als wäre die ganze Tiefe von Feuer erfüllt, das nicht heraus könnte. Und so war auch das Sommerleben dort draußen; es war gewöhnlich ganz still, aber kam nur das allergeringste kleine Gekräusel – ach, wie konnte es da schimmern und glitzern.

Und es bedurfte keiner großen Dinge, um uns froh zu machen. Eine Blume oder ein Vogel konnte uns Heiterkeit für mehrere Stunden bringen, von der Tapezierbiene gar nicht zu sprechen. Ich werde nie vergessen, wie seelenvergnügt ich einmal durch sie wurde. Die Biene war wie gewöhnlich im Spinnennetz gewesen und die Spinne hatte ihr wie gewöhnlich herausgeholfen, aber sie hatte tüchtig festgesessen, sodass sie sich ungeheuer lange herumdrehen musste und ganz zahm und gebändigt war, als sie davonflog. Ich beugte mich vor, um zu sehen, ob das Netz großen Schaden genommen habe. Das hatte es glücklicherweise nicht, dagegen saß eine kleine Raupe im Netze fest, ein kleines fadenschmales Untier, das nur aus Kiefern und Krallen bestand, und ich war erregt, wirklich erregt, als ich es erblickte.

Kannte ich sie nicht, diese Larven der Maikäfer, die zu Tausenden die Blumen hinaufkriechen und sich unter ihren Kronenblättern verstecken? Kannte ich sie nicht und bewunderte ich sie nicht auch, diese beharrlichen schlauen Parasiten, die verborgen dasitzen und warten, nur warten, und wenn es wochenlang dauern sollte, bis eine Biene kommt, in deren schwarz-gelbem Pelz sie sich verbergen können? Und wusste ich nicht von ihrer hassenswürdigen Geschicklichkeit, gerade wenn die kleine Zellenbauerin einen Raum mit Honig gefüllt und auf dessen Oberfläche das Ei gelegt hat, aus dem der richtige Eigentümer der Zelle und des Honigs hervorkommen soll, gerade da auf das Ei hinabzukriechen und unter eifrigem Balancieren darauf sitzen zu bleiben wie auf einem Boote, denn fielen sie in den Honig hinab, so müssten sie ertrinken. Und während die Biene das fingerhutähnliche Nestchen mit einem grünen Dach bedeckt und behutsam ihr Junges einschließt, schlitzt die gelbe Raupe mit scharfen Kiefern das Ei auf und verzehrt dessen Inhalt, während die Eischale noch immer als Nachen auf dem gefährlichen Honigsee dienen muss.

Aber so nach und nach wird das schmale gelbe Ding platt und groß und kann selbst auf dem Honig schwimmen und davon trinken, und wenn die Zeit sich erfüllt hat, kommt ein fetter schwarzer Maikäfer aus der Bienenzelle. Aber das ist es sicherlich nicht, was das kleine Bienchen mit seiner Arbeit erreichen wollte, und wie schlau und behänd der Maikäfer sich auch betragen hat, so ist er doch nichts andres als ein fauler Schmarotzer, der keine Barmherzigkeit verdient.

Und meine Biene, meine kleine, fleißige Herzensbiene war mit solch einem gelben Parasiten im Pelze herumgeflogen. Aber während die Spinne sie im Kreise gedreht hatte, hatte er sich losgelöst und war in das Netz gefallen, und jetzt kam die große Gelbrote und gab ihm einen Biss mit ihrem Giftzahn und verwandelte ihn in einem Augenblick in ein Skelett ohne Leben und Inhalt.

Und als die kleine Biene zurückkam, war ihr Surren wie eine Lobhymne an das Leben.

»O du schönes Leben!«, sagte sie. »Ich danke dir, dass auf mein Los die fröhliche Arbeit unter Rosen im Sonnenschein gefallen ist. Ich danke dir, dass ich dich ohne Angst und Furcht genießen kann. Wohl weiß ich, dass Spinnen lauern und Maikäfer stehlen, aber mein ist die fröhliche Arbeit und die mutige Sorglosigkeit. O du schönes Leben, du herrliches Dasein!«

Ein Stück Lebensgeschichte

Es war einmal eine Saga, die wollte erzählt und in die Welt hinausgetragen werden. Dies war ganz natürlich, weil sie wusste, dass sie schon so gut wie fertig war. Viele hatten mitgeholfen, sie durch merkwürdige Taten zu schaffen, andre hatten ihr Teil dadurch beigetragen, dass sie diese Taten immer wieder und wieder erzählten. Ihr fehlte nur, dass einer sie notdürftig zusammenfügte, damit sie gemächlich durchs Land ziehen könne. Sie war erst ein ganzes Gewühl von Geschichten, eine formlose Wolke von Abenteuern, die hin und her flatterten wie ein Schwarm verirrter Bienen an einem Sommertag und nicht wussten, wo sie einen finden sollten, der sie in einem Korbe vereinigen könnte.

Die Saga, die erzählt werden wollte, war in Wermland entstanden, und man kann sicher sein, dass sie über so manchen Herrenhöfen und Eisenhämmern, über so manchen Pfarrhöfen und Offizierswohnungen in der schönen Provinz schwebte, zum Fenster hineinguckte und um Einlass bat. Aber sie musste viele vergebliche Versuche machen: Überall wurde sie abgewiesen. Es konnte ja kaum anders sein. Die Leute hatten an viel wichtigere Dinge zu denken.

Endlich kam die Saga in ein altes Haus, das Mårbacka hieß. Das war ein kleines Gehöft mit niedrigen Wirtschaftsgebäuden, die von hohen Bäumen überschattet wurden. Früher einmal war es ein Pfarrhof gewesen, und es war, als hätte ihm das ein Gepräge aufgedrückt, das es nicht verlieren könnte. Man schien dort größere Liebe zu Büchern und Studien zu haben als anderswo, und immer lag ein stiller Friede über diesem Hause. Da durfte niemals ein Jagen bei der Arbeit oder ein Zank mit dem Gesinde vorkommen. Hass oder Zwietracht durfte es da auch nicht geben; und wer sich dort aufhielt, durfte das Leben nicht schwer nehmen –: Die allererste Pflicht war, sorglos zu sein und zu glauben, dass der liebe Herrgott für jeden, der in diesem Hause lebte, alles zum Besten lenkte.

Wenn ich heute zurückdenke, weiß ich: Die Saga, von der ich spreche, muss eine ganze lange Reihe von Jahren in ihrem vergeblichen Warten, dass sie einer erzähle, hier geweilt haben. Es dünkt mich, sie müsse das Haus umschwebt haben, so wie eine Wolke einen Bergesgipfel umschwebt; und einmal ums andre ließ sie eines der Abenteuer, aus denen sie bestand, darauf hinunterregnen. Sie kamen als seltsame Gespenstergeschichten von dem Gutsherrn, der immer schwarze Stiere vor dem Wagen hatte, wenn er nachts von einem Gastmahl heimkehrte, und in dessen Heim der leibhaftige Böse selbst im Schaukelstuhl saß und sich hin und her wiegte, während die Hausfrau spielte. Sie kamen als wunderliche Geschichten aus dem Nachbarhof, wo die Elstern die Hausmutter verfolgt hatten, sodass sie nicht wagte, vor die Tür zu gehen, von der Kapitänswohnung, wo sie so arm waren, dass sie sich alles hatten ausleihen müssen, und von der kleinen Hütte unten an der Kirche, wo so viele junge und alte Mädchen gewohnt, die sich alle in den schönen Orgelbauer verliebten.

Zuweilen kamen die lieben Abenteuer gleichsam noch handgreiflicher in das Haus. Alte arme Offiziere fuhren in rumpelnden Karriols, die mit uralten Pferden bespannt waren, an der Freitreppe vor. Sie machten halt und blieben wochenlang zu Gaste; und am Abend, wenn der Toddy ihnen Mut gemacht hatte, begannen sie von der Zeit zu erzählen, wo sie ohne Strümpfe in den Schuhen getanzt hatten, damit die Füße kleiner aussähen, und wo sie ihr Haar gebrannt und ihren Schnurrbart geschwärzt hatten. Einer von ihnen prahlte mit dem Abenteuer, wie er versucht hatte, ein schönes Mädchen zu ihrem Bräutigam zurückzuführen, und wie er auf der Heimfahrt von Wölfen verfolgt worden war, ein andrer war bei dem Weihnachtsschmause mit dabei gewesen, wo ein erzürnter Gast alle Haselhühner an die Wand warf, weil man ihm eingeredet hatte, es wären Krähen, ein dritter hatte den Alten gesehen, der dazusitzen und auf einem Holztische Beethoven zu spielen pflegte.

Aber auch auf andere Weise konnte die Saga ihre Anwesenheit kundmachen. Auf dem Dachboden hing das alte Porträt einer Dame mit gepudertem Haar; und wenn jemand daran vorüberging, musste er sich ja erinnern, dass es die schöne Grafentochter darstellte, die den jungen Lehrer ihres Bruders geliebt hatte und einmal gekommen war, ihn zu besuchen, als sie eine alte, ergraute Dame war und er ein alter verheirateter Mann. In der Rumpelkammer lagen große Haufen von Dokumentenbündeln, die Kaufkontrakte und Pachtverträge enthielten, unterzeichnet von der mächtigen Frau, welche einst über sieben Güter geherrscht, die sie von ihrem Geliebten geerbt hatte. Kam man in die Kirche, so sah man da in einem kleinen verstaubten Schrank unter der Empore die Truhe, die mit Schriften des Unglaubens gefüllt war und nicht vor dem Beginn des neuen Jahrhunderts geöffnet werden durfte; und nicht weit davon war der Fluss, auf dessen Grunde eine Menge Heiligenbilder ruhten, die nicht auf der Kanzel und der Empore hatten bleiben dürfen, denen sie einstmals zum Schmuck gedient hatten.

Daher, dass so viele Überlieferungen das Haus umschwebten, kam es wohl schließlich, wenn eines der Kinder, die dort aufwuchsen, Lust bekam, sie zu erzählen. Es war keiner von den Jungen – die waren nicht viel zu Hause, sie hielten sich beinahe das ganze Jahr in ihren Schulen auf, also dass die Saga nicht so große Macht über sie erlangte –, sondern es war eines von den Mädchen, eines, das kränklich war, sodass es nicht so viel umherlaufen durfte wie andre Kinder, sondern seine liebste Freude daran hatte, durch Lesen und Erzählungen von allem dem Großen und Merkwürdigen zu erfahren, was sich in der Welt zugetragen hat.

Nun verhielt es sich durchaus nicht so, dass etwa das junge Mädchen von Anfang an die Absicht gehabt hätte, die Sagen und Geschichten niederzuschreiben, die sie umgaben. Es fiel ihr nicht im Entferntesten ein, dass aus diesen Abenteuern, die sie so oft hatte erzählen hören, dass sie sie das Alltäglichste von der Welt deuchten –, dass daraus ein Buch werden könnte. Wenn sie zu dichten versuchte, wählte sie die Stoffe aus ihren Büchern, und mit frischem Mute schrieb sie Geschichten über die Sultane aus Tausendundeiner Nacht, über Walter Scotts Ritter und Snorre Sturlasons Sagenkönige.

Es ist sicherlich überflüssig, zu erwähnen, dass, was sie schrieb, das Unoriginellste und Unreifste war, was nur je niedergeschrieben worden ist, aber das konnte sie selbst natürlich nicht sehen. Sie ging daheim in dem stillen Hause umher und bedeckte jedes Stückchen Papier, dessen sie nur habhaft werden konnte, mit Versen und Prosa, mit Schauspielen und Romanen. Wenn sie nicht schrieb, ging sie umher und wartete auf das Glück. Und das Glück sollte darin bestehen, dass irgendein fremder Besucher, der sehr klug und mächtig wäre, durch einen wunderbaren Zufall das entdeckte, was sie geschrieben hatte, und es würdig fände, gedruckt zu werden. Dann würde alles andre ganz von selbst kommen.

Doch es begab sich nichts Derartiges, und als das junge Mädchen über zwanzig Jahre alt war, begann es ungeduldig zu werden. Sie konnte nicht begreifen, woher es kam, dass das Glück sich gar nicht einfinden wollte. Vielleicht fehlten ihr Kenntnisse; sie müsste auch wohl ein wenig mehr von der Welt zu Gesicht bekommen als das elterliche Haus. Und da es so lange währte, bis sie ihren Unterhalt als Schriftstellerin verdienen konnte, musste sie etwas lernen, sich eine Lebensstellung schaffen, damit sie einen Broterwerb hätte, davon zu leben, während sie auf sich selbst wartete.

Vielleicht war es ganz einfach so, dass die Saga die Geduld mit ihr verloren hatte. Sie dachte sich vielleicht: Da dieses verblendete Menschenkind nicht sieht, was dicht vor seinen Augen liegt, so muss es eben gezwungen werden, von dannen zu ziehen. Es muss durch graue Steinstraßen gehen, es muss in engen Stadträumen wohnen ohne andre Aussicht als graue Hausmauern. Dieses Mädchen muss unter Menschen einhergehen, die alles, was in ihnen eigentümlich ist, verbergen, und die einander alle zu gleichen scheinen. Das wird sie vielleicht lehren, das zu sehen, was vor der Tür ihres Heims wartet, alles, was zwischen den blauen Hügelketten lebt und webt, die sie täglich vor Augen hat.

Und eines Herbstes, als sie schon zweiundzwanzig Jahre alt war, fuhr sie nach Stockholm, um das Studium zu beginnen und sich gleichzeitig zur Lehrerin auszubilden.

Das junge Mädchen stak bald tief in der Arbeit. Es schrieb nicht mehr, sondern ging in Aufgaben und Lektionen auf. Es sah fast aus, als sollte die Saga es ganz und gar verlieren.

Da begab sich etwas Merkwürdiges. In diesem selben Herbst, nachdem sie ein paar Monate in grauen Gassen zwischen Hausmauern gelebt hatte, ging sie an einem Vormittag mit einem Pack Bücher unter dem Arm die Malmskillnadsgasse hinauf. Sie hatte eben eine Vorlesung über Literaturgeschichte gehört. Die musste von Bellman oder Runeberg gehandelt haben, denn sie ging einher und dachte an diese beiden und an die Gestalten, die sich in ihrer Dichtung bewegten. Sie sagte sich selbst, dass Runebergs gutmütige Kriegshelden und Bellmans sorglose Zechbrüder das vortrefflichste Material wären, das ein Dichter nur haben könnte. Und da auf einmal tauchte dieser Gedanke in ihr auf: Die Welt, in der du unten in Wermland gelebt hast, ist wohl nicht weniger originell als die Welt Fredmans oder die des Fähnrichs Stal. Kannst du nur lernen, sie zu gestalten, so hast du wohl einen ebenso guten Stoff für deine Arbeit wie diese beiden.

So ging es zu, dass sie zum ersten Male der Saga ansichtig wurde. Und in demselben Augenblicke, wo sie sie sah, begann der Boden unter ihr zu schaukeln. Die ganze lange Malmskillnadsgasse vom Hamngatshügel bis hinauf zur Brandstation erhob sich zum Himmel und sank wieder hinab, hob sich und sank. Sie musste eine gute Weile stille stehen, bis die Gasse zur Ruhe gekommen war; und erstaunt sah sie die Vorübergehenden an, die so ruhig einherschritten und gar nicht merkten, welches Wunder geschehen war.

In dieser Stunde beschloss das junge Mädchen, die Geschichte der Wermlandskavaliere zu schreiben, und sie gab diesen Gedanken nie wieder auf. Aber viele, lange Jahre währte es, bis der Entschluss zur Ausführung kam.

Denn erstens war sie nun in eine neue Lebensbahn eingetreten, und es gebrach ihr an Zeit, etwas Größeres auszuführen. Zweitens erlebte sie ein ganzes Misslingen, als sie versuchte, diese Geschichte zu schreiben. In diesen Jahren trugen sich jedoch immer wieder Ereignisse zu, die ihr halfen, die Saga auszugestalten. Eines Morgens in den Ferien saß sie mit ihrem Vater am Frühstückstisch, und die beiden plauderten von alten Zeiten. Da erzählte er auch von einem Jugendbekannten, den er als den bezauberndsten Menschen schilderte. Dieser Mann hatte Freude und Heiterkeit mitgebracht, wohin er auch kam. Er konnte singen, er komponierte, er improvisierte Verse. Spielte er zum Tanze auf, dann tanzte nicht nur die Jugend, sondern auch Greise und Greisinnen, hoch und niedrig: Und hielt er eine Rede, so musste man lachen oder weinen, ganz wie er es wollte. Wenn er sich betrank, so konnte er noch besser spielen und sprechen, als wenn er nüchtern war. Und wenn er sich in ein Weib verliebte, war es dem unmöglich, zu widerstehen. Wenn er Torheiten machte, so verzieh man ihm; war er einmal betrübt, so wollte man alles Erdenkliche tun, um ihn nur wieder froh zu sehen. Aber großen Erfolg in der Welt hatte er trotz seiner reichen Begabung nicht gehabt. Den größten Teil seines Lebens hatte er als Hofmeister auf den verschiedenen Gütern Wermlands verbracht. Schließlich hatte er das Pastorexamen gemacht. Das war das höchste, was er erreicht hatte. Nach diesem Gespräch konnte sie den Helden der Saga besser vor sich sehen als früher, und damit kam ein wenig Leben und Bewegung hinein. Und eines schönen Tages bekam der Held sogar einen Namen und wurde Gösta Berling genannt. Woher er diesen Namen hatte, wusste sie nicht. Es war, als hätte er ihn sich selbst gegeben.

Ein andermal war sie in den Weihnachtsfeiertagen daheim. An einem Abend fuhr man zu einem Weihnachtsschmaus, einen weiten Weg bei argem Schneegestöber. Das war eine langwierigere Fahrt, als jemand hätte glauben können. Das Pferd arbeitete sich mühsam vorwärts. Mehrere Stunden hindurch saß sie da im Schneewehen und dachte an die Saga. Als sie endlich angelangt waren, hatte sie ihr erstes Kapitel erdacht. Es war das Kapitel, das von der Weihnachtsnacht in der Schmiede handelte.

Welch ein Kapitel! Es war ihr erstes, und mehrere Jahre hindurch blieb es ihr einziges. Es wurde zuerst in Versen geschrieben, denn der ursprüngliche Plan war, dass die Saga ein Romanzenzyklus werden sollte, so wie Fähnrich Stals Erzählungen. Aber so allmählich änderte sich das, und eine Zeit lang bestand die Absicht, die Saga als Schauspiel zu schreiben. Da wurde die Weihnachtsnacht umgearbeitet: Sie sollte den ersten Akt geben. Aber auch dieser Versuch glückte nicht, und nun entschloss sie sich endlich, die Saga als Roman zu schreiben. So wurde das Kapitel in Prosa niedergeschrieben und umfasste damals vierzig Schreibseiten. Als es zum letzten Mal umgearbeitet wurde, hatte es nur neun.

Nach einigen Jahren kam ein zweites Kapitel hinzu. Es war die Geschichte von dem Ball auf Borg und von den Wölfen, die Gösta Berling und Anna Stjärnhök verfolgten.

Dies wurde ursprünglich gar nicht in der Absicht geschrieben, es mit in die Saga aufzunehmen, sondern als eine Art Gelegenheitsgedicht, das bei einer kleinen Gesellschaft vorgelesen werden sollte. Die Vorlesung jedoch unterblieb, und die Novelle wurde an die Zeitschrift Dagny geschickt. Nach einiger Zeit erhielt die Verfasserin sie als für Dagny nicht geeignet zurück. Sie war auch wirklich für niemand geeignet. Es fehlte ihr noch ganz an der künstlerischen Ausarbeitung.

Nun zerbrach sich die Verfasserin den Kopf, wozu diese unglückselige Novelle wohl verwendet werden könnte. Wenn sie sie in die Saga einfügte? Aber sie war ja ein Abenteuer für sich, ganz abgeschlossen. Sie würde sich seltsam ausnehmen unter den übrigen, die besser zusammenhingen. Vielleicht aber, dachte sie dann, wäre es gar nicht so übel, wenn alle Kapitel der Saga solche mehr oder weniger in sich abgeschlossene Abenteuer wären. Es würde schwer durchzuführen sein, aber unmöglich wäre es nicht. Es würden vielleicht zuweilen Lücken im Zusammenhang entstehen. Ja, aber es würde dem Buche großen Reichtum und Stärke geben.

Nun waren zwei wichtige Dinge entschieden. Es war klar, dass das Buch ein Roman werden sollte, und dass jedes Kapitel ein Ganzes für sich sein würde; aber damit war noch nicht so besonders viel gewonnen. Sie, die die Idee gefasst hatte, die Saga der Wermlandskavaliere zu schreiben, als sie zweiundzwanzig Jahre war, begann sich nun den Dreißigern zu nähern und hatte nicht mehr geschrieben als zwei Kapitel. Wohin waren die Jahre entschwunden? Sie hatte das Seminar absolviert, sie war seit mehreren Jahren Lehrerin in Landskrona, sie hatte sich für vieles interessiert und sich mit mancherlei befasst, aber die Saga war noch ungeschrieben. Eine Menge Material war freilich gesammelt. Aber sollte das bedeuten, dass ihr das Schreiben so schwer fiel? Warum kam nie die Inspiration über sie? Warum glitt ihr die Feder so träge über das Papier? Zu dieser Zeit hatte sie ihre düstern Stunden. Sie würde gewiss nie damit fertig werden. Sie war der Knecht, der sein Pfund in die Erde vergrub und keinen Versuch machte, damit zu wuchern.

Es verhielt sich aber so, dass sich dies alles in den achtziger Jahren zutrug, in der besten Zeit der strengen Wirklichkeitsdichtung. Sie bewunderte die großen Meister dieser Zeit und kam nie auf den Gedanken, dass man in der Dichtung eine andere Sprache anwenden könnte, als die, deren sich diese bedienten. Sie für ihr Teil liebte die Romantiker mehr, aber die Romantik war tot, und sie war nicht die Frau, die daran gedacht hätte, ihre Form und Ausdrucksweise neu zu beleben. Obgleich ihr Gehirn übervoll war an Geschichten von Gespenstern und wilder Liebe, von wunderschönen Damen und abenteuerlustigen Kavalieren, suchte sie von dem allen in ruhiger, realistischer Prosa zu schreiben. Sie hatte keinen sehr klaren Blick. Ein anderer hätte gleich erkannt, dass das Unmögliche unmöglich war.

Einmal jedoch schrieb sie ein paar kleine Kapitel in einem andern Stil. Das eine schilderte eine Szene auf dem Svartsjöer Kirchhof, das andre handelte von dem alten Philosophen Onkel Eberhard und seinen Schriften des Unglaubens. Sie schrieb sie mehr zum Spaße mit vielen Ahs und Ohs in einer Prosa, die fast rhythmisch war. Und sie merkte, dass es auf diese Weise mit dem Schreiben ging; es war Inspiration darin, das fühlte sie. Aber als die beiden kleinen Kapitel fertig waren, legte sie sie weg. Sie waren nur der Kurzweil halber geschrieben worden. So könnte man ein ganzes Buch ja nicht schreiben.

Aber es war wohl so, dass die Saga nun lange genug gewartet hatte. Sie dachte sicherlich wie das vorige Mal, da sie sie in die Welt hinausgeschickt hatte: – Ich muss diesem verblendeten Menschenkind eine große Sehnsucht geben, dass die ihm die Augen öffne. Diese Sehnsucht kam auf die Art über sie, dass das Haus, wo sie aufgewachsen war, verkauft wurde und sie hinfuhr, ihr Kindheitsheim zum letzten Male zu sehen, bevor Fremde Besitz davon nahmen.

Und an dem Abend, bevor sie von dort abreiste, um diese Stätte vielleicht nie wieder zu sehen, beschloss sie in aller Demut, das Buch auf ihre eigne Weise und nach ihren eignen schwachen Kräften zu schreiben. Es würde kein Meisterwerk werden, wie sie gehofft hatte. Die Menschen würden über ihr Buch lachen; aber schreiben musste sie es doch. Es schreiben, um für sich selbst von ihrem Heim zu retten, was sie noch retten konnte: die lieben alten Geschichten, den fröhlichen Frieden der sorglosen Tage und die schöne Landschaft mit dem lang gestreckten See und den blau schimmernden Hügeln.

Aber ihr, die gehofft hatte, sie würde es doch einmal lernen, ein Buch zu schreiben, das die Menschen lesen wollten –, ihr war es, als hätte sie damit preisgegeben, was sie im Leben am liebsten erringen wollte. Es war das schwerste Opfer, das sie je gebracht hatte.

Ein paar Wochen später befand sie sich wieder in ihrem Heim in Landskrona und setzte sich an den Schreibtisch. Sie begann zu schreiben; sie wusste nicht recht, was es werden sollte, aber sie wollte keine Angst haben vor den starken Worten, den Ausrufen, den Fragen. Auch wollte sie keine Furcht davor haben, sich selbst zu geben mit ihrer ganzen Kindlichkeit und allen ihren Träumen. Und als sie sich so entschlossen hatte, begann die Feder fast von selbst zu fliegen. Es versetzte sie beinahe in einen Taumel, sie wusste vor Entzücken nicht aus noch ein. Seht, das hieß schreiben! Unbekannte Dinge und Gedanken – oder richtiger gesagt, etwas, von dem sie nicht geahnt hatte, dass sie es in ihrem Hirn besaß – drängten sich aufs Papier. Die Seiten füllten sich mit einer Schnelligkeit, von der sie sich nie hatte träumen lassen. Wozu sie sonst Monate, ja Jahre gebraucht hatte, um es auszuarbeiten, das wurde nun in ein paar Stunden fertig. An diesem Abend schrieb sie die Erzählung von der Wanderung der jungen Gräfin über das Eis des Löfven und von der Überschwemmung bei Ekeby nieder.

Am nächsten Nachmittag verfasste sie die Szene, in der der gichtbrüchige Fähnrich Rutger von Örneclou versucht, sich aus dem Bett zu erheben, um La Cachuca zu tanzen; und am folgenden Abend entstand die Geschichte von dem alten Fräulein, das auszog, den geizigen Pastor von Broby zu besuchen.

Nun wusste sie sicher: Sie konnte das Buch in diesem Stil schreiben; aber ebenso sicher war sie, dass niemand die Geduld haben würde, es zu lesen. Übrigens ließen sich nicht viele Kapitel so in einem Atemzuge schreiben. Die meisten erforderten lange Arbeit; und sie konnte sich nur ganz kurze Weilchen an den Nachmittagen der Schriftstellerei widmen. Als sie ein halbes Jahr lang geschrieben hatte, von dem Tage an gerechnet, da sie sich der Romantik in die Arme geworfen hatte, waren ein Dutzend Kapitel vollendet. Es war vorauszusehen, dass das ganze Buch in drei bis vier Jahren fertig sein würde.

Es war im Frühling 1890, als die Zeitschrift Idun die Einladung zu einer Preiskonkurrenz für Novellen im Umfang von ungefähr hundert Druckseiten ergehen ließ.

Dies war ein Ausweg für eine Saga, die erzählt werden und in die Welt hinausziehen wollte. Und die Saga war es wohl, die die Schwester der Lehrerin dazu brachte, diese anzueifern, sie solle die Gelegenheit benützen. Hier lag nun endlich eine Möglichkeit, zu erfahren, ob das Geschriebene so ganz zu verwerfen wäre. Wenn es den Preis bekäme, wäre viel gewonnen. Bekam es ihn nicht, so stünde sie nur auf demselben Standpunkt wie zuvor.

Sie hatte nichts dagegen einzuwenden, aber sie hatte so geringes Vertrauen zu sich selbst, dass sie zu keinem Entschluss kommen konnte.

Endlich, knapp acht Tage vor Ablauf der Einlieferungsfrist entschloss sie sich, fünf Kapitel aus dem Romane herauszuheben, die so ziemlich zusammenhingen, sodass sie den

Eindruck einer Novelle machten, und sich damit am Wettbewerb zu beteiligen. Aber diese Kapitel waren durchaus noch nicht fertig. Drei von ihnen waren notdürftig erzählt, aber zu den übrigen zwei war kaum ein Entwurf vorhanden. Und dann musste ja noch alles ins Reine geschrieben werden. Dazu kam, dass sie gerade damals nicht bei sich zu Hause war. Sie war auf Besuch bei ihrer Schwester und ihrem Schwager, die noch oben in Wermland wohnten. Und wer gekommen ist, für kurze Zeit liebe Freunde zu besuchen, kann seine Tage ja nicht am Schreibtisch verbringen.

Sie schrieb also in den Nächten und saß in dieser Woche jede Nacht bis vier Uhr auf.

Endlich fehlten nur vierundzwanzig Stunden an der kostbaren Zeit. Und noch waren zwanzig Seiten zu schreiben.

Diesen letzten Tag waren sie eingeladen. Die ganze Familie sollte fortfahren und über Nacht ausbleiben. Sie musste natürlich mit.

Endlich nahm die Gesellschaft ein Ende, und sie saß bei Nacht in dem fremden Hause und schrieb.

Es war ihr recht wunderlich zumute. Das Haus, wo sie als Gast weilte, war eben das, wo der böse Sintram gewohnt hatte. Das Schicksal hatte sie in wunderlicher Weise gerade in dieser Nacht hergeführt, wo sie über ihn zu schreiben hatte, der in dem Schaukelstuhl saß und sich wiegte.

Zuweilen blickte sie von der Arbeit auf und horchte in den Salon hinüber, ob dort draußen nicht am Ende ein paar Schaukelstuhlkufen in Gang wären.

Doch sie hörte nichts, und als in der Frühe die Uhr sechs schlug, waren die fünf Kapitel fertig.

Im Laufe des Vormittags fuhren sie auf einem kleinen Lastdampfer nach Hause. Dort machte ihre Schwester ein Paket, verschloss es mit Lack und Siegel, die zu diesem Zwecke von zu Hause mitgenommen worden waren, schrieb die Adresse und schickte die Novelle ab.

Dies geschah an einem der letzten Tage im Juli. Gegen Ende August enthielt die Zeitschrift Idun eine Notiz, dass mehr als zwanzig Preisnovellen bei der Redaktion eingelaufen seien; aber ein paar davon seien so wirr geschrieben, dass sie nicht mitgezählt werden könnten.

Da gab sie es auf, noch weiter auf den Ausgang zu warten, sie wusste schon, welche Novelle so wirr war, dass sie nicht mitgezählt werden konnte.

Im November bekam sie eines Nachmittags ein wunderliches Telegramm. Es enthielt nur die Worte »Jubelnde Glückwünsche« und war von drei ihrer Kameradinnen aus dem Seminar unterzeichnet.

Es erschien ihr recht lang, das Warten bis zur Mittagsstunde des nächsten Tages, wo die Stockholmer Zeitungen ausgeteilt wurden. Und als sie die Zeitung in der Hand hatte, musste sie lange suchen, ohne etwas zu finden. Endlich entdeckte sie auf der letzten Spalte eine kurze Notiz in kleinem Druck, die mitteilte, dass sie den Preis erhalten hatte.

Vielleicht wäre das für einen andern nicht so viel gewesen, aber für sie bedeutete es, dass sie sich dem Lebensberuf widmen durfte, nach dem sie sich ihr ganzes Leben lang gesehnt hatte.

Dem ist wenig hinzuzufügen. Die Saga, die in die Welt hinaus wollte, war ihrem Ziele nun ziemlich nahe. Jetzt würde sie wenigstens geschrieben werden, wenn es gleich einige Jahre dauerte, bis sie fertig würde.

Sie, die sie schrieb, war zu Weihnachten, nachdem sie den Preis bekommen hatte, nach Stockholm gereist. Der Redakteur der Zeitschrift Idun erbot sich, den Roman zu drucken, sobald er fertig wäre.

Ja, wenn sie nur die Zeit finden könnte, ihn zu schreiben.

An dem Abend, bevor sie wieder nach Landskrona fahren sollte, saß sie bei ihrer alten treuen Freundin, der Baronin Adlersparre, und las der einige Kapitel vor.

Esselde hörte zu, so wie nur sie zuhören konnte, und sie war voll Interesse. Nachher blieb sie schweigend sitzen und versank in Grübeln.

»Wie lange wird es dauern, bis es ganz fertig ist?«, fragte sie schließlich.

»So drei bis vier Jahre.«

Sie gingen auseinander; aber am nächsten Morgen, zwei Stunden, bevor sie Stockholm verlassen sollte, kam ein Billett von Esselde mit der Bitte, sie möge sie vor der Abreise besuchen.

Die alte Baronin war in ihrer bestimmten und entschlossenen Stimmung. »Du musst dir jetzt für ein Jahr Urlaub nehmen und das Buch fertig schreiben. Das Geld will ich beschaffen.«

Eine Viertelstunde später war sie auf dem Wege zu der Vorsteherin des Seminars, um sie zu bitten, ihr behilflich zu sein, dass sie eine Stellvertreterin finde.

Um ein Uhr saß sie glücklich in dem Zuge, aber nun fuhr sie nicht weiter als bis nach Sörmland, wo sie gute Freunde besaß, die in einem entzückenden Heim wohnten.

Und sie fand dort beim Ingenieur Gumaelius und seiner Frau Gastfreundschaft, Arbeitsfrieden und Ruhe und gute Fürsorge fast ein Jahr hindurch, bis das Buch fertig war.

Endlich konnte sie vom Morgen bis zum Abend schreiben. Das war die glücklichste Zeit, die sie noch erlebt hatte.

Aber als die Saga schließlich fertig war, da sah sie gar wunderlich aus. Sie war toll und wild; und mit dem Zusammenhang war es nicht besser bestellt, als dass alle ihre Teile noch immer die alte Lust hatten, jeder seine eigne Straße zu ziehen.

Die Saga wurde nie, was sie hätte werden sollen. Es war ihr Unglück, dass sie so lange hatte warten müssen, bis sie erzählt wurde. Wenn sie nicht gebührend in Zucht und Zaum gehalten worden ist, so kam dies hauptsächlich daher, dass ihre Verfasserin nur allzu glücklich war, sie endlich schreiben zu dürfen.

Die Legende vom Vogelnest

Hatto, der Eremit, stand in der Einöde und betete zu Gott. Es stürmte, und sein langer Bart und sein zottiges Haar flatterten um ihn, so wie die windgepeitschten Grasbüschel die Zinnen einer alten Burgruine umflattern. Doch er strich sich nicht das Haar aus den Augen, noch steckte er den Bart in den Gürtel, denn er hielt die Arme zum Gebet erhoben. Seit Sonnenaufgang streckte er seine knochigen behaarten Arme zum Himmel empor – unermüdlich wie ein Baum seine Zweige ausstreckt. So wollte er bis zum Abend stehen bleiben, denn er hatte etwas Großes zu erbitten.

Er war ein Mann, der viel von der Arglist und Bosheit der Welt erfahren hatte. Er hatte selbst verfolgt und gequält; und Verfolgung und Qualen waren ihm zuteilgeworden, mehr als sein Herz ertragen konnte. Darum zog er hinaus auf die große Heide, grub sich eine Höhle am Flussufer und wurde ein heiliger Mann, dessen Gebete an Gottes Thron Gehör fanden.

Hatto, der Eremit, stand am Flussgestade vor seiner Höhle und betete das große Gebet seines Lebens. Er betete zu Gott, den Tag des Jüngsten Gerichts über diese böse Welt hereinbrechen zu lassen. Er rief die Posaunen blasenden Engel an, die das Ende der Herrschaft der Sünde verkünden sollten. Er rief nach den Wellen des Blutmeeres, um die Ungerechtigkeit zu ertränken. Er rief nach der Pest, auf dass sie die Kirchhöfe mit Leichenhaufen fülle.

Rings um ihn war die öde Heide. Aber eine kleine Strecke weiter oben am Flussufer stand eine alte Weide mit kurzem Stamm, der oben zu einem großen, kopfähnlichen Knollen anschwoll, aus dem neue, frischgrüne Zweige hervorwuchsen. Jeden Herbst wurden ihr von den Bewohnern des holzarmen Flachlandes diese frischen Schösslinge geraubt. Jeden Frühling trieb der Baum neue geschmeidige Zweige; und an stürmischen Tagen sah man sie um den Baum flattern und wehen, wie Haar und Bart um Hatto, den Eremiten, flatterten.

Das Bachstelzchenpaar, das sein Nest oben auf dem Stamm der Weide zwischen den emporsprießenden Zweigen zu bauen pflegte, hatte gerade an diesem Tag mit seiner Arbeit beginnen wollen, aber zwischen den heftig peitschenden Zweigen fanden die Vögel keine Ruhe. Sie kamen mit Binsenhalmen und Wurzelfäserchen und vorjährigem Riedgras geflogen, aber sie mussten unverrichteter Dinge umkehren. Da bemerkten sie den alten Hatto, der Gott anflehte, den Sturm siebenmal heftiger werden zu lassen, damit das Nest der kleinen Vöglein fortgefegt und der Adlerhorst zerstört werde.

Natürlich kann kein heute Lebender sich vorstellen, wie bemoost und vertrocknet und knorrig und schwarz und menschenunähnlich solch ein alter Heidebewohner aussah. Die Haut lag so stramm über Stirn und Wangen, dass der Kopf fast einem Totenschädel glich; und nur an einem schwachen Aufleuchten tief in den Augenhöhlen sah man, dass Leben darin war. Die vertrockneten Muskeln gaben dem Körper keine Rundung; der emporgestreckte nackte Arm bestand nur aus ein paar schmalen Knochen, die mit verrunzelter, harter, rindenähnlicher Haut überzogen waren. Er trug einen alten, eng anliegenden schwarzen Mantel. Er war braun gebrannt von der Sonne und schwarz von Schmutz. Nur sein Haar und sein Bart waren licht, hatten sie doch Regen und Sonnenschein gebleicht, bis sie dieselbe graugrüne Farbe angenommen hatten wie die Unterseite der Weidenblätter.

Die Vögel, die umherflatterten und einen Platz für ihr Nest suchten, hielten Hatto, den Eremiten, für eine alte Weide. Sie umkreisten ihn viele Male, flogen weg und kamen zurück, merkten sich den Weg, bedachten den Standort im Hinblick auf Raubvögel und Stürme, fanden ihn recht unvorteilhaft, aber entschieden sich doch dafür. Eines der Vögelchen schoss pfeilschnell herab und legte sein Wurzelfäserchen in die ausgestreckte Hand des Eremiten.

Der Sturm hatte nachgelassen, sodass das Wurzelfäserchen ihm nicht sogleich aus der Hand gerissen wurde – aber der Eremit unterbrach dadurch sein Gebet nicht.

»Mögest du bald kommen, o Herr, und diese Welt des Verderbens vernichten, auf dass die Menschen sich nicht mit noch mehr Sünden beladen. Möchtest du die Ungebornen vom Leben erlösen! Für die Lebenden gibt es keine Erlösung.«

Da setzte der Sturm wieder ein, und das Wurzelfäserchen flatterte aus der großen, knochigen Hand des Eremiten. Die Vögel kamen aber wieder und versuchten die Grundpfeiler ihres neuen Heims zwischen seinen Fingern zu befestigen. Da legte sich plötzlich ein plumper, schmutziger Daumen über die Halme und hielt sie fest, und vier Finger wölbten sich über die Handfläche, sodass eine friedliche Nische entstand, in der die Vögel bauen konnten. Doch der Eremit fuhr in seinen Gebeten fort.

»Herr, ist das Maß deiner Geduld nicht erschöpft und die Schale deiner Gnade noch nicht leer? O Herr, wann kommst du aus deinem Himmel?«

Hatto, der Eremit, hatte Fiebervisionen vom Tag des Jüngsten Gerichtes. Der Boden erbebte, der Himmel glühte. Unter dem roten Firmament sah er schwarze Wolken fliehender Vögel; über den Boden wälzte sich eine Schar flüchtender Tiere. Doch während seine Seele von diesen Fiebervisionen erfüllt war, begannen seine Augen dem Flug der kleinen Vögel zu folgen, die blitzschnell hin und her flogen und mit einem vergnügten kleinen Piepsen ein neues Hälmchen in das Nest fügten.

Der Alte rührte sich nicht. Er hatte das Gelübde getan, den ganzen Tag stillstehend mit emporgestreckten Händen zu beten, um damit Gott zu zwingen, ihn zu erhören. Je matter sein Körper wurde, desto lebendiger wurden die Gesichte, die sein Hirn erfüllten. Er hörte die Mauern der Städte zusammenbrechen und die Wohnungen der Menschen einstürzen. Schreiende, entsetzte Volkshaufen eilten an ihm vorbei, und ihnen nach jagten die Engel der Rache und der Vernichtung –, hohe, silbergepanzerte Gestalten mit strengem, schönem Antlitz, auf schwarzen Rossen reitend und Geißeln schwingend, die aus weißen Blitzen geflochten waren.

Die kleinen Bachstelzchen bauten und zimmerten fleißig den ganzen Tag, und die Arbeit machte große Fortschritte. Auf der hügeligen Heide mit dem steifen Riedgras und an dem schilfreichen Flussufer war kein Mangel an Baustoff. Die Vögel fanden weder Zeit zur Mittagsrast noch zur Vesperruhe. Glühend vor Eifer und Vergnügen flogen sie hin und her, und ehe der Abend anbrach, waren sie schon beim Dachfirst angelangt.

Aber ehe der Abend anbrach, hatte der Eremit seine Blicke immer häufiger auf sie gerichtet. Er folgte ihnen auf ihrer Fahrt; er schalt sie aus, wenn sie sich dumm anstellten; er ärgerte sich, wenn der Wind ihnen Schaden tat; und am allerwenigsten konnte er es vertragen, wenn sie sich ein bisschen ausruhten.

So sank die Sonne, und die Vögel suchten ihre vertrauten Ruhestätten im Schilf auf.

Wer abends über die Heide geht, muss sich nahe zur Erde beugen, um Eulen mit großen, runden Flügeln über das Feld huschen zu sehen und Nattern und große Kröten. Hasen und Wasserratten fliehen vor den Raubtieren; und der Fuchs springt nach einer Fledermaus, die Mücken über dem Fluss jagt. Es ist, als hätte jedes Erdhügelchen Leben bekommen. Doch unterdessen schlafen die kleinen Vögelchen auf dem schwanken Schilf, dem kein Feind nahen kann, ohne dass das Wasser plätschert oder die Halme zittern.

Als der Morgen kam, flogen die Bachstelzen geradewegs auf ihr Nest zu, aber das war verschwunden. Sie guckten suchend über die Heide und erhoben sich in die Luft, aber der Baum war verschwunden. Schließlich setzten sie sich auf ein paar Steine am Flussufer, wippten mit dem langen Schwanz und drehten das Köpfchen. Wohin waren Baum und Nest gekommen?

Doch kaum hatte sich die Sonne um eine Handbreit über den Waldgürtel auf dem jenseitigen Flussufer erhoben, als ihr Baum gewandert kam und sich auf denselben Platz stellte, den er am Tag zuvor eingenommen hatte.

Da begannen die Bachstelzchen wieder zu bauen, ohne über die vielen Wunder der Natur nachzugrübeln.

Hatto, der Eremit, der die kleinen Kinder von seiner Höhle fortscheuchte und in den Flussschlamm hinausstürzte, um den fröhlichen jungen Menschen, die in bewimpelten Booten den Fluss hinaufruderten, Verwünschungen nachzuschleudern, vor dessen bösem Blick die Heidehirten ihre Herden behüteten, kehrte zu seinem Platz am Fluss zurück, den kleinen Vögeln zuliebe. Er wusste, dass nicht nur jeder Buchstabe in den heiligen Büchern seine verborgne mystische Bedeutung hat, sondern auch alles was Gott in der Natur geschehen lässt. Jetzt glaubte er, herausgefunden zu haben, was das Nest der Bachstelzen in seiner Hand bedeutete; Gott wollte, dass er mit erhobnen Armen betend dastehen sollte, bis die Vögel ihre Jungen aufgezogen hatten. Vermochte er dies, so sollte er erhört werden.

Doch an diesem Tag sah er wenig Visionen des Jüngsten Gerichtes. Stattdessen folgte er immer eifriger mit seinen Blicken den Vögeln. Er sah sie das Nest rasch vollenden. Die kleinen Baumeister flatterten rund herum und besichtigten es. Sie holten ein paar kleine Moosflechten und klebten sie außen an das Nest. Sie holten das feinste Wollgras, und das Weibchen nahm Flaum von der eignen Brust und polsterte das Nest innen damit.

Die Bauern, die den Eremiten fürchteten, pflegten ihm Brot und Milch zu bringen, um seinen Groll zu besänftigen. Sie kamen auch jetzt und fanden ihn regungslos dastehen, das Vogelnest in der Hand.

»Seht, wie der fromme Mann die kleinen Tiere liebt«, sagten sie und fürchteten sich nicht mehr vor ihm, sondern hoben den Milcheimer an seine Lippen und führten ihm das Brot zum Mund. Als er gegessen und getrunken hatte, verjagte er die Menschen mit bösen Worten, aber sie lächelten nur über seine Verwünschungen.

Sein Körper war schon lange seines Willens Diener geworden. Durch Hunger und Schläge, durch tagelanges Knien und wochenlange Nachtwachen hatte er ihn Gehorsam gelehrt. Nun hielten stahlharte Muskeln seine Arme tage- und wochenlang emporgestreckt. Während das Bachstelzenweibchen auf den Eiern lag und das Nest nicht mehr verließ, suchte der Eremit nicht einmal nachts seine Höhle auf. Er lernte es, sitzend mit emporgestreckten Armen zu schlafen; unter den Freunden der Wüste gibt es so manche, die noch größere Dinge vollbracht haben.

Er gewöhnte sich an die zwei kleinen unruhigen Vogelaugen, die über den Rand des Nestes zu ihm hinabblickten. Er achtete auf Hagel und Regen und schützte das Nest so gut er konnte.

Eines Tages konnte das Weibchen seinen Wachtposten verlassen. Beide Bachstelzen saßen auf dem Rand des Nestes, wippten mit den Schwänzchen und beratschlagten und sahen seelenvergnügt aus, obgleich das ganze Nest von einem ängstlichen Piepsen erfüllt schien. Nach einem kleinen Weilchen zogen sie auf Mückenjagd aus.

Eine Mücke nach der andern wurde gefangen und heimgebracht. Und als das Futter kam, piepste es im Nest am allerärgsten. Den frommen Mann störte das Piepsen in seinen Gebeten.

Und sachte, sachte sank sein Arm herab, und seine kleinen Glutaugen starrten in das Nest.

Niemals hatte er etwas so hilflos Hässliches und Armseliges gesehen: kleine, nackte Körperchen mit spärlichem Flaum, keine Augen, keine Flugkraft, eigentlich nur sechs große, aufgerissene Schnäbel.

Es kam ihm selbst wunderlich vor, aber er mochte die Kleinen gerade so leiden wie sie waren. Die Alten hatte er ja niemals von dem großen Untergang ausgenommen, aber für diese sechs Schutzlosen machte er eine stillschweigende Ausnahme.

Wenn die Bäuerinnen ihm jetzt Essen brachten, dankte er ihnen nicht mehr mit Verwünschungen. Da er für die Kleinen in seiner Hand notwendig war, freute er sich, dass die Leute ihn nicht verhungern ließen.

Bald guckten den ganzen Tag sechs runde Köpfchen über den Nestrand. Des alten Hatto Arm sank immer häufiger zu seinen Augen hernieder. Er sah die Federn aus der roten Haut sprießen, die Augen sich öffnen, die Körperformen sich runden.

Die Gebete um die große Vernichtung kamen immer zögernder über Hattos Lippen. Er glaubte Gottes Zusicherung zu haben, dass sie hereinbrechen würde, wenn die kleinen Vögelchen flügge waren. Nun stand er da und suchte gleichsam nach einem Ausweg. Denn diese sechs Kleinen, die er beschützt und behütet hatte, konnte er nicht opfern.

Früher war es etwas andres gewesen, als er noch nichts hatte, was sein eigen war. Die Liebe zu den Kleinen und Schutzlosen kam über ihn und machte ihn unschlüssig.

Manchmal wollte er das ganze Nest in den Fluss schleudern, denn er meinte, dass die beneidenswert sind, die ohne Sorgen und Sünden sterben dürfen. Musste er die Kleinen nicht vor Raubtieren und Kälte, vor Hunger und den mannigfaltigen Heimsuchungen des Lebens bewahren? Aber gerade als er so dachte, kam der Sperber auf das Nest herabgesaust, um die Jungen zu töten. Da ergriff Hatto den Kühnen mit seiner linken Hand, schwang ihn im Kreis über seinem Kopf und schleuderte ihn mit der Kraft des Zornes in den Fluss.

Und der Tag kam, an dem die Kleinen flügge waren. Eine der Bachstelzen mühte sich drinnen im Nest, die Jungen auf den Rand hinauszuschieben, während die andre herumflog und ihnen zeigte, wie leicht das Fliegen war. Und als die Jungen sich hartnäckig fürchteten, da zeigten ihnen die beiden Alten ihre allerschönsten Flugkunststücke. Mit den Flügeln schlagend, beschrieben sie verschiedene Windungen, oder sie stiegen gerade in die Höhe wie Lerchen und hielten sich mit heftig zitternden Schwingen still in der Luft.

Aber als die Jungen noch immer eigensinnig blieben, konnte Hatto es nicht lassen, sich in die Sache einzumischen. Er gab ihnen einen behutsamen Puff mit dem Finger, und damit war alles entschieden. Heraus flogen sie, zitternd und unsicher, die Luft peitschend wie Fledermäuse, sie sanken, aber sie erhoben sich wieder, begriffen die Kunst und verwandten sie dazu, so rasch wie möglich das Nest wieder zu erreichen. Die Alten kamen stolz und jubelnd zu ihnen zurück, und der alte Hatto schmunzelte.

Er hatte doch in der Sache den Ausschlag gegeben.

Er grübelte nun darüber nach, ob es für unsern Herrgott nicht auch einen Ausweg geben konnte.

Vielleicht, wenn man es recht bedachte, hielt Gottvater diese Erde wie ein großes Vogelnest in seiner Rechten, und vielleicht hatte er Liebe zu denen gefasst, die dort wohnen und hausen, zu allen schutzlosen Kindern der Erde. Vielleicht erbarmte er sich ihrer, die er zu vernichten gelobt hatte, so wie sich der Eremit der kleinen Vögel erbarmte.

Freilich waren die Vögel des Eremiten um vieles besser als unsers Herrgotts Menschen, aber er konnte doch begreifen, dass Gottvater dennoch ein Herz für sie hatte.

Am nächsten Tag stand das Vogelnest leer, und die Bitterkeit der Einsamkeit bemächtigte sich des Eremiten. Langsam sank sein Arm herab, und es war ihm, als ob die ganze Natur den Atem anhielt, um dem Dröhnen der Posaune des Jüngsten Gerichts zu lauschen. Doch in demselben Augenblick kamen alle Bachstelzen zurück und setzten sich ihm auf Haupt und Schultern, denn sie hatten gar keine Angst vor ihm. Da zuckte ein Lichtstrahl durch das verwirrte Hirn des alten Hatto. Er hatte ja den Arm gesenkt, ihn jeden Tag gesenkt, um die Vögel anzusehen.

Und wie er da stand, von allen sechs Jungen umflattert und umgaukelt, nickte er jemandem, den er nicht sah, vergnügt zu. »Du bist frei«, sagte er, »du bist frei. Ich hielt mein Wort nicht, und so brauchst du auch deines nicht zu halten.«

Und es war ihm, als hörten die Berge zu zittern auf und als legte sich der Fluss gemächlich in seinem Bett zur Ruhe.

Die Legende von der Christrose

Die Räubermutter, die in der Räuberhöhle im Göinger Wald hauste, hatte sich eines Tages auf einem Bettelzug in das Flachland hinunterbegeben. Der Räubervater war ein friedloser Mann und durfte den Wald nicht verlassen. Er musste sich damit begnügen, den Wegfahrenden aufzulauern, die sich in den Wald wagten; doch zu der Zeit, als der Räubervater und die Räubermutter sich in dem Göinger Wald aufhielten, gab es im nördlichen Schonen nicht allzu viel Reisende. Wenn es sich also begab, dass der Räubervater ein paar Wochen lang kein Glück gehabt hatte, dann machte sich die Räubermutter auf die Wanderschaft. Sie nahm ihre fünf Kinder mit; und jedes der Kleinen hatte zerfetzte Fellkleider und Holzschuhe und trug auf dem Rücken einen Sack, der gerade so lang war wie es selbst. Wenn die Räubermutter zu einer Haustür hereinkam, wagte niemand, ihr zu verweigern, was sie verlangte, denn sie überlegte manchmal nicht lange, sondern kehrte in der nächsten Nacht zurück und zündete das Haus an, in dem man sie nicht freundlich aufgenommen hatte. Die Räubermutter und ihre Nachkommenschaft waren ärger als die Wolfsbrut, und gar mancher hätte ihnen gern seinen guten Speer nachgeworfen, wenn nicht der Mann dort oben im Wald gewesen wäre und sich zu rächen gewusst hätte, wenn den Kindern oder der Alten etwas zuleide getan worden wäre.

Wie nun die Räubermutter bettelnd von Hof zu Hof zog, kam sie eines schönen Tages nach Öved, das zu jener Zeit ein Kloster war. Sie läutete an der Klosterpforte und verlangte etwas zu essen. Der Türhüter ließ ein kleines Schiebfensterchen herab und reichte ihr sechs runde Brote, eines für sie und eines für jedes Kind.

Wahrend die Räubermutter still vor der Klosterpforte stand, liefen ihre Kinder umher. Dann kam eines von ihnen heran und zupfte die Mutter am Rock, zum Zeichen, dass es etwas gefunden hätte, was sie sich ansehen sollte. Die Räubermutter ging auch gleich mit.

Das ganze Kloster war von einer hohen, starken Mauer umgeben, aber der kleine Junge hatte ein kleines angelehntes Hintertürchen gefunden. Die Räubermutter stieß sogleich das Pförtchen auf und trat, ohne erst viel zu fragen, ein, wie es eben bei ihr der Brauch war.

Das Kloster Öved wurde zu jener Zeit von Abt Johannes regiert, der ein gar pflanzenkundiger Mann war. Er hatte sich hinter der Klostermauer einen kleinen Lustgarten angelegt, und in diesen drang nun die Räubermutter ein.

Im ersten Augenblick war sie so erstaunt, dass sie regungslos stehen blieb. Es war Hochsommerzeit, und der Garten des Abtes Johannes stand so voll Blumen, dass es blau und rot und gelb vor den Augen flimmerte, wenn man hinsah. Aber bald zeigte sich ein vergnügtes Lächeln auf dem Gesicht der Räubermutter. Sie begann, einen schmalen Gang zwischen vielen kleinen Blumenbeeten hinunterzugehen.

Im Garten stand ein Laienbruder, der Gärtnergehilfe war, und jätete das Unkraut aus. Er hatte die Tür in der Mauer halb offen gelassen, um Queckengras und Melde auf den Kehrichthaufen vor der Mauer werfen zu können. Als er die Räubermutter mit ihren fünf Bälgern in den Lustgarten treten sah, stürzte er ihnen sogleich entgegen und befahl ihnen, sich zu trollen. Die alte Bettlerin ging weiter, als sei nichts geschehen. Sie ließ die Blicke hinauf- und hinabwandern, sah bald die starren weißen Lilien an, die sich auf einem Beet ausbreiteten, und bald den Efeu, der die Klosterwand hoch emporkletterte, und bekümmerte sich nicht im Geringsten um den Laienbruder.

Der Laienbruder dachte, sie hätte ihn nicht verstanden, und wollte sie am Arm nehmen, um sie nach dem Ausgang umzudrehen, aber die Räubermutter warf ihm einen Blick zu, vor dem er zurückprallte. Sie war unter ihrem Bettelsack mit gebeugtem Rücken gegangen, aber jetzt richtete sie sich zur vollen Höhe auf.

»Ich bin die Räubermutter aus dem Göinger Wald«, sagte sie. »Rühr mich nur an, wenn du es wagst.« Und es sah aus, als ob sie nach diesen Worten ebenso sicher wäre, in Frieden von dannen ziehen zu können, als hätte sie verkündet, dass sie die Königin von Dänemark sei.

Aber der Laienbruder wagte dennoch, sie zu stören, obgleich er jetzt, wo er wusste, wer sie war, recht sanftmütig zu ihr sprach.

»Du musst wissen, Räubermutter«, sagte er, »dass dies ein Mönchskloster ist und dass es keiner Frau im Land verstattet ist, hinter diese Mauer zu treten. Wenn du nun nicht deiner Wege gehst, werden die Mönche mir zürnen, weil ich vergessen habe, das Tor zu schließen; sie werden mich vielleicht von Kloster und Garten verjagen.«

Doch solche Bitten waren an die Räubermutter verschwendet. Sie ging weiter durch die Rosenbeete und sah sich den Ysop an, der mit lilafarbenen Blüten bedeckt war, und das Kaprifolium, das voll rotgelber Blumentrauben hing.

Da wusste sich der Laienbruder keinen anderen Rat, als in das Kloster zu laufen und um Hilfe zu rufen. Er kam mit zwei handfesten Mönchen zurück, und die Räubermutter sah sogleich, dass es nun Ernst wurde. Sie stellte sich breitbeinig auf den Weg und begann mit gellender Stimme herauszuschreien, welche furchtbare Rache sie an dem Kloster nehmen würde, wenn sie nicht im Lustgarten bleiben dürfte, so lange sie wollte. Aber die Mönche fürchteten sie nicht und schickten sich an, sie zu vertreiben. Da stieß die Räubermutter schrille Schreie aus, stürzte sich auf die Mönche, kratzte und biss, und alle ihre Sprösslinge machten es ebenso. Den drei Männern blieb nichts anderes übrig, als in das Kloster zu gehen und Verstärkung zu holen.

Als sie über den Pfad liefen, der in das Kloster führte, begegneten sie dem Abt Johannes, der herbeigeeilt war, um zu sehen, wer da im Lustgarten so lärmte. Da mussten sie gestehen, dass die Räubermutter aus dem Göinger Wald in das Kloster eingedrungen war. Abt Johannes tadelte sie, dass sie Gewalt angewendet hatten, und verbot ihnen, um Hilfe zu rufen. Er schickte die beiden Mönche zu ihrer Arbeit zurück, und obgleich er ein alter, gebrechlicher Mann war, nahm er nur den Laienbruder mit in den Garten.

Als Abt Johannes dort anlangte, ging die Räubermutter wie zuvor zwischen den Beeten umher. Er konnte sich nicht genug über sie wundern. Er war ganz sicher, dass die Räubermutter nie zuvor in ihrem Leben einen Lustgarten erblickt hatte. Aber wie dem auch sein mochte – sie ging zwischen allen den kleinen Beeten mit den fremden und seltsamen Blumen umher und betrachtete sie, als wären es alte Bekannte. Es sah aus, als hätte sie schon öfters Immergrün und Salbei und Rosmarin gesehen. Einigen Blumen lächelte sie zu, und über andere wieder schüttelte sie den Kopf.

Abt Johannes liebte seinen Garten mehr als alle andern irdischen und vergänglichen Dinge. So wild und grimmig die Räubermutter auch aussah, so konnte er es doch nicht lassen, Gefallen daran zu finden, dass sie mit drei Mönchen gekämpft hatte, um die Blumen in Ruhe betrachten zu können. Er ging auf sie zu und fragte sie freundlich, ob ihr der Garten gefalle.

Die Räubermutter wendete sich heftig gegen Abt Johannes, denn sie war nur auf Hinterhalt und Überfall gefasst, aber als sie seine weißen Haare und seinen gebeugten Rücken sah, antwortete sie ganz freundlich: »Als ich ihn erblickte, schien es mir, als ob ich nie etwas Schöneres gesehen hätte, aber jetzt merke ich, dass er sich mit einem andern Garten nicht messen kann, den ich kenne.«

Abt Johannes hatte sicherlich eine andere Antwort erwartet. Als er hörte, dass die Räubermutter einen Lustgarten kenne, der schöner wäre als der seine, bedeckten sich seine runzeligen Wangen mit einer schwachen Röte.

Der Gärtnergehilfe, der danebenstand, begann auch sogleich die Räubermutter zurechtzuweisen.

»Dies ist Abt Johannes, Räubermutter«, sagte er, »der selber mit großem Fleiß und viel Mühe von fern und nah die Blumen für seinen Garten gesammelt hat. Wir wissen alle, dass es im ganzen schonischen Land keinen reicheren Lustgarten gibt, und es steht dir, die du das ganze liebe Jahr im wilden Wald hausest, wahrlich übel an, sein Werk zu tadeln.«

»Ich will niemand tadeln, weder ihn noch dich«, sagte die Räubermutter, »ich sage nur, wenn ihr den Lustgarten sehen könntet, an den ich denke, dann würdet ihr jegliche Blume, die hier steht, ausraufen und sie als Unkraut fortwerfen.«

Aber der Gärtnergehilfe war kaum weniger stolz auf die Blumen als Abt Johannes selbst, und als er diese Worte hörte, begann er höhnisch zu lachen.

»Ich kann mir wohl denken, dass du nur so schwätzest, Räubermutter, um uns zu reizen«, sagte er. »Das wird mir ein schöner Garten sein, den du dir unter Tannen und Wacholderbüschen im Göinger Wald eingerichtet hast! Ich wollte meine Seele verschwören, dass du überhaupt noch nie hinter einer Gartenmauer gewesen bist.«

Die Räubermutter wurde rot vor Ärger, dass man ihr misstraute, und rief: »Es mag wohl sein, dass ich niemals zuvor hinter einer Gartenmauer gestanden habe, aber ihr Mönche, die ihr heilige Männer seid, solltet wohl wissen, dass der große Göinger Wald sich in jeder Weihnachtsnacht in einen Lustgarten verwandelt, um die Geburtsstunde unseres Herrn und Heilandes zu feiern. Wir, die wir im Wald leben, sehen dies jedes Jahr. In diesem Lustgarten habe ich so herrliche Blumen geschaut, dass ich es nicht wagte, die Hand zu erheben, um sie zu brechen.«

Da lachte der Laienbruder noch lauter und stärker: »Es ist gar leicht für dich, dazustehen und mit Dingen zu prahlen, die kein Mensch sehen kann. Ich kann nicht glauben, dass der Wald Christi Geburtsstunde feiert, wenn so unheilige Leute darin wohnen wie du und der Räubervater.«

»Und das, was ich sage, ist doch ebenso wahr«, entgegnete die Räubermutter, »wie dass du es nicht wagen würdest, in einer Weihnachtsnacht in den Wald zu kommen, um es zu sehen.«

Der Laienbruder wollte ihr von Neuem antworten, aber Abt Johannes bedeutete ihm durch ein Zeichen, stillzuschweigen. Abt Johannes hatte schon in seiner Kindheit erzählen hören, dass der Wald sich in der Weihnachtszeit in ein Feierkleid hülle. Er hatte sich oft danach gesehnt, es zu sehen, aber es war ihm niemals gelungen. Nun begann er die Räubermutter gar eifrig zu bitten, sie möge ihn um die

Weihnachtszeit in die Räuberhöhle kommen lassen. Wenn sie nur eins ihrer Kinder schickte, ihm den Weg zu zeigen, dann wollte er allein hinaufreiten und sie nie und nimmer verraten, sondern sie so reich belohnen, wie es nur in seiner Macht stünde.

Die Räubermutter weigerte sich zuerst. Sie dachte an den Räubervater und an die Gefahr, der sie ihn preisgab, wenn sie Abt Johannes in ihre Höhle kommen ließe, aber dann wurde doch der Wunsch in ihr übermächtig, dem Abt zu zeigen, dass der Lustgarten, den sie kannte, schöner war als der seinige, und sie gab nach.

»Aber mehr als einen Begleiter darfst du nicht mitnehmen«, sagte sie. »Und du darfst uns keinen Hinterhalt legen, so gewiss du ein heiliger Mann bist.«

Dies versprach Abt Johannes, und damit ging die Räubermutter.

Abt Johannes befahl dem Laienbruder, niemand zu verraten, was vereinbart worden war. Er fürchtete, dass die Mönche, wenn sie von seinem Vorhaben etwas erführen, einem alten Mann, wie er es war, nicht gestatten würden, hinauf in die Räuberhöhle zu ziehen. Auch er selbst wollte den Plan keiner Menschenseele verraten. Aber da begab es sich, dass Erzbischof Absalon aus Lund gereist kam und eine Nacht in Öved verbrachte. Als nun Abt Johannes ihm seinen Garten zeigte, fiel ihm der Besuch der Räubermutter ein; und der Laienbruder, der dort umherging und arbeitete, hörte, wie der Abt dem Bischof von dem Räubervater erzählte, der nun seit vielen Jahren vogelfrei im Wald hauste, und um einen Freibrief für ihn bat, damit er wieder ein ehrliches Leben unter andern Menschen beginnen könnte.

»Wie es jetzt geht«, sagte Abt Johannes, »wachsen seine Kinder zu ärgeren Missetätern heran, als er selbst einer ist, und wir werden es bald mit einer ganzen Räuberbande zu tun bekommen.«

Doch Erzbischof Absalon erwiderte, dass er den bösen Räuber nicht auf die ehrlichen Leute im Land loslassen wolle. Es sei für alle am besten, wenn er dort oben in seinem Wald bliebe.

Da wurde Abt Johannes eifrig und begann dem Bischof vom Göinger Wald zu erzählen, der sich jedes Jahr rings um die Räuberhöhle weihnachtlich schmücke. »Wenn diese Räuber nicht zu schlimm sind, Gottes Herrlichkeit zu sehen«, sagte er, »so können sie wohl auch nicht zu schlecht sein, um die Gnade der Menschen zu erfahren.«

Aber der Erzbischof wusste Abt Johannes zu antworten.

»So viel kann ich dir versprechen, Abt Johannes«, sagte er und lächelte, »an welchem Tag immer du mir eine Blume aus dem Weihnachtsgarten des Göinger Waldes schickst, will ich dir einen Freibrief für alle Friedlosen geben, für die du bitten magst.«

Der Laienbruder sah, dass Bischof Absalon ebenso wenig wie er selbst an die Geschichte der Räubermutter glaubte, aber Abt Johannes merkte nichts davon, sondern dankte Absalon für sein gütiges Versprechen und sagte, die Blume wolle er ihm schon schicken.

Abt Johannes setzte seinen Willen durch, und am nächsten Weihnachtsabend saß er nicht daheim in Öved, sondern war auf dem Weg nach Göinge. Einer der wilden Jungen der Räubermutter lief vor ihm her. Der Knecht, der im Lustgarten mit der Räubermutter gesprochen hatte, begleitete ihn. Abt Johannes hatte sich den ganzen Herbst schon sehr nach dieser Reise gesehnt und freute sich nun, dass sie zustande gekommen war. Ganz anders stand es mit dem Laienbruder,

der ihm folgte. Er hatte Abt Johannes von Herzen lieb und würde es nicht gern einem andern überlassen haben, ihn zu begleiten und über ihn zu wachen, aber er glaubte keineswegs, dass sie einen Weihnachtsgarten zu Gesicht bekommen würden. Er dachte, dass die Räubermutter Abt Johannes mit großer Schlauheit hereingelegt hatte, damit er ihrem Mann in die Hände falle.

Während Abt Johannes nordwärts zum Wald ritt, sah er, wie überall Anstalten getroffen wurden, das Weihnachtsfest zu feiern. In jedem Bauernhof machte man Feuer in der Badehütte; aus den Vorratskammern wurden große Mengen von Fleisch und Brot in die Wohnungen getragen, und aus den Tennen kamen die Burschen mit großen Strohgarben, die über den Boden gestreut werden sollten.

Als der Abt an dem kleinen Dorfkirchlein vorüberritt, sah er, wie der Priester und seine Küster damit beschäftigt waren, sie mit den besten Geweben zu schmücken, die sie nur hatten auftreiben können; und als er zu dem Weg kam, der nach dem Kloster Bosjö führte, sah er die Armen mit großen Brotlaiben und langen Kerzen daherwandern, die sie an der Klosterpforte geschenkt bekommen hatten.

Als Abt Johannes alle diese Weihnachtszurüstungen sah, spornte er zur Eile an. Er dachte daran, dass seiner das größte Fest harrte.

Doch der Knecht jammerte und klagte, als er sah, wie sie sich auch in der kleinsten Hütte anschickten, das Weihnachtsfest zu feiern. Er wurde immer ängstlicher und bat und beschwor Abt Johannes, umzukehren und sich nicht freiwillig in die Hände der Räuber zu geben.

Aber Abt Johannes ritt weiter, ohne sich um die Klagen zu kümmern. Er hatte bald das Flachland hinter sich und kam nun hinauf in die einsamen, wilden Wälder. Hier wurde der

Weg schlechter. Er war eigentlich nur noch ein steiniger, nadelbestreuter Pfad; nicht Brücke und Steg führten über Flüsse und Bäche. Je länger sie ritten, desto kälter wurde es, und tief drinnen im Wald war der Boden mit Schnee bedeckt.

Es war ein langer und beschwerlicher Ritt. Sie zogen auf steilen und schlüpfrigen Pfaden über Moor und Sumpf, drangen durch Windbrüche und Dickicht. Gerade als der Tag zur Neige ging, führte der Räuberjunge sie über eine Waldwiese, die von nackten Laubbäumen und grünen Nadelbäumen umgeben war. Hinter der Wiese erhob sich eine Felswand, und in der Felswand war eine Tür aus rohen Planken. Abt Johannes stieg vom Pferd. Das Kind öffnete die schwere Tür, und er sah eine ärmliche Berggrotte mit nackten Steinwänden. Die Räubermutter saß an einem Blockfeuer, das mitten auf dem Boden brannte; an den Wänden waren Lagerstätten aus Tannenreisig und Moos, und auf einer von ihnen lag der Räubervater und schlief.

»Kommt herein, ihr dort draußen!«, rief die Räubermutter, ohne aufzusehen. »Und bringt die Pferde mit, damit sie nicht draußen in der Nachtkälte zugrunde gehen!«

Abt Johannes trat nun kühnlich in die Grotte, und der Laienbruder folgte ihm. Da sah es gar ärmlich und dürftig und gar nicht weihnachtlich aus. Die Räubermutter hatte weder gebraut noch gebacken; sie hatte weder gefegt noch gescheuert. Ihre Kinder lagen auf der Erde rings um einen Kessel, in dem nur dünne Wassergrütze war.

Doch die Räubermutter war ebenso stolz und selbstbewusst wie nur irgendeine wohlbestallte Bauersfrau.

»Setze dich nun hier ans Feuer, Abt Johannes, und wärme dich«, sagte sie, »und wenn du Wegzehrung mitgebracht hast, so iss, denn was wir hier im Wald kochen, wird dir wohl nicht munden. Und wenn du vom Ritt müde bist, kannst du dich auf einer dieser Lagerstätten ausstrecken. Du brauchst keine Angst zu haben, dass du verschlafen könntest. Ich sitze hier am Feuer und wache; ich werde dich schon wecken, damit du zu sehen bekommst, wonach du ausgeritten bist.«

Abt Johannes gehorchte der Räubermutter in allen Stücken und nahm seinen Schnappsack hervor. Aber er war nach dem Ritt so müde, dass er kaum zu essen vermochte; und sowie er sich auf dem Lager ausgestreckt hatte, schlummerte er ein.

Dem Laienbruder ward auch eine Ruhestatt angewiesen, aber er wagte nicht zu schlafen. Er wollte ein wachsames Auge auf den Räubervater haben, damit dieser nicht etwa aufstünde und Abt Johannes fesselte. Allmählich jedoch erlangte die Müdigkeit auch über ihn solche Gewalt, dass er einschlummerte. Als er erwachte, sah er, dass Abt Johannes sein Lager verlassen hatte, am Feuer saß und mit der Räubermutter Zwiegespräch pflog. Der Räubervater saß daneben. Er war ein hochaufgeschossener magerer Mann und sah schwerfällig und trübsinnig aus. Er kehrte Abt Johannes den Rücken, und es sah aus, als wolle er nicht zeigen, dass er dem Gespräch lauschte. Abt Johannes erzählte der Räubermutter von den Weihnachtsvorbereitungen, die er unterwegs gesehen hatte. Er erinnerte sie an die Weihnachtsfeste und die fröhlichen Weihnachtsspiele, die wohl auch sie in ihrer Jugend mitgemacht hatte, als sie noch in Frieden unter den Menschen lebte.

»Es ist ein Jammer, dass eure Kinder nie auf der Dorfstraße umhertollen oder im Weihnachtsstroh spielen dürfen«, sagte Abt Johannes. Die Räubermutter hatte ihm zuerst kurz und barsch geantwortet, aber so allmählich wurde sie kleinlauter und lauschte eifrig. Plötzlich wendete sich der Räubervater gegen den Abt Johannes und hielt ihm die geballte Faust vor das Gesicht.

»Du elender Mönch, bist du hierhergekommen, um Weib und Kinder von mir fortzulocken? Weißt du nicht, dass ich ein friedloser Mann bin und diesen Wald nicht verlassen darf?«

Abt Johannes sah ihm unerschrocken gerade in die Augen.

»Mein Wille ist es, dir einen Freibrief vom Erzbischof zu verschaffen«, sagte er. Kaum hatte er dies gesagt, als der Räubervater und die Räubermutter ein schallendes Gelächter anschlugen. Sie wussten nur zu wohl, welche Gnade ein Waldräuber vom Bischof Absalon zu erwarten hatte.

»Ja, wenn ich einen Freibrief von Absalon bekomme«, sagte der Räubervater, »dann gelobe ich dir, nie mehr auch nur eine Gans zu stehlen.«

Den Gärtnergehilfen verdross es sehr, dass das Räuberpack sich vermaß, Abt Johannes auszulachen, aber dieser selbst schien es ganz zufrieden zu sein. Der Knecht hatte ihn kaum je friedvoller und milder unter seinen Mönchen auf Öved sitzen sehen, als er ihn jetzt unter den wilden Räuberleuten sah.

Plötzlich sprang die Räubermutter auf.

»Du sitzest hier und plauderst, Abt Johannes«, sagte sie, »und wir vergessen ganz, nach dem Wald zu sehen. Jetzt höre ich bis in unsere Höhle, wie die Weihnachtsglocken läuten.«

Kaum war dies gesagt, als alle aufsprangen und hinausliefen; aber im Wald war noch dunkle Nacht und grimmiger Winter. Das Einzige, was man vernahm, war ferner Glockenklang, der von einem leisen Südwind hergetragen wurde.

»Wie soll dieser Glockenklang den toten Wald wecken können?«, dachte Abt Johannes. Denn jetzt, wo er mitten im Waldesdunkel stand, schien es ihm viel unmöglicher als zuvor, dass hier ein Lustgarten erstehen könnte.

Aber als die Glocke ein paar Augenblicke geläutet hatte, zuckte plötzlich ein Lichtstrahl durch den Wald. Gleich darauf wurde es wieder dunkel, aber dann kam das Licht wieder. Es kämpfte sich wie ein leuchtender Nebel durch die dunklen Bäume. Langsam ging die Dunkelheit in schwache Morgendämmerung über.

Da sah Abt Johannes den Schnee vom Boden verschwinden, als hätte jemand einen Teppich fortgezogen; und die Erde begann zu grünen. Das Farnkraut streckte seine Triebe hervor. Die Erika, die auf der Steinhalde wuchs, und der Porsch, der im Moor wurzelte, kleideten sich rasch in frisches Grün. Die Mooshügelchen schwollen und hoben sich; und die Frühlingsblumen schossen mit schwellenden Knospen auf und hatten schon einen Schimmer von Farbe.

Abt Johannes klopfte das Herz heftig, als er die ersten Zeichen sah, dass der Wald erwachen wollte. »Soll nun ich alter Mann ein solches Wunder schauen?«, dachte er. Und die Tränen wollten ihm in die Augen treten.

Nun wurde es wieder so dämmerig, dass er fürchtete die nächtliche Finsternis könnte aufs Neue Macht erlangen. Aber sogleich flutete eine neue Lichtwelle herein. Die brachte Bachgemurmel und das Rauschen eisbefreiter Bergströme mit. Da schlugen die Blätter der Laubbäume so rasch aus, als hätten sich grüne Schmetterlinge auf den Zweigen niedergelassen. Und nicht nur die Bäume und Pflanzen erwachten. Die Kreuzschnäbel begannen über die Zweige zu hüpfen. Die Spechte hämmerten an die Stämme, dass die Holzsplitter nur so flogen. Ein Zug Stare ließ sich in einem Tannenwipfel nieder, um auszuruhen. Es waren prächtige Stare. Die Spitze jedes kleinen Federchens leuchtete glänzend rot. Wenn die Vögel sich bewegten, glitzerten sie wie Edelsteine. Wieder wurde es für ein Weilchen still, aber bald begann es von Neuem. Ein starker, warmer Südwind blies und säte über die Waldwiese Samen aus südlichen Ländern, die von Vögeln und Schiffen und Winden in das Land gebracht worden waren. Sie schlugen Wurzel und schossen Triebe in dem Augenblick, da sie den Boden berührten.

Als die nächste Welle kam, fingen Blaubeeren und Preiselbeeren zu blühen an. Wildgänse und Kraniche riefen hoch oben in der Luft; die Buchfinken bauten ihr Nest; und die Eichhörnchen begannen in den Baumzweigen zu spielen.

Alles ging nun so rasch, dass Abt Johannes gar nicht mehr überlegen konnte; er konnte nur Augen und Ohren weit aufmachen. Die nächste Welle, die herangebraust kam, brachte den Duft frisch gepflügter Felder. Aus weiter Ferne hörte man Hirtinnen die Kühe locken und die Glöckchen der Lämmer klingeln. Tannen und Fichten bekleideten sich so dicht mit kleinen roten Zapfen, dass die Bäume wie Seide leuchteten. Der Wacholder trug Beeren, die jeden Augenblick die Farbe wechselten. Und die Waldblumen bedeckten den Boden, dass er ganz weiß und blau und gelb war. Abt Johannes beugte sich zur Erde und brach eine Erdbeerblüte. Und während er sich aufrichtete, reifte die Beere. Die Füchsin kam mit einer großen Schar schwarzbeiniger Jungen aus ihrer Höhle. Sie ging auf die Räubermutter zu und rieb sich an ihrem Rock. Die Räubermutter beugte sich zu ihr hinunter und lobte ihre Jungen. Der Uhu, der eben seine nächtliche Jagd begonnen hatte, kehrte ganz erstaunt über das Licht wieder nach Hause zurück, suchte seine Schlucht auf und legte sich schlafen. Der Kuckuck rief; und das Kuckucksweibchen umkreiste mit einem Ei im Schnabel die Nester der Singvögel.

Die Kinder der Räubermutter stießen zwitschernde Freudenschreie aus. Sie aßen sich an den Waldbeeren satt, die groß wie Tannenzapfen an den Sträuchern hingen. Eines spielte mit einer Schar junger Hasen, ein anderes lief mit den jungen Krähen um die Wette, die aus dem Nest gehüpft waren, ehe sie noch flügge waren, das dritte hob die Natter vom Boden und wickelte sie sich um Hals und Arm. Der Räubervater stand draußen auf dem Moor und aß Brombeeren. Als er aufsah, stand ein großes schwarzes Tier neben ihm. Da brach der Räubervater einen Weidenzweig und schlug dem Bären auf die Schnauze.

»Bleib du, wo du hingehörst«, sagte er. »Das ist mein Platz.« Da machte der Bär kehrt und trabte davon.

Immer wieder kamen neue Wellen von Wärme und Licht. Entengeschnatter klang vom Waldmoor herüber. Gelber Blütenstaub von den Feldern schwebte in der Luft. Schmetterlinge kamen, so groß, dass sie wie fliegende Lilien aussahen. Das Nest der Bienen in einer hohlen Eiche war schon so voll Honig, dass er am Stamm hinuntertropfte. Jetzt begannen auch die Blumen sich zu entfalten, deren Samen aus fremden Ländern gekommen waren. Die Rosenbüsche kletterten um die Wette mit den Brombeeren die Felswand hinan, und oben auf der Waldwiese sprossen Blumen, so groß wie ein Menschengesicht. Abt Johannes dachte an die Blume, die er für Bischof Absalon pflücken wollte, aber eine Blume wuchs herrlicher heran als die andere, und er wollte die allerschönste wählen.

Welle um Welle kam, und jetzt war die Luft so von Licht durchtränkt, dass sie glitzerte. Und alle Lust und aller Glanz und alles Glück des Sommers lächelten rings um Abt Johannes. Es war ihm, als könnte die Erde keine größere Freude bringen. Aber das Licht strömte noch immer, und Abt Johannes fühlte, dass überirdische Luft ihn umwehte. Zitternd erwartete er des Himmels Herrlichkeit. Abt Johannes merkte, dass alles still wurde: Die Vögel verstummten, die jungen Füchslein spielten nicht mehr, und die Blumen hörten auf zu wachsen. Eine Seligkeit nahte, die das Herz stillstehen ließ; das Auge weinte, ohne dass es darum wusste, die Seele sehnte sich, in die Ewigkeit hinüberzufliegen. Aus weiter, weiter Ferne hörte man leise Harfentöne und überirdischen Gesang. Abt Johannes faltete die Hände und sank in die Knie. Sein Gesicht strahlte von Seligkeit. Nie hatte er erwartet, dass es ihm beschieden sein würde, schon in diesem Leben des Himmels Wonne zu kosten und die Engel Weihnachtslieder singen zu hören.

Aber neben Abt Johannes stand der Gärtnergehilfe, der ihn begleitet hatte. Er sah den Räuberwald voll Grün und Blumen, und er wurde zornig in seinem Herzen, weil er erkannte, dass er einen solchen Lustgarten nie und nimmer schaffen konnte, so sehr er sich auch mit Hacke und Spaten mühen mochte. Er vermochte nicht zu begreifen, warum Gott solche Herrlichkeit an das Räubergesindel verschwendete, das seine Gebote missachtete.

Finstere Gedanken zogen durch seinen Kopf. Das kann kein rechtes Wunder sein, dachte er, das sich bösen Missetätern zeigt. Das kann nicht von Gott stammen; das ist aus Zauberei entsprungen. Die Macht des bösen Feindes hat uns verhext und zwingt uns, das zu sehen, was nicht vorhanden ist.

In der Ferne hörte man Engelharfen klingen und Engelgesang ertönen, aber der Laienbruder glaubte, dass es die böse Macht des Teufels sei.

»Sie wollen uns locken und verführen«, seufzte er. »Nie kommen wir mit heiler Haut davon; wir werden betört und der Hölle verkauft.«

Jetzt waren die Engelscharen so nahe, dass Abt Johannes ihre Lichtgestalten zwischen den Stämmen des Waldes schimmern sah. Und der Laienbruder sah dasselbe wie er, aber er hielt es für Arglist der bösen Geister und war empört, dass sie ihre Künste gerade in der Nacht trieben, in welcher der Heiland geboren war. Dies geschah ja nur, um die Christen umso sicherer ins Verderben zu stürzen.

Vögel umschwärmten das Haupt des Abtes, und er nahm sie in seine Hände. Aber vor dem Laienbruder fürchteten sich die Tiere; kein Vogel setzte sich auf seine Schulter, und keine Schlange spielte zu seinen Füßen. Nun war da eine kleine Waldtaube. Als sie merkte, dass die Engel nahe waren, nahm sie ihren ganzen Mut zusammen und flog dem Laienbruder auf die Schulter und schmiegte das Köpfchen an seine Wange. Da vermeinte er, dass ihm der Zauber endgültig auf den Leib rücke. Er wollte sich aber nicht in Versuchung führen und verderben lassen; er schlug mit der Hand nach der Waldtaube und rief mit lauter Stimme, dass es durch den Wald hallte:

»Zeuch zur Hölle, von wannen du kommen bist!« In diesem Augenblick waren die Engel so nahe, dass Abt Johannes den Hauch ihrer mächtigen Fittiche fühlte. Er hatte sich zur Erde geneigt, sie zu grüßen, aber als die Worte des Laienbruders ertönten, verstummte urplötzlich der Gesang, und die heiligen Gäste wandten sich zur Flucht. Ebenso flohen das Licht und die milde Wärme vor Schreck über die Kälte und Finsternis in einem Menschenherzen. Die Dunkelheit sank wieder auf die Erde herab; die Kälte kam, die Pflanzen verwelkten; die Tiere enteilten; das Rauschen der Wasserfälle verstummte; das Laub fiel von den Bäumen.

Abt Johannes fühlte, wie sein Herz, das eben vor Seligkeit gezittert hatte, sich jetzt in unsäglichem Schmerz zusammenkrampfte. Niemals kann ich dies überleben, dachte er, dass die Engel des Himmels mir so nahe waren und vertrieben wurden, dass sie mir Weihnachtslieder singen wollten und in die Flucht gejagt wurden.

In demselben Augenblick erinnerte er sich an die Blume, die er Bischof Absalon versprochen hatte, und er beugte sich zur Erde und tastete unter dem Moos und Laub, um noch etwas zu finden. Aber er fühlte, wie die Erde unter seinen Fingern gefror. Da ward sein Herzleid noch größer. Er konnte sich nicht erheben, sondern musste auf dem Boden liegen bleiben.

Als die Räuberleute und der Laienbruder sich in der tiefen Dunkelheit zur Räuberhöhle zurückgetappt hatten, da vermissten sie Abt Johannes. Sie nahmen glühende Scheite aus dem Feuer und zogen aus, ihn zu suchen; und sie fanden ihn tot auf der Schneedecke liegen.

Und der Laienbruder hub an, zu weinen und zu klagen, denn er erkannte, dass er es war, der Abt Johannes getötet hatte, weil er ihm den Freudenbecher entrissen, nach dem er gelechzt hatte. Als Abt Johannes nach Öved hinuntergebracht worden war, sahen die Totenpfleger, dass er seine rechte Hand hart um etwas geschlossen hielt. Er musste es in seiner Todesstunde umklammert haben. Und als sie die Hand endlich öffnen konnten, fanden sie ein paar weiße Wurzelknollen. Als der Laienbruder, der Abt Johannes geleitet hatte, diese Wurzeln sah, nahm er sie und pflanzte sie in des Abtes Garten in die Erde.

Er pflegte sie und wartete das ganze Jahr, dass eine Blume daraus erblühe, doch er wartete vergebens den ganzen Frühling und Sommer und Herbst. Als endlich der Winter anbrach und alle Blätter und Blumen tot waren, hörte er auf zu warten. Als aber der Weihnachtsabend kam, wurde die Erinnerung an Abt Johannes so mächtig, dass er in den Lustgarten hinausging, seiner zu gedenken. Und siehe, als er an die Stelle kam, wo er die Wurzelknollen eingepflanzt hatte, da sah er üppige grüne Stängel, die schöne Blumen mit silberweißen Blüten trugen. Da rief er alle Mönche von Öved zusammen; und als sie sahen, dass diese Pflanze am Weihnachtsabend blühte, wo alle anderen Blumen tot waren, wussten sie, dass es wirklich die Pflanze war, die Abt Johannes im Weihnachtslustgarten des Göinger Waldes gepflückt hatte.

Der Laienbruder bat die Mönche, da ein so großes Wunder geschehen sei, einige von den Blumen dem Bischof Absalon zu schicken. Als der Laienbruder vor Bischof Absalon hintrat, reichte er ihm die Blumen und sagte: »Dies schickt dir Abt Johannes. Es sind die Blumen, die er dir aus dem Weihnachtslustgarten im Göinger Wald zu pflücken versprochen hat.«

Als Bischof Absalon die Blumen sah, die in dunkler Winternacht der Erde entsprossen waren, und als er die Worte hörte, wurde er so bleich, als wäre er einem Toten begegnet. Eine Weile saß er schweigend da, dann sagte er: »Abt Johannes hat sein Wort gut gehalten; so will auch ich das meine halten.« Und er ließ einen Freibrief für den wilden Räuber ausstellen, der von Jugend an friedlos im Wald gelebt hatte.

Er übergab dem Laienbruder den Brief, und dieser zog damit von dannen, hinauf in den Wald und zur Räuberhöhle. Er trat am Weihnachtstag dort ein, doch der Räuber eilte ihm mit erhobener Axt entgegen.

»Ich will euch Mönche niederschlagen, so viel euer auch sind!«, rief er.

»Sicherlich hat sich um euretwillen der Göinger Wald nicht in sein Weihnachtskleid gehüllt.«

»Es ist einzig und allein meine Schuld«, sagte der Laienbruder, »und ich will gerne dafür sterben. Aber zuerst muss ich dir eine Botschaft von Abt Johannes bringen.« Und er zog den Brief des Bischofs heraus und verkündete dem Räuber, dass er nicht mehr vogelfrei sei, und zeigte ihm das Siegel Absalons, das an dem Pergament hing.

»Fortab sollst du mit deinen Kindern im Weihnachtsstroh spielen und das Christfest unter den Menschen feiern, wie es der Wunsch des Abtes Johannes war«, sagte er.

Da blieb der Räubervater stumm und bleich stehen, aber die Räubermutter sagte in seinem Namen: »Abt Johannes hat sein Wort getreulich gehalten, so wird auch der Räubervater das seine halten.«

Doch als der Räubervater und die Räubermutter aus der Räuberhöhle fortzogen, da zog der Laienbruder ein und hauste einsam im Wald und verbrachte seine Zeit in unablässigem Gebet, damit ihm seine Hartherzigkeit verziehen werde.

Und niemand darf ein strenges Wort über einen sagen, der bereut und sich bekehrt hat, wohl aber kann man wünschen, dass die bösen Worte des Laienbruders ungesagt geblieben wären, denn nie mehr hat der Göinger Wald die Geburtsstunde des Heilandes gefeiert, und von seiner ganzen Herrlichkeit lebt nur noch die Pflanze, die Abt Johannes dereinst gepflückt hat.

Man hat sie Christrose genannt; und jedes Jahr lässt sie ihre weißen Blüten und ihre grünen Stängel um die Weihnachtszeit aus dem Erdreich sprießen, als könnte sie nie und nimmer vergessen, dass sie einmal in dem großen Weihnachtslustgarten gestanden hat.

Das Flaumvögelchen

I

Ich glaube, ich sehe sie vor mir, wie sie wegfuhren. Ganz deutlich sehe ich seinen steifen Zylinder mit der großen geschwungenen Krempe, so wie man sie in den Vierzigerjahren trug, seine helle Weste und seine Halsbinde. Ich sehe auch sein schönes, glatt rasiertes Gesicht, seinen hohen steifen Kragen und die anmutige Würde in jeder seiner Bewegungen. Er sitzt rechts in der Kutsche und fasst gerade die Zügel zusammen, und neben ihm sitzt das kleine Frauenzimmerchen. Gott segne sie! Sie sehe ich noch deutlicher. Wie auf einem Bilde habe ich das schmale kleine Gesichtchen vor mir und den Hut, der es umschließt und der unter dem Kinn geknüpft ist, das dunkelbraune glatt gekämmte Haar und den großen Schal mit den gestickten Seidenblumen. Aber die Kutsche, in der sie fahren, hat natürlich einen Sitz mit grünen gedrechselten Stäbchen, und natürlich ist es das Pferd des Gastwirts, das sie die erste Meile ziehen soll, eins von den kleinen, fetten Braunen.

In sie bin ich vom ersten Augenblicke an verliebt gewesen. Es ist keine Vernunft darin, denn sie ist das unbedeutendste kleine flatternde Dingelchen, aber alle die Blicke zu sehen, die ihr folgen, als sie fortfährt, das hat mich gefangen. Fürs Erste sehe ich, wie Vater und Mutter ihr nachschauen, wie sie da in der Tür des Bäckerladens stehen, Vater hat sogar Tränen in den Augen, aber Mutter hat jetzt keine Zeit zum Weinen. Mutter muss ihre Augen benützen, um ihrem Töchterchen nachzusehen, solange sie ihr noch winken kann. Und dann gibt es natürlich fröhliche Grüße von den Kindern des Hintergässchens und schelmische Blicke von allen den niedlichen Handwerkertöchtern hinter Fenstern und Türspalten, und träumerische Blicke von ein paar jungen Gesellen und Lehrlingen. Aber alle nicken ihr Glückauf und Auf Wiedersehen zu. Und dann kommen unruhige Blicke von armen alten Mütterchen, die herauskommen und knicksen und die Brillen abnehmen, um zu sehen, wie sie in ihrem Staat vorbeifährt. Aber ich kann nicht sehen, dass ihr ein einziger unfreundlicher Blick folgt, nein, nicht so lang die Straße ist.

Als sie nicht mehr zu sehen ist, wischt sich Vater rasch mit dem Ärmel die Tränen aus den Augen.

»Sei nur nicht traurig, Mutter!«, sagt er. »Du wirst sehen, dass sie sich zu helfen weiß. Das Flaumvögelchen, Mutter, weiß sich zu helfen, so klein es ist.«

»Vater«, sagt Mutter mit starker Betonung, »du sprichst so seltsam. Warum sollte Anne-Marie sich nicht zu helfen wissen? Sie ist so gut wie irgendeine.«

»Das ist sie freilich, Mutter, aber dennoch, Mutter, dennoch. Nein, wahrhaftig, ich wollte nicht an ihrer Stelle sein und dorthin fahren, wohin sie jetzt fährt! Nein, wahrhaftig nicht!«

»Ei was, wohin solltest du wohl fahren, du hässlicher alter Bäckermeister«, sagt Mutter, die sieht, dass Vater so besorgt um sein Mädchen ist, dass man ihn mit einem kleinen Scherz aufmuntern muss. Und Vater lacht, denn das kommt ihm ebenso leicht an wie das Weinen. Und dann gehen die Alten wieder in den Laden.

Indessen ist das Flaumvögelchen, das kleine Flöckchen, das Seidenblütchen recht guten Muts, wie es da über den Weg fährt. Ein bisschen bange vor dem Bräutigam ist sie freilich noch; aber eigentlich ist das Flaumvögelchen vor allen Menschen ein bisschen bange, und das kommt ihr zugute, denn darum sind alle Menschen nur bestrebt, ihr zu zeigen, dass sie nicht so gefährlich sind.

Nie hat sie solchen Respekt vor Moritz gehabt wie heute. Als sie das Hintergässchen und alle ihre Freunde hinter sich gelassen haben, findet sie, dass Moritz förmlich zu etwas Großem anschwillt. Der Hut, der Kragen und die Polissons werden ganz steif, und die Krawatte bläht sich. Die Stimme wird ihm gleichsam dick im Halse und kommt nur schwer hervor. Sie fühlt sich dabei ein klein wenig beklommen, aber es ist doch eine Pracht, Moritz so großartig zu sehen.

Moritz ist so klug, er hat so viel zu ermahnen – es ist kaum zu glauben – aber Moritz spricht ihr den ganzen Weg nur Vernunft zu. Aber seht ihr, so ist Moritz. Er fragt das Flaumvögelchen, ob sie auch recht versteht, was diese Reise für ihn bedeutet, ob sie glaubt, dass es sich nur um eine Lustfahrt über die Landstraße handle? Eine sechs Meilen lange Reise in der guten Kutsche, mit dem Bräutigam daneben, das konnte freilich wie eine richtige Lustpartie aussehen. Und man fuhr ja auf einen prächtigen Landsitz, sollte bei einem reichen Onkel zu Gaste sein. Sie glaubte wohl, dass das alles nur ein Spaß war, wie?

Ach wenn er wüsste, dass sie sich gestern auf diese Fahrt in langen Gesprächen mit Mutter vorbereitet hatte, bevor sie sich niederlegten, und mit einer langen Reihe ängstlicher Träume bei Nacht und mit Gebeten und Tränen. Aber sie stellt sich ganz dumm, nur um es desto mehr zu genießen, wie weise Moritz ist. Er liebt es, dies zu zeigen, und sie gönnt es ihm gern, ach wie gern.

»Es ist eigentlich ganz schrecklich, dass du so reizend bist«, sagt Moritz. Denn darum hatte er sie ja lieb gewonnen, und das war doch bei Licht besehen, sehr dumm von ihm. Sein Vater war durchaus nicht damit einverstanden. Und seine Mutter, er durfte gar nicht daran denken, was für Lärm sie geschlagen hatte, als er ihr mitteilte, dass er sich mit einem armen Mädchen aus dem Hintergässchen verlobt hatte, einem Mädchen, das keine Erziehung und keine Talente hatte und das nicht einmal schön war, nur reizend.

In Moritz' Augen war natürlich die Tochter eines Bäckermeisters ebenso gut wie der Sohn des Bürgermeisters, aber nicht alle hatten so freie Anschauungen wie er. Und wenn Moritz nicht seinen reichen Onkel gehabt hätte, dann hätte wohl gar nichts aus der ganzen Sache werden können, denn er, der nur Student war, hatte ja nichts, aufgrund dessen er heiraten konnte. Aber wenn sie nun den Onkel für sich gewinnen konnten, dann war alles gut.

Ich sehe sie so deutlich, wie sie über die Landstraße fahren. Sie macht eine unglückliche kleine Miene, während sie seiner Weisheit lauscht. Aber wie vergnügt sie ist in ihren Gedanken. Wie verständig Moritz ist! Und wenn er davon spricht, welche Opfer er für sie bringt, dann ist das nur seine Art zu sagen, wie lieb er sie hat.

Und wenn sie vielleicht auch erwartet hatte, dass er an einem solchen Tage zu zweien vielleicht ein bisschen anders sein würde, als wenn sie daheim bei Mutter saßen – aber das wäre nicht recht von Moritz gewesen – sie ist doch stolz auf ihn.

Er erzählte ihr gerade, was Onkel für ein Mensch ist. Ein so mächtiger Mann ist er, dass, wenn er sie nur beschützen will, sie allsogleich im Hafen des Glücks landen. Onkel Theodor ist so unglaublich reich. Elf Hochöfen hat er und außerdem Güter und Höfe und Grubenanteile. Und von all dem ist Moritz der direkte Erbe. Aber ein bisschen schwer ist Onkel zu behandeln, wenn es jemand ist, der ihm nicht gefällt. Wenn er mit Moritz' Frau nicht einverstanden ist, kann er alles einem andern hinterlassen.

Das kleine Gesichtchen wird immer farbloser und schmäler, Moritz aber wird immer steifer und schwillt förmlich an. Es ist ja nicht viel Aussicht, dass Anne-Marie Onkel den Kopf so verdrehen kann wie Moritz. Onkel ist ein ganz andrer Mann. Sein Geschmack, ja Moritz hat keine besondre Meinung von seinem Geschmack, aber er glaubt, so irgendetwas recht Lebhaftes, etwas blitzend Rotbäckiges, das müsste Onkel gefallen. Außerdem ist er solch ein eingefleischter Junggeselle – findet, dass Frauenzimmer nur lästig sind. Aber das Einzige, was nötig ist, ist ja nur, dass sie Onkel nicht zu sehr missfällt. Für das Übrige will Moritz schon sorgen. Aber sie darf kein Gänschen sein. Weint sie –! Ach, wenn sie nicht mutiger aussieht, wenn sie ankommen, dann wird Onkel ihnen beiden schnurstracks den Laufpass geben. Sie ist in ihrem eignen Interesse froh, dass Onkel nicht so klug ist wie Moritz. Es kann doch wohl kein Unrecht gegen Moritz sein, zu denken, dass es gut ist, dass Onkel ein ganz andrer Mensch ist wie er. Denn man denke, wenn Moritz Onkel wäre, und zwei arme junge Leutchen kämen zu ihm gefahren, um ihren Lebensunterhalt zu erbitten, dann würde ihnen Moritz, der so verständig ist, sicherlich raten, jeder zu sich nach Hause zu fahren und mit dem Heiraten so lange zu warten, bis sie etwas hätten, wovon sie leben könnten. Obgleich Onkel gewiss in seiner Weise schrecklich war. Er trank so viel und gab so große Feste, bei denen es ganz wild herging. Und er verstand es gar nicht, Haus zu halten. Er konnte glauben, dass alle Menschen ihn betrogen, und ließ sich darüber kein graues Haar wachsen. Und leichtsinnig –! Der Bürgermeister hatte ihm durch Moritz ein paar Aktien einer Unternehmung geschickt, die nicht recht gehen wollten, aber Onkel kaufte sie ihm sicherlich ab, hatte Moritz gesagt. Onkel fragte nicht danach, wofür er sein Geld verschleuderte. Er hatte schon auf dem Markte in der Stadt gestanden und den Gassenjungen Silbermünzen hingestreut. Und in einer Nacht ein paar tausend Reichstaler zu verspielen und seine Pfeife mit Zehnreichstalerbanknoten anzuzünden, das gehörte zu dem Alltäglichsten, was Onkel tat.

So fuhren sie, und so plauderten sie, während sie fuhren.

Gegen Abend kamen sie an. Onkels »Residenz«, wie er zu sagen pflegte, war keine Fabrik. Sie lag fern von allem Kohlenrauch und allen Hammerschlägen auf dem Abhang einer großen Anhöhe, mit einer weiten Aussicht über Seen und lang gestreckte Berge. Sie war stattlich angelegt, mit Waldwiesen und Birkenhainen ringsherum, aber so gut wie gar keinen Feldern, denn die Besitzung war kein Landgut, sondern ein Lustschloss.

Das junge Paar fuhr eine Allee aus Birken und Ulmen hinauf. Sie fuhren zuletzt durch ein paar niedrige dichte Tannenhecken, und dann sollten sie in den Hof einschwenken.

Aber gerade da, wo der Weg eine Biegung macht, war eine Triumphpforte errichtet, und da stand Onkel mit seinen Untergebenen und grüßte. Seht, das hätte das Flaumvögelchen niemals von Moritz geglaubt, dass er ihr einen solchen Empfang bereiten würde. Es wurde ihr gleich ganz leicht ums Herz. Und sie fasste seine Hand und drückte sie zum Dank. Mehr konnte sie im Augenblick nicht tun, denn sie waren mitten unter der Triumphpforte.

Und da stand er, der allbekannte Mann, der Gutsherr Theodor Fristedt, groß und schwarzbärtig und strahlend von Wohlwollen. Er schwenkte den Hut und rief hurra, und die ganze Volksschar rief hurra, und Anne-Marie traten die Tränen in die Augen, und zugleich lächelte sie. Und natürlich mussten ihr alle vom ersten Augenblick an gut sein, allein schon wegen der Art, wie sie Moritz ansah. Denn sie dachte ja, dass sie alle seinetwegen da seien, und sie musste ihre Blicke von dem ganzen Staat abwenden, nur um ihn anzusehen, wie er mit einer großen Geste den Hut abnahm und so schön und königlich grüßte. Ach, was für einen Blick sie ihm da zuwarf! Onkel Theodor blieb fast im Hurra stecken und geriet in einen Fluch, als er ihn sah. Nein, das Flaumvögelchen wünschte gewiss keinem Menschen auf Erden etwas Böses, aber wenn es wirklich so gewesen wäre, dass das Ganze Moritz gehört hätte, so würde es wirklich gut gepasst haben. Es war weihevoll zu sehen, wie er da auf der Schwelle stand und sich zu den Leuten wendete, um zu danken. Onkel Theodor war ja auch stattlich, aber was hatte er für ein Auftreten gegen Moritz. Er half ihr nur aus dem Wagen und nahm ihren Schal und ihren Hut wie ein Bedienter, während Moritz den Hut von seiner weißen Stirn lüftete und sagte: »Habt Dank, meine Kinder!« Nein, Onkel Theodor hatte wirklich gar kein Benehmen, denn als er jetzt von seinen Onkelrechten Gebrauch machte und sie in die Arme nahm und küsste und merkte, dass sie mitten im Kusse Moritz ansah, da fluchte er wirklich, fluchte sehr hässlich. Das Flaumvögelchen war es nicht gewohnt, jemanden abstoßend zu finden, aber es würde sicherlich kein leichtes Stück Arbeit sein, Onkel Theodor zu gefallen. »Morgen«, sagte Onkel, »gibt es hier große Abendgesellschaft und Ball, aber heute sollen sich die jungen Herrschaften von der Reise ausruhen. Jetzt essen wir nur zu Abend, und dann gehen wir zu Bett.«

Sie werden in einen Salon geführt und dann allein gelassen. Onkel Theodor schießt hinaus wie ein Pfeil. Fünf Minuten später fährt er in seinem großen Wagen die Allee hinab, und der Kutscher fährt so schnell, dass die Pferde wie gespannte Riemen dem Boden entlang liegen. Es vergehen noch fünf Minuten, aber dann ist Onkel wieder da, und jetzt sitzt eine alte Frau neben ihm im Wagen.

Und herein kommt er, am Arme eine freundliche, gesprächige Dame führend, die er »Frau Bergrätin« nennt. Und diese schließt Anne-Marie gleich in die Arme, aber Moritz begrüßt sie etwas steifer. Und das muss sie ja. Niemand kann sich mit Moritz Freiheiten erlauben.

Auf jeden Fall ist Anne-Marie sehr froh, dass diese gesprächige alte Dame gekommen ist. Sie und Onkel haben eine so lustige Art, miteinander zu scherzen. Sie fühlt sich bald ganz wie daheim in dem fremden Hause. Aber dann, als sie sich gegenseitig gute Nacht gesagt haben, und Anne-Marie in ihr kleines Stübchen gekommen ist, geschieht etwas so Peinliches und Ärgerliches.

Onkel und Moritz gehen unten im Garten auf und ab, und das Flaumvögelchen merkt, dass Moritz seine Zukunftspläne auseinandersetzt. Onkel scheint gar nichts zu sagen, er geht nur und köpft mit seinem Stock Grashalme. Aber Moritz wird ihn schon bald zu überzeugen wissen, dass er nichts Besseres tun kann, als Moritz eine Verwalterstelle auf einem seiner Hammerwerke zu geben, wenn er ihm nicht gleich ein ganzes Hammerwerk geben will. Moritz hat so viel Sinn fürs Praktische, seit er sich verliebt hat. Er pflegt oft zu sagen: »Ist es nicht am besten, wenn ich, da ich doch einmal ein großer Gutsbesitzer werden soll, gleich damit anfange, mich in die

Dinge einzuarbeiten? Welchen Zweck hat es für mich, das Hofgerichtsexamen zu machen?«

Sie gehen gerade unter ihrem Fenster, und nichts hindert sie, zu sehen, dass sie dort sitzt, aber da sie sich nicht darum kümmern, kann niemand verlangen, dass sie nicht hören soll, was sie sagen. Es ist wirklich ebenso sehr ihre Angelegenheit wie die Moritz'.

Da bleibt Onkel Theodor plötzlich stehen, und er sieht böse aus. Er sieht ganz wütend aus, findet sie, und sie ist nahe daran, Moritz zuzurufen, er möge sich in acht nehmen. Aber es ist zu spät, denn schon hat Onkel Theodor Moritz an der Brust gepackt, sein Jabot zerknittert und schüttelt ihn so, dass er sich windet wie ein Aal. Dann schleudert er ihn mit solcher Kraft von sich, dass Moritz nach rückwärts stolpert und gefallen wäre, wenn er sich nicht an einen Baum gestützt hätte. Und da bleibt nun Moritz stehen und sagt: »Wie?« Ja, was sollte er wohl sonst sagen?

Ah, nie hat sie Moritz' Selbstbeherrschung so bewundert. Er stürzt sich nicht auf Onkel Theodor, um mit ihm zu kämpfen. Er sieht nur ruhig überlegen aus, nur unschuldig erstaunt. Sie versteht, dass er sich beherrscht, damit die ganze Reise nicht fruchtlos ist. Er denkt an sie und beherrscht sich.

Armer Moritz, es stellt sich heraus, dass Onkel um ihretwillen auf ihn böse ist. Er fragt, ob Moritz nicht weiß, dass sein Onkel Junggeselle ist und sein Haus ein Junggesellenhaus, dass er seine Braut hergebracht hat, ohne ihre Mutter mitzunehmen. Ihre Mutter – das Flaumvögelchen ist für Moritz beleidigt. Mutter hat es sich doch selbst verbeten und gesagt, dass sie die Bäckerei nicht verlassen könne. Das antwortet auch Moritz, aber sein Onkel lässt keine Entschuldigungen gelten. – Na, und die Bürgermeisterin, die hätte ihrem Sohn wohl den Gefallen tun können. Ja, wenn sie zu hochmütig war, dann hätten sie lieber da bleiben können, wo sie waren. Was würden sie denn jetzt angefangen haben, wenn die Bergrätin nicht hätte kommen können? Und wie konnten denn überhaupt Bräutigam und Braut so zu zweien durchs Land ziehen! – So, so, Moritz sei nicht gefährlich. Nein, das hatte er auch nie geglaubt, aber die Zungen der Leute sind gefährlich. – Na, und dann schließlich noch die Kutsche, dieser alte Rumpelkasten. Hatte Moritz nicht das lächerlichste Vehikel in der ganzen Stadt aufgestöbert? Das Kind sechs Meilen in einer alten Kutsche zu rütteln, und ihn, Onkel Theodor, eine Triumphpforte für solch einen Leiterwagen errichten zu lassen! – Wahrhaftig, er hatte nicht übel Lust, ihn ordentlich bei den Ohren zu nehmen! Onkel Theodor für solch einen alten Karren hurra rufen zu lassen! Er dort unten treibt es gar zu bunt, sie bewundert Moritz, der allem so ruhig standhält. Sie hätte eigentlich nicht übel Lust, sich einzumischen und Moritz zu verteidigen, aber sie glaubt nicht, dass es ihm recht wäre.

Und bevor sie einschläft, liegt sie da und rechnet sich vor, was sie alles hätte sagen wollen, um Moritz zu verteidigen. Dann schläft sie ein und fährt wieder auf, und im Ohr klingt ihr ein altes Rätsel:

Es steht ein Hund auf einem Stein
Und bellt wohl in das Land hinein.
Er hieß wie du, wie er, wie sie.
Wie hieß er doch, so sag doch wie!
Wie hieß der Hund?
Der Hund hieß Wie.

Das Rätsel hatte sie als Kind oft geärgert, solch dummer Hund. Aber jetzt im Halbschlummer vermengt sie den

Hund »Wie« mit Moritz, und es kommt ihr vor, als habe der Hund seine weiße Stirn. Dann lacht sie. Das Lachen kommt ihr ebenso leicht an, wie das Weinen. Das hat sie von Vater geerbt.

2

Wie ist »das« gekommen? Das, was sie nicht beim Namen zu nennen wagt.

»Das« ist wohl gekommen wie der Tau ins Gras, wie die Farbe in die Rose, wie die Süßigkeit in die Beere, unmerklich und zart, ohne sich vorher anzukündigen. Es ist ja auch gleichgültig, wie »das« gekommen ist und was »das« ist. Gut oder böse, schön oder hässlich, »das« ist das Verbotene, das es gar nicht geben sollte. »Das« macht sie ängstlich, sündhaft, unglücklich. An »das« will sie nie mehr denken. »Das« muss ausgerissen und fortgeschleudert werden, und doch ist es nichts, was sich greifen und fangen lässt. Sie verschließt sich davor, und »das« kommt doch herein. »Das« treibt das Blut aus ihren Adern und fließt selbst darin, es treibt die Gedanken aus dem Hirn und regiert dort, es tanzt durch die Nerven und zittert bis in die Fingerspitzen. Es ist überall in ihr. Wenn sie alles fortnehmen könnte, woraus ihr Körper sonst besteht und nur »das« übrig ließe, würde es einen vollen Abdruck von ihr geben. Und dennoch war »das« nichts. Nie will sie an »das« denken, und stets muss sie an »das« denken. Wie ist sie so schlecht geworden. Und dann forscht sie und grübelt, wie »das« gekommen ist. Ach, Flaumvögelchen! Wie weich ist unser Sinn und wie leicht geweckt unser Herz!

Sie war sicher, dass »das« nicht beim Frühstück gekommen war, nein, ganz gewiss nicht beim Frühstück. Da war sie nur ängstlich und scheu gewesen. Es hatte sie so sehr erschüttert, als sie zum Frühstück hinabkam und Moritz nicht vorfand, nur Onkel Theodor und die Bergrätin.

Es war ja nur klug von Moritz gewesen, dass er auf die Jagd gegangen war, obgleich unmöglich herauszufinden war, was er jetzt zur Mitsommerzeit jagte, wie auch die Bergrätin bemerkte. Aber er wusste natürlich, dass er am besten tat, wenn er sich ein paar Stunden von Onkel fern hielt, bis der wieder gut wurde. Er konnte sich ja gewiss gar nicht denken, dass sie so schüchtern war, dass sie beinahe ohnmächtig wurde, als sie ihn nicht vorfand und sich mit Onkel und der Bergrätin allein sah. Moritz war nie schüchtern gewesen. Er wusste nicht, was für eine Qual das war. Dieses Frühstück, dieses Frühstück! Onkel hatte gleich damit angefangen, die Bergrätin zu fragen, ob sie die Geschichte von Sigrid der Schönen gehört habe. Er fragte nicht das Flaumvögelchen, und sie wäre auch nicht imstande gewesen zu antworten. Die Bergrätin kannte die Geschichte gut, aber er erzählte sie dennoch. Da erinnerte sich Anne-Marie, dass Moritz Onkel ausgelacht hatte, weil er in seinem ganzen Hause nur zwei Bücher habe, und das waren die Sagen von Afzelius und Nösselts »Allgemeine Weltgeschichte für Frauenzimmer«. »Aber die kennt er auch«, hatte Moritz gesagt.

Anne-Marie hatte die Geschichte schön gefunden. Es gefiel ihr, dass Bengt Magnusson Perlen auf den Friesrock nähen ließ. Sie sah Moritz vor sich, wie königlich stolz er ausgesehen haben würde, wenn er befohlen hätte, die Perlen anzunähen. Das war gerade etwas, was Moritz gut zu Gesicht gestanden hätte.

Aber als Onkel in der Geschichte dahin kam, wo erzählt wird, wie Bengt Magnusson in den Wald ritt, um der Begegnung mit seinem erzürnten Bruder auszuweichen und stattdessen seine junge Frau dem Sturm überließ, da wurde es ganz deutlich, dass Onkel verstand, dass Moritz nur auf die Jagd gegangen war, um seinem Zorn auszuweichen, und dass er wusste, wie sie dasaß und daran dachte, ihn zu gewinnen. – – Ja, gestern, da hatten sie freilich Pläne schmieden können, Moritz und sie, wie sie mit Onkel kokettieren sollte, aber heute war kein Gedanke daran, sie auszuführen. Ah, nie hatte sie sich so dumm benommen! Das ganze Blut schoss ihr ins Gesicht, und Messer und Gabel fielen mit gewaltigem Geklapper aus ihren Händen auf den Teller.

Doch Onkel Theodor hatte kein Erbarmen gezeigt, sondern die Geschichte fortgesetzt, bis er zu dem guten Jarlworte kam: »Hätte mein Bruder dies nicht getan, wahrlich, ich tät es selber.« Das hatte er mit so lustigem Tonfall gesagt, dass sie aufsehen und dem Blick seiner lachenden braunen Augen begegnen musste.

Und als er da die Angst in ihren Augen sah, da hatte er zu lachen angefangen wie ein richtiger Junge. »Was glauben Sie, Frau Bergrätin«, hatte er gerufen, »was Bengt Magnusson sich dachte, als er heimkam und das hörte ›Hätte mein Bruder …‹, ich denke, das nächste Mal ist er daheim geblieben.«

Dem Flaumvögelchen traten die Tränen in die Augen, und als Onkel dies sah, begann er immer heftiger zu lachen. »Ja, das ist eine schöne Mittlerin, die mein Brudersohn sich da ausgesucht hat«, schien er sagen zu wollen. »Du bist ganz aus der Rolle gefallen, mein kleines Mädchen.« Und jedes Mal, wenn sie ihn ansah, hatten die braunen Augen wiederholt: »Hätte mein Bruder dies nicht getan, wahrlich, ich tät es selber.«

Eigentlich war das Flaumvögelchen nicht ganz sicher, ob die Augen Brudersohn sagten. Und nun denke man, wie sie sich betragen hatte. Sie hatte laut zu weinen angefangen und war aus dem Zimmer gestürzt. Aber nicht damals war »das« gekommen, auch nicht auf dem Vormittagsspaziergang.

Da handelte es sich um etwas ganz andres. Da war sie ganz hingerissen vor Freude über die schöne Besitzung und darüber, der Natur so nahe zu sein. Es war, als hätte sie etwas wiedergefunden, was sie vor langer, langer Zeit verloren hatte.

Bäckermamsell, Stadtmädchen, ja dafür hielt man sie. Aber als sie den Fuß auf den Kiesweg gesetzt hatte, war sie auf einmal ein Landkind geworden. Sie hatte sogleich erkannt, dass sie aufs Land gehörte.

Als sie sich nur ein wenig beruhigt hatte, hatte sie sich auf eigne Faust herausgewagt, um das Gut zu besichtigen. Sie hatte sich unten auf dem Kiesplatz vor dem Eingang umgesehen. Und ganz von selbst war der Hut auf den Arm gewandert, den Schal warf sie ab und begann sich hin und her zu wiegen. Dann stemmte sie die Hand in die Hüfte und zog Luft in die Lungen ein, dass sich die Nasenflügel zusammenzogen.

Ach, wie beherzt hatte sie sich doch gefühlt!

Sie hatte ein paar Versuche gemacht, ruhig und sittig unten im Garten herumzugehen, aber das hatte sie nicht gelockt. Mit einer raschen Wendung hatte sie sich zu den großen angebauten Wirtschaftsgebäuden begeben. Sie war einer Stallmagd begegnet und hatte ein paar Worte mit ihr gesprochen. Sie war erstaunt zu hören, wie frisch ihre eigne Stimme klang. Und sie fühlte, wie flott es sich ausnahm, wie sie, den Kopf stolz erhoben und zur Seite gewandt, mit raschen nachlässigen Bewegungen, eine kleine sausende Gerte in der Hand, in den Stall trat.

Der war jedoch nicht so, wie sie ihn sich gedacht hatte. Keine langen Reihen gehörnter Wesen gab es da, denen sie imponieren konnte, denn die waren alle draußen auf der Weide. Ein einsames Kälbchen stand da und sah ihr erwartungsvoll entgegen. Sie ging auf das Tierchen zu, stellte sich auf die Zehenspitzen, hielt das Kleid mit der einen Hand gerafft und berührte mit der äußersten Spitze der andern die Stirn des Kalbes.

Da das Kalb aber nicht der Ansicht zu sein schien, dass es damit genug sei, sondern seine lange Zunge herausstreckte, überließ sie ihm gnädigst ihren kleinen Finger zum Ablecken. Aber dabei hatte sie nicht umhin können, sich umzusehen, gleichsam einen Bewunderer dieser Heldentat suchend, und da hatte sie Onkel Theodor lachend in der Stalltüre stehen sehen.

Dann hatte er sie auf ihrem Spaziergang begleitet. Aber da war »das« gewiss nicht gekommen. Da war nur das höchst Merkwürdige und Seltsame eingetroffen, dass sie vor Onkel Theodor keine Angst mehr hatte. Es war mit ihm wie mit Mutter, er schien alle ihre Fehler und Schwächen zu kennen, und das war ein so beruhigendes Gefühl. Da brauchte man sich nicht besser zu zeigen, als man war.

Onkel Theodor hatte sie in den Garten führen wollen und zu den Terrassen am Teich, aber das war nicht nach ihrem Geschmack. Sie wollte wissen, was in allen diesen großen Gebäuden war.

Da ging er geduldig mit ihr in die Milchkammer und in den Eiskeller, in den Weinkeller und in den Kartoffelkeller. Er nahm alles der Reihe nach durch und zeigte ihr die Speisekammer und die Holzkammer und den Wagenschuppen und die Rollkammer. Dann führte er sie durch den Stall der Arbeitspferde und durch den der Wagenpferde, er ließ sie die Sattelkammer und das Bedientenzimmer sehen und die Knechtestube und die Werkstatt. Sie war ein wenig verwirrt von allen diesen Räumen, die Onkel Theodor nötig gefunden hatte, in seinem Hause einzurichten, aber ihr Herz glühte vor Entzücken bei dem Gedanken, wie herrlich es sein musste, über dies alles zu walten und zu schalten, sodass sie gar nicht müde wurde, obgleich sie auch die Schafställe und die Schweineställe durchwanderten und zu den Hühnern und den Kaninchen hineinguckten. Sie untersuchte gewissenhaft die Webekammer und die Molkerei, die Räucherkammer und die Schmiede, alles in wachsender Begeisterung. Dann gingen sie über große Dachböden, Trockenböden für Wäsche und Trockenböden für Holz, Heuböden und Böden für trocknes Laub, das die Schafe zu fressen bekommen. Die schlummernde Hausmutter in ihr erwachte beim Anblick dieser Vollkommenheit zu Leben und Bewusstsein. Aber den tiefsten Eindruck machten ihr das große Bräuhaus und die zwei niedlichen Backstuben mit dem weiten Ofen und den großen Tischen.

»Das sollte Mutter sehen«, sagte sie.

Dort in der Backstube hatten sie gesessen und sich ausgeruht, und sie hatte von daheim erzählt. Das konnte sie Onkel gegenüber so leicht. Er war schon wie ein Freund, obwohl seine braunen Augen über alles lachten, was sie sagte.

Daheim war es so still, kein Leben, keine Abwechslung. Sie war als Kind kränklich gewesen, und darum behüteten die Eltern sie so und ließen sie gar nichts tun. Nur zum Spaß durfte sie mit in der Backstube oder im Laden sein … Und wie sie so erzählte, war es ihr auch herausgerutscht, dass Vater sie sein Flaumvögelchen nannte. In diesem Zusammenhange hatte sie auch gesagt: »Zu Hause verwöhnen sie mich alle, außer Moritz, darum habe ich ihn so lieb. Er geht so klug mit mir um, er nennt mich auch nie Flaumvögelchen, nur Anne-Marie. Moritz ist so vortrefflich.«

Ach, wie es in Onkels Augen tanzt und lacht. Sie hätte ihn mit der Gerte schlagen können. Und sie wiederholte noch einmal mit tränenerstickter Stimme: »Moritz ist so vortrefflich.«

»Ja, ich weiß, ich weiß«, hatte Onkel da geantwortet. »Er soll ja mein Erbe sein.« Worauf sie ausgerufen hatte: »Ach, Onkel Theodor, warum heiraten Sie nicht? Denken Sie doch, wie glücklich das Mädchen sein müsste, das Frau in einem solchen Schlosse wird?«

»Wie stände es dann mit Moritz' Erbe?«, hatte Onkel ganz gleichmütig gefragt.

Da war sie für lange Zeit verstummt, denn sie konnte Onkel nicht sagen, dass sie und Moritz nicht nach dem Erbe fragten, denn das taten sie doch gerade. Sie grübelte, ob es sehr hässlich war, dass sie es taten. Sie hatte plötzlich das Gefühl, als müsste sie Onkel um Verzeihung bitten für irgendein großes Unrecht, das sie ihm angetan habe. Aber das konnte sie auch nicht.

Als sie wieder ins Haus kamen, lief ihnen Onkels Hund entgegen. Das war ein kleines, kleines Dingelchen auf den allerschmalsten Beinen, mit wedelnden Ohrläppchen und Gazellenaugen, ein Nichts mit einem kleinen gellenden Stimmchen.

»Du wunderst dich wohl, dass ich einen so kleinen Hund habe«, hatte Onkel Theodor gesagt.

»Ja, wirklich«, hatte sie da geantwortet.

»Aber siehst du, nicht ich habe mir Jenny zum Hund gewählt, sondern Jenny hat mich zum Herrn genommen. Willst du die Geschichte hören, Flaumvögelchen?« Von dem Wort hatte er gleich Besitz ergriffen. Ja, das hatte sie gewollt, obgleich sie sich denken konnte, dass wieder irgendeine Neckerei dahinter steckte.

»Ja, siehst du, als Jenny zum ersten Male herkam, lag sie einer feinen Frau aus der Stadt auf dem Schoße und hatte ein Deckchen auf dem Rücken und ein Tüchlein um den Kopf. Pst, Jenny, es ist wahr, das hattest du! Und ich dachte mir, das ist doch ein wahres Jammertierchen. Aber siehst du, als das Hundeviehchen hier auf den Landboden kam, da müssen irgendwelche Kindheitserinnerungen in ihm erwacht sein. Es kratzte und schlug um sich und wollte durchaus die Decke herunterzerren. Und dann betrug sich Jenny ganz wie die großen Hunde hier, sodass wir sagten, sie müsse ganz gewiss auf dem Lande aufgewachsen sein.

Sie legte sich draußen auf die Schwelle und warf nicht einmal einen Blick auf das Salonsofa, und sie jagte die Hühner und stahl der Katze die Milch und kläffte die Bettler an und fuhr den Pferden an die Beine, als Besuch kam. Wir hatten unsre Lust und Freude daran zu sehen, wie sie sich benahm. Denke dir doch, solch ein kleines Ding, das nur in einem Korb gelegen hat und auf dem Arm getragen wurde. Es war ja wunderlich. – Und dann, weißt du, als sie fortfahren sollten, wollte Jenny nicht mit. Sie stand auf der Treppe und winselte so jämmerlich und sprang an mir hinauf und bettelte förmlich, denke dir nur, bleiben zu dürfen. So wussten wir uns keinen andern Rat, als sie da zu lassen. Wir waren ganz gerührt über dies Hündchen, das so klein war und doch ein richtiger Landhund sein wollte. Aber das hätte ich doch nie geglaubt, dass ich mir noch einmal einen Schoßhund halten würde, vielleicht bekomme ich auch noch bald eine Frau.«

Oh, wie schrecklich ist es doch, wenn man so schüchtern, so unerzogen ist. Sie hätte wohl gerne wissen mögen, ob Onkel sehr erstaunt gewesen war, als sie so ungestüm fortstürzte. Aber es war ganz, als hätte er sie gemeint, als er von

Jenny sprach. Und das hatte er vielleicht gar nicht. Aber immerhin – ja, ja, sie war so verlegen gewesen. Sie hatte nicht bleiben können. Aber nicht damals war »das« gekommen, nicht damals.

So war es wohl am Abend, bei dem Ball. Noch nie hatte sie sich so gut auf einem Ball unterhalten! Aber wenn jemand gefragt hätte, ob sie viel getanzt habe, dann hätte sie sich wohl besinnen und sagen müssen, das habe sie nicht. Aber das war eben das beste Zeichen, wie gut sie sich unterhalten hatte, dass sie es gar nicht merkte, dass sie ein wenig vernachlässigt worden war.

Es war für sie schon eine solche Unterhaltung gewesen, Moritz anzusehen. Gerade weil sie beim Frühstück ein kleines, kleines bisschen streng gegen ihn gewesen war und gestern Abend über ihn gelacht hatte, war es ihr eine solche Freude gewesen, ihn auf dem Ball zu sehen. Nie war er ihr so schön und so überlegen vorgekommen.

Er hatte gewiss das Gefühl gehabt, dass sie sich zurückgesetzt fühlte, weil er nicht nur mit ihr gesprochen und getanzt hatte. Aber es hatte ihr genug Vergnügen gemacht, zu sehen, wie beliebt Moritz bei allen war. Als ob sie ihre Liebe zur allgemeinen Betrachtung hätte ausstellen wollen! Ah, so dumm war das Flaumvögelchen nicht!

Moritz tanzte viele Tänze mit der schönen Elisabeth Westling. Aber das hatte sie gar nicht beunruhigt, denn Moritz war immer wieder auf sie zugekommen und hatte geflüstert: »Du siehst, ich kann da nicht nein sagen, wir sind Kindheitsfreunde. Und sie sind es hier auf dem Lande so gar nicht gewöhnt, einen Kavalier zu haben, der in der großen Welt gewesen ist und tanzen und konversieren kann. Du musst mich heute Abend schon den Gutsbesitzerstöchtern leihen, Anne-Marie.«

Aber Onkel ging Moritz gewissermaßen aus dem Wege. »Sei du heut Abend Hausherr«, sagte er zu ihm, und das war Moritz. Er kam zu allem, er führte den Tanz an, führte das Trinken an und hielt Reden auf die schöne Gegend und auf die Damen. Er war großartig. Onkel sowohl wie sie hatten die Blicke auf Moritz geheftet, und so hatten sich ihre Blicke getroffen. Da hatte Onkel gelächelt und ihr zugenickt. Onkel war sicherlich stolz auf Moritz. Es hatte sie vorher ein wenig bedrückt, dass Onkel seinen Neffen nicht recht zu schätzen wusste. Gegen Morgen war Onkel recht laut und lärmend geworden. Da hatte er sich am Tanze beteiligen wollen, aber die Mädchen wichen ihm aus, wenn er zu ihnen kam, und taten, als wären sie schon engagiert.

»Tanze mit Anne-Marie«, hatte Moritz zu Onkel Theodor gesagt, und das hatte natürlich ein wenig protegierend geklungen. Sie erschrak so sehr, dass sie förmlich zusammenfuhr.

Onkel war auch verletzt, drehte sich um und ging ins Rauchzimmer.

Aber da war Moritz auf sie zugetreten und hatte mit harter, harter Stimme gesagt:

»Du verdirbst mir aber auch alles, Anne-Marie. Musst du so ein Gesicht machen, wenn Onkel mit dir tanzen will. Wenn du nur wüsstest, was er mir gestern über dich sagte. Du musst auch etwas tun, Anne-Marie. Glaubst du, dass es recht ist, alles mir zu überlassen?«

»Was willst du denn, dass ich tun soll, Moritz?«

»Ach, jetzt nichts, jetzt ist der Karren schon verfahren. Denke, was ich heute Abend alles gewonnen habe! Aber jetzt ist es verloren.«

»Ich bitte Onkel gern um Entschuldigung, wenn du es willst, Moritz.« Und sie meinte es auch. Es tat ihr wirklich leid, Onkel verstimmt zu haben.

»Es wäre natürlich das einzig Richtige, aber von jemandem, der so lächerlich schüchtern ist wie du, kann man ja nichts verlangen.«

Da hatte sie nichts geantwortet, sondern war geradeswegs in das Rauchzimmer gegangen, das jetzt beinahe leer war. Onkel hatte sich in einen Lehnstuhl geworfen.

»Warum wollen Sie nicht mit mir tanzen, Onkel?«, hatte sie gefragt.

Onkel Theodors Augen waren zugefallen. Er schlug sie auf und sah sie lange an. Es war der schmerzvollste Blick, den sie je gesehen hatte. Sie ahnte nun, wie einem Gefangenen zumute sein mag, wenn er an seine Fesseln denkt. Es sah aus, als sei Onkel sehr, sehr traurig. Als brauchte er sie viel nötiger als Moritz, denn Moritz brauchte niemanden. Er war so prächtig, wie er war. Da legte sie ihre Hand ganz leicht und liebkosend auf Onkel Theodors Arm.

Mit einem Male hatte er frisches Leben in den Augen. Er begann mit seiner großen Hand ihr Haar zu streicheln. »Mütterchen«, sagte er.

Da kam »das« über sie, während er ihr Haar streichelte. Es kam geschlichen, es kam gekrochen, es kam gehuscht und geraschelt, so wie die Heinzelmännchen durch den dunklen Wald ziehen.

3

Eines Abends liegen feine, weiche Wölkchen am Himmel, eines Abends ist es still und lau, eines Abends schweben kleine weiße Fläumchen von Espen und Pappeln durch die Luft.

Es ist schon spät, und niemand ist mehr auf, nur Onkel Theodor, der draußen im Garten umhergeht und überlegt, wie er den jungen Mann und das junge Mädchen voneinander trennen könnte.

Denn nie, nie, in alle Ewigkeit soll es geschehen, dass Moritz an ihrer Seite vom Hofe wegfährt, während Onkel Theodor auf der Schwelle steht und ihnen glückliche Reise wünscht.

Ist es denn überhaupt möglich, sie ziehen zu lassen, nachdem sie drei Tage hindurch das Haus mit zwitschernder Fröhlichkeit erfüllt, nachdem sie ihn in ihrer stillen Weise daran gewöhnt hat, dass sie für alle denkt und sorgt, nachdem er sich daran gewöhnt hat, dies weiche geschmeidige kleine Wesen überall umherstreifen zu sehen. Onkel Theodor sagt zu sich selbst, dass das nicht möglich ist. Er kann sie nicht mehr entbehren.

In demselben Augenblick stößt er an einen abgeblühten Löwenzahn, und wie die Entschlüsse der Menschen und die Versprechungen der Menschen zerstreut sich das weiße Flaumbällchen, und die weißen Federchen fliegen eilig davon und verschwinden.

Die Nacht ist nicht kalt, wie die Nächte in dieser Gegend zu sein pflegen. Die Wärme wird unter der grauen Wolkendecke zurückgehalten. Die Winde zeigen ein seltenes Mal Erbarmen und verhalten sich still. Onkel Theodor sieht sie, das Flaumvögelchen. Sie weint, weil Moritz sie verlassen hat. Aber er zieht sie an sich und küsst die Tränen fort.

Weich und fein fliegen die weißen Fläumchen von den großen reifen Kätzchen der Bäume. So leicht, dass die Luft sie kaum fallen lassen will, so klein und zart, dass sie kaum auf dem Boden sichtbar werden.

Onkel Theodor lacht sich ins Fäustchen, als er an Moritz denkt. In Gedanken tritt er am nächsten Morgen in sein Zimmer, als dieser noch im Bette liegt. »Höre, Moritz«, will er ihm sagen. »Ich möchte dir keine falschen Hoffnungen machen. Wenn du dieses Mädchen heiratest, so hast du keinen Pfennig von mir zu erwarten. Ich will nicht mit dazu helfen, deine Zukunft zu vernichten.«

»Missfällt sie Ihnen so sehr, Onkel?«, wird Moritz dann fragen.

»Nein, du, im Gegenteil, es ist ein nettes Mädchen, aber doch nichts für dich. Du musst ein Prachtweib haben wie Elisabeth Westling. Sei nun verständig, Moritz, was wird aus dir, wenn du um dieses Kindes willen deine Studien abbrichst und auf ein Gut gehst. Dazu taugst du nicht, mein Junge. Dazu ist etwas andres nötig, als den Hut schön zu schwingen und zu sagen: ›Habt Dank, meine Kinder!‹ Du bist ja zum Beamten wie geschaffen. Du kannst Minister werden.«

»Wenn Sie eine so gute Meinung von mir haben, Onkel«, antwortet dann Moritz, »so helfen Sie mir doch, mein Examen zu machen, und lassen Sie uns dann heiraten!«

»Nein, das nicht, du, das ganz gewiss nicht. Was, glaubst du, würde aus deiner Karriere werden, wenn du einen solchen Ballast mitschleppen müsstest, wie es eine Frau ist. Das Pferd, das den Brotwagen ziehen muss, galoppiert nicht. Denke dir nun die Bäckermamsell als Ministerfrau! Nein, du darfst dich nicht vor zehn Jahren verloben, nicht bevor du avanciert bist. Was wäre die Folge, wenn ich es euch ermögliche, zu heiraten. Jedes Jahr würdet ihr zu mir kommen und um Geld betteln. Und das würden wir alle bald sattkriegen.«

»Aber Onkel, ich bin doch ein Ehrenmann. Ich habe mich doch verlobt.«

»Höre mich nun an, Moritz! Was ist besser? Dass sie zehn Jahre herumgeht und auf dich wartet und du sie dann doch nicht heiratest oder dass du gleich ein Ende machst. Nein, sei nun entschlossen, stehe auf, steige in deine alte

Kutsche und fahre heim, bevor sie aufwacht. Es schickt sich ja ohnehin nicht, dass Bräutigam und Braut so zu zweien über Land ziehen. Ich werde schon für das Mädchen sorgen, wenn du nur von diesem Wahnwitz abstehst. Die Bergrätin wird sie nach Hause bringen, ich werde den schönsten Wagen anspannen lassen. Du sollst von mir ein Jahresgehalt bekommen, sodass du dir wegen der Zukunft keine Sorgen zu machen brauchst. Sieh mal, sei verständig, du machst deinen Eltern Freude, wenn du mir gehorchst. Reise jetzt ab, ohne sie zu sehen! Ich werde ihr schon Vernunft zusprechen. Sie will gewiss deinem Glück nicht im Wege stehen. Versuche nur nicht, sie zu treffen, ehe du fährst, sonst könntest du wieder schwankend werden, denn sie ist reizend.«

Und nach diesen Worten fasst Moritz einen heldenmütigen Entschluss und reist ab.

Und wenn er fort ist, was wird dann geschehen? Ah, er wird sie darauf vorbereiten, dass Moritz fort ist, ihr zeigen, dass Moritz ihrer nicht würdig war, sie dahin bringen, ihn zu verachten. Und wenn sie sich dann an seiner Brust ausgeweint hat, wird er sie ganz behutsam, ganz vorsichtig verstehen lassen, was er fühlt, sie locken, sie gewinnen.

Die Fläumchen fahren fort zu fallen. Onkel Theodor streckt seine große Hand aus und fängt ein Flöckchen auf.

Wie fein, wie leicht, wie zart! Er bleibt stehen und sieht es an.

Sie fahren fort, rings um ihn zu fallen, Flocke um Flocke. Was wird dann mit ihnen geschehen? Sie werden vom Winde gejagt, von der Erde beschmutzt, von schweren Füßen zertreten werden.

Onkel Theodor ist es, als fielen diese leichten Fläumchen mit der größten Schwere auf ihn nieder. Wer will der Wind, wer will die Erde, wer will die Schuhsohle sein, wenn es diesen Kleinen, diesen Wehrlosen gilt? Und infolge seiner Staunen erregenden Kenntnisse in Nösselts Weltgeschichte fällt ihm sofort eine Episode daraus ein, die sich mit seinen Gedanken vergleichen lässt.

Es war anbrechender Morgen, nicht sinkende Nacht wie jetzt. Es war ein Felsenstrand, und unten am Meere saß ein schöner Jüngling mit einem Pantherfell über der Schulter, mit Weinlaub in den Locken, den Thyrsos in der Hand. Wer er war? Ah, Gott Bacchus selbst.

Und der Felsenstrand war Naxos. Was der Gott sah, war Griechenlands Meer. Das Schiff mit den schwarzen Segeln, das rasch zum Horizont entfloh, ward von Theseus gelenkt, und in der Grotte, deren Eingang sich hoch in einem Absatz der steilen Strandberge öffnete, schlummerte Ariadne.

Und in der Nacht hatte der junge Gott gedacht: »Ist wohl der sterbliche Jüngling würdig der himmlischen Maid?« Und um Theseus zu prüfen, hatte er ihn in einem Traume mit dem Verluste des Lebens bedroht, wenn er nicht sogleich Ariadne verließ. Da hatte sich dieser ungesäumt erhoben, war zum Schiffe geeilt und über die Wellen geflohen, ohne auch nur die Jungfrau zu wecken, um ihr Lebewohl zu sagen.

Nun saß Gott Bacchus lächelnd da, von den süßesten Hoffnungen gewiegt und harrte Ariadnes. Die Sonne ging auf, der Morgenwind erhob sich. Er überließ sich lächelnden Träumen. Er würde die Verlassene schon zu trösten wissen, er, Gott Bacchus selbst.

Da kam sie. Mit strahlendem Lächeln trat sie aus der Grotte. Ihre Augen suchten Theseus, sie irrten immer weiter fort, zum Ankerplatz des Schiffes, über die Wellen – zu den schwarzen Segeln –

Und dann mit einem schneidenden Schrei, ohne Besinnung, ohne Zaudern, hinab ins Meer, hinab in Tod und Vergessenheit.

Und da saß nun Gott Bacchus, der Tröster.

So ging es zu. So war es geschehen. Onkel Theodor erinnert sich freilich, dass Nösselt ein paar Worte hinzufügt, dass mitleidige Dichter behaupten, Ariadne hätte sich von Bacchus trösten lassen. Aber die Mitleidigen hatten sicherlich unrecht. Ariadne ließ sich nicht trösten.

Lieber Gott, weil sie so gut und süß ist, dass er sie lieben muss, darum soll sie unglücklich gemacht werden! Zum Lohn für das schöne, sanfte Lächeln, das sie ihm geschenkt hat, weil ihre kleine weiche Hand sich vertrauensvoll in die seine gelegt, weil sie nicht gezürnt hat, wenn er sie neckte, darum soll sie ihren Bräutigam verlieren und unglücklich gemacht werden.

Für welches Verbrechen soll sie verurteilt werden? Weil sie ihn dazu gebracht hat, im Allerinnersten seiner Seele einen Raum zu entdecken, der bis dahin ganz rein und unbesetzt gewesen ist und nur auf solch ein kleines, zartes und mütterliches Frauenwesen gewartet zu haben scheint, oder weil sie schon jetzt über ihn Macht hat, sodass er kaum wagt, einmal zu fluchen, wenn sie es hört. Warum soll sie gestraft werden?

Ach, armer Bacchus, armer Onkel Theodor! Es ist nicht gut, es mit diesen Feinen, Lichten, Daunenweichen zu tun zu haben. – Sie springen ins Meer, wenn sie die schwarzen Segel sehen.

Onkel Theodor flucht in aller Stille darüber, dass das Flaumvögelchen nicht schwarzhaarig, rotwangig, grobgliedrig ist.

Da fällt wieder ein Flöckchen, und es fängt an zu sprechen: »Ich hätte dir all dein Lebtag folgen sollen. Ich hätte dir am Spieltisch eine Warnung ins Ohr geflüstert. Ich hätte das Weinglas fortgerückt. Von mir würdest du es geduldet haben.« – »Das hätte ich«, flüstert er, »das hätte ich.«

Ein andres kommt und spricht ebenfalls: »Ich hätte dein großes Haus regieren und es traulich und warm machen sollen. Ich hätte dich durch die öden Gefilde des Alters geleitet. Ich hätte dein Herdfeuer entzündet, wäre dir Auge und Stab gewesen. Wurde ich nicht dazu getaugt haben?« – »Liebes, kleines Fläumchen«, antwortet er, »freilich hättest du das.«

Noch ein Flöckchen kommt geflogen, und es spricht: »Wie bin ich doch zu beklagen. Morgen fährt mein Bräutigam von mir fort, ohne mir auch nur Lebewohl zu sagen. Morgen werde ich weinen, den ganzen Tag weinen, denn ich werde es als solch eine Schmach empfinden, dass ich für Moritz nicht gut genug bin. Und wenn ich heimkomme, wie werde ich da über meines Vaters Schwelle treten können. Das ganze Hintergässchen entlang wird man flüstern und zischeln, wenn ich mich zeige. Alle werden sich fragen, was ich wohl Böses verbrochen habe, weil ich so schlecht behandelt worden bin. Kann ich dafür, dass du mich liebst?« Er antwortet mit erstickter Stimme: »Sprich nicht so, kleines Fläumchen! Es ist noch zu früh, um so zu sprechen.«

Die ganze Nacht geht er draußen umher, und endlich gegen Mitternacht kommt ein wenig Dunkelheit. Da gerät er in große Angst; diese dumpfe schwüle Luft scheint stille zu stehen, aus Angst vor irgendeiner Missetat, die am Morgen begangen werden soll. Da sucht er die Nacht zu beschwichtigen, indem er ganz laut sagt: »Ich werde es nicht tun.«

Aber da begibt sich das Seltsamste. Die Nacht gerät in solch eine zitternde Angst. Jetzt sind es nicht mehr die kleinen Fläumchen, die fallen, nein, rings um ihn rauschen große und kleine Flügel. Er hört, dass etwas entflieht, aber er weiß nicht, wohin.

Das Fliehende streicht an ihm vorbei, es berührt seine Wange, es streift seine Kleider und seine Hände, und er begreift, was es ist. Es sind die Blätter, die von den Bäumen fallen, die Blumen, die auf ihren Stängeln welken, die Flügel, die von den Schmetterlingen fortfliegen, der Gesang, der die Vögel verlässt.

Und er weiß, wenn die Sonne aufgeht, wird sein Lustgarten ganz verwüstet sein. Leerer, kahler, stummer Winter wird da herrschen, kein Schmetterlingsspiel, kein Vogelgezwitscher.

Er bleibt im Freien, bis das Licht wiederkehrt, und er ist beinahe erstaunt, als er die dunklen Laubmassen der Ahornbäume sieht. »Ja so«, sagt er, »was war es dann, was verwüstet wurde, wenn nicht der Garten? Hier fehlt ja nicht einmal ein Grashälmchen. Potztausend, ich selber bin es, der fortab durch Kälte und Winter wandern muss, nicht der Garten. Es ist, als wäre der ganze Lebensmut entflohen. Ah, du alter Narr, das geht wohl auch vorüber, wie alles andre. Das ist doch wahrlich zu viel Aufhebens um so ein kleines Frauenzimmerchen.«

4

Wie schrecklich unbescheiden »das« sich an dem Morgen beträgt, an dem sie fortfahren sollen. An den zwei Tagen, die sie nach dem Balle hier gewesen sind, ist »das« eher etwas Anfeuerndes, etwas Belebendes gewesen, aber jetzt, wo das Flaumvögelchen fort soll, wo »das« einsieht, dass es im Ernst aus ist, dass es keine Rolle in ihrem Leben spielen darf, da verwandelt es sich in eine Todesschwere, in eine Todeskälte. Es ist, als müsste sie einen versteinerten Körper über die Treppen hinab ins Frühstückszimmer schleppen. Sie reicht eine schwere kalte Hand aus Stein, als sie grüßt, sie spricht mit einer trägen Steinzunge, sie lächelt mit harten Steinlippen. Das ist eine Arbeit. Aber wer wird sich nicht freuen, wenn er daran denkt, dass alles an diesem Morgen so abgemacht wird, wie es die gute alte Treue und Ehre erfordert.

Onkel Theodor wendet sich beim Frühstück an das Flaumvögelchen und erklärt mit wunderlich ungefüger Stimme, dass er sich entschlossen hat, Moritz die Verwalterstelle in der Laxahütte zu geben; aber da der genannte junge Mann, fährt Onkel mit einem angestrengten Versuch, seinen gewöhnlichen Gesprächston beizubehalten, fort, in praktischen Beschäftigungen nicht allzu bewandert ist, so kann er den Platz nicht früher antreten, ehe er nicht eine Gattin an seiner Seite hat. Hat sie, Mamsell Flaumvögelchen, ihre Myrte so gut gepflegt, dass sie im September Kranz und Krone tragen kann?

Sie fühlt, wie er dasitzt und ihr ins Gesicht sieht. Sie weiß, dass er einen Blick zum Dank haben will, aber sie sieht nicht auf.

Moritz hingegen springt in die Höhe. Er umarmt Onkel und treibt es ganz schrecklich. »Aber, Anne-Marie, warum dankst du Onkel nicht? Du musst Onkel Theodor streicheln, Anne-Marie. Die Laxahütte ist das herrlichste auf der Welt. Nun, Anne-Marie!«

Jetzt schlägt sie die Augen auf. Es stehen Tränen darin, und durch diese fällt auf Moritz ein Blick, voll Angst und Vorwurf. Dass er nicht versteht, dass er durchaus mit bloßem Licht in den Pulverkeller gehen muss.

Dann wendet sie sich an Onkel Theodor, aber nicht in der schüchternen, kindlichen Art wie zuvor, sondern mit einer Grandezza im Benehmen, wie eine gefangene Königin.

»Sie tun zu viel für uns, Onkel«, sagt sie nur.

Damit ist alles nach den Forderungen der Ehre und des Anstandes abgemacht. Es ist kein Wort mehr über die Sache zu verlieren. Er hat ihr nicht den Glauben an den Mann, den sie liebt, geraubt. Sie hat sich nicht verraten. Sie ist dem Manne treu, der sie zu seiner Braut gemacht hat, obgleich sie nur ein armes Mädchen aus einem kleinen Bäckerladen im Hintergässchen ist.

Und jetzt kann der Wagen vorfahren, der Mantelsack geschnürt, der Esskorb gefüllt werden.

Onkel Theodor steht vom Tisch auf. Er stellt sich an das Fenster. Von dem Moment an, da sie sich mit tränenvollem Blick ihm zugewendet hat, ist er ganz von Sinnen. Er ist ganz toll, imstande, sich auf sie zu stürzen, sie an seine Brust zu ziehen und Moritz zuzurufen, er möge nur kommen und sie von dort losreißen, wenn er es kann.

Er hält die Hände in den Taschen. Die geballten Fäuste zucken krampfhaft.

Kann er es zulassen, dass sie den Hut aufsetzt, dass sie der Bergrätin Lebewohl sagt?

Da steht er wieder auf dem Felsen von Naxos und will die Geliebte stehlen. Nein, nicht stehlen! Warum nicht ehrlich und männlich vortreten und sagen: »Ich bin dein Nebenbuhler, Moritz. Deine Braut mag zwischen uns wählen. Ihr seid noch nicht verheiratet, es ist keine Sünde, wenn ich versuche, sie dir abwendig zu machen. Hüte sie wohl, ich will alle Mittel anwenden.«

Dann wäre Moritz gewarnt, und sie wüsste, wonach sie sich zu richten hätte.

Es knackt in den Knöcheln, als er wieder die Fäuste ballt. Wie würde Moritz über den alten Onkel lachen, wenn er vorträte und dies erklärte! Und wozu sollte es dienen? Sollte er sie erschrecken, damit es ihm dann nicht einmal mehr gestattet war, ihnen in Zukunft zu helfen?

Aber wie wird es jetzt gehen, wenn sie herankommt, um ihm Lebewohl zu sagen? Er ist nahe daran, ihr zuzuschreien, sich vor ihm zu hüten und sich drei Schritt entfernt zu halten.

Er bleibt am Fenster stehen und wendet ihnen den Rücken, während sie mit dem Ankleiden und dem Füllen des Esskorbes beschäftigt sind. Werden sie denn nie fertig? Jetzt hat er es schon tausendmal durchlebt. Er hat ihr die Hand gegeben, sie geküsst, ihr in den Wagen geholfen. Er hat es so oft getan, dass er sie schon fort glaubt.

Er hat ihr auch Glück gewünscht. Glück … Kann sie mit Moritz glücklich werden? Sie hat diesen Morgen nicht glücklich ausgesehen. Oh, doch gewiss. Sie weinte ja vor Freude.

Während er so dasteht, sagt Moritz plötzlich zu Anne-Marie: »Was für ein Dummkopf ich bin. Ich habe ja ganz vergessen, mit Onkel von Papas Aktien zu sprechen.«

»Ich denke, es wäre am besten, du ließest es«, antwortet das Flaumvögelchen. »Es ist vielleicht nicht recht.«

»Ach Unsinn, Anne-Marie. Die Aktien tragen gerade augenblicklich nichts. Aber wer weiß, ob sie nicht eines Tages besser werden? Und übrigens, was macht das Onkel? Solch eine Kleinigkeit …«

Sie unterbricht mit ungewöhnlicher Heftigkeit, beinahe mit Angst. »Ich bitte dich, Moritz, tue es nicht! Lass mich dieses einzige Mal recht behalten.«

Er sieht sie an, ein bisschen verletzt. »Dieses einzige Mal. Als wenn ich dir gegenüber ein Tyrann wäre. Nein, weißt du, das kann ich nicht, schon wegen dieses Wortes finde ich, dass ich nicht nachgeben darf.«

»Hänge dich nicht an ein Wort, Moritz. Hier handelt es sich um mehr als um Höflichkeit und Phrasen. Ich finde es nicht schön von dir, Onkel übervorteilen zu wollen, wo er so gut gegen uns war.«

»Aber ich bitte dich, Anne-Marie! Was verstehst du von Geschäften?« – Sein ganzes Wesen ist noch aufreizend ruhig und überlegen. Er sieht sie an, wie ein Schulmeister einen guten Schüler, der sich gerade am Prüfungstage dumm anstellt.

»Dass du gar nicht verstehst, um was es sich handelt«, ruft sie aus. Und sie ringt verzweifelt die Hände.

»Ich muss wirklich jetzt mit Onkel sprechen«, sagt Moritz, »wenn schon aus keinem andern Grunde, so um ihm zu zeigen, dass es sich hier um keinen Betrug handelt. So wie du dich benimmst, könnte Onkel wirklich glauben, dass wir, mein Vater und ich, ein paar Schurken sind.«

Und er kommt auf Onkel Theodor zu und erklärt ihm, welche Bewandtnis es mit diesen Aktien hat, die sein Vater ihm verkaufen will. Onkel Theodor hört so gut zu, wie er kann. Er versteht sogleich, dass sein Bruder, der Bürgermeister, eine schlechte Spekulation gemacht hat und sich vor Verlusten schützen will. Aber was weiter, was weiter? Solche Gefälligkeiten pflegt er ja der ganzen Familie zu erweisen. Aber eigentlich denkt er nicht daran, sondern an das Flaumvögelchen. Er wüsste zu gern, was in dem empörten Blick liegt, den sie Moritz zuwirft. Liebe ist es gerade nicht.

Und nun, mitten in seiner Verzweiflung über das Opfer, das er bringen musste, beginnt ein schwacher Hoffnungsstrahl vor ihm aufzudämmern. Er steht da und starrt wie ein Mann, der in einem Zimmer, in dem ein Geist umgeht, liegt und sieht, wie ein heller Nebel aus dem Boden emporsteigt, sich verdichtet und wächst und zu greifbarer Wirklichkeit wird.

»Komm mit mir in mein Zimmer, Moritz«, sagt er, »dann kannst du das Geld gleich haben.«

Aber während er spricht, ruht sein Blick auf dem Flaumvögelchen, um zu sehen, ob »das Geistchen« zum Sprechen bewogen werden kann. Aber noch sieht er sie nur in stummer Verzweiflung.

Doch kaum sitzt er am Pult in seinem Zimmer, als die Türe sich öffnet und Anne-Marie hereinkommt. »Onkel Theodor«, sagt sie sehr fest und entschlossen, »kaufen Sie doch diese Papiere nicht.«

Ach, welcher Mut, Flaumvögelchen! Wer hätte dir so etwas zugetraut, der dich vor drei Tagen an Moritz' Seite im Wagen sah, wo du bei jedem Wort, das er sagte, zusammenzuschrumpfen und immer kleiner zu werden schienst.

Jetzt braucht sie auch ihren ganzen Mut, denn jetzt wird Moritz ernstlich böse.

»Schweig«, zischt er sie an und brüllt darauf, um von Onkel Theodor, der am Pult sitzt und Banknoten zählt, richtig gehört zu werden. »Was fällt dir denn ein? Die Aktien tragen jetzt keine Zinsen, das habe ich Onkel gesagt, aber Onkel weiß ebenso gut wie ich, dass sie welche tragen werden. Glaubst du, dass Onkel sich so von einem, wie ich, übers Ohr hauen lässt? Onkel wird von diesen Dingen wohl mehr verstehen als irgendjemand von uns. Ist es je meine Absicht gewesen, diese Aktien für gut auszugeben? Habe ich je etwas anderes gesagt als dass dies für jemanden, der in der Lage ist, zu warten, ein gutes Geschäft werden kann?«

Onkel Theodor sagt nichts, er reicht Moritz nur ein paar Banknoten. Er möchte wissen, ob dies den Geist zum Sprechen bringen wird.

»Onkel«, sagt die kleine, unerbittliche Wahrheitsverkünderin – denn es ist ja eine bekannte Sache, dass niemand unerbittlicher sein kann, als diese Daunenweichen, diese Zartbesaiteten, wenn sie einmal so weit sind – »diese Aktien sind keinen Pfifferling wert und werden nie etwas wert sein. Das wissen wir zu Hause alle.«

»Anne-Marie, du stempelst mich zu einem Schurken –«

Sie fährt mit den Augen über ihn hin, so, als wären ihre Blicke die Schneiden einer Schere, und sie schneidet ihm Lappen um Lappen alles ab, womit sie ihn herausstaffiert hat, und als sie ihn zuletzt in der ganzen Nacktheit seiner Eigenliebe und seines Eigennutzes sieht, fällt ihr schreckliches kleines Zünglein das Urteil über ihn:

»Was bist du denn anderes?«

»Anne-Marie!«

Ja, was sind wir alle beide anderes«, fährt das unbarmherzige Zünglein fort, das, nun es in Gang ist, es am besten findet, die Dinge klarzulegen, die ihr Gewissen zermartern, seit sie angefangen hat, daran zu denken, dass auch der reiche Mann, dem dieses große Schloss gehört, ein Herz hat, das leiden und sich sehnen kann. Und nun, wo die Zunge so vortrefflich in Gang ist und alle Scheu gewichen zu sein scheint, sagt sie:

»Als wir uns daheim in die Kutsche setzten, was dachten wir da? Wovon sprachen wir auf dem Wege? Wie wir ihn dort für uns gewinnen wollten. ›Du musst flott sein, Anne-Marie‹, sagtest du. ›Und du musst schlau sein, Moritz‹, sagte ich. Wir dachten nur daran, uns einzuschmeicheln. Viel wollten wir haben, und nichts wollten wir geben, nichts anderes als Verstellung. Wir wollten nicht sagen: Hilf uns, weil wir arm sind und uns lieb haben, sondern wir wollten schmeicheln und heucheln, bis Onkel in dich oder in mich vernarrt war, das war unsere Absicht. Aber wir wollten nichts zurückgeben, weder Liebe noch Achtung, nicht einmal Dankbarkeit. Und warum bist du nicht allein gefahren, warum musste ich mit? Du wolltest mich ihm zeigen, du wolltest, dass ich, dass ich …« Onkel Theodor springt auf, als er sieht, wie Moritz die Hand gegen sie erhebt. Denn jetzt hat er fertig gerechnet und verfolgt das, was geschieht, mit einem Herzen, in dem die Hoffnung wächst. Und es ist, als flöge sein Herz nun weit auf, um sie zu empfangen, als sie jetzt aufschreit und in seine Arme flieht, in seine Arme flieht ohne Zaudern und Bedenken, ganz, als gäbe es keinen anderen Platz auf Erden, zu dem sie fliehen könnte.

»Onkel, er will mich schlagen!«

Und sie schmiegt sich fest, fest an ihn.

Aber Moritz ist jetzt wieder ganz ruhig. »Verzeih meine Heftigkeit, Anne-Marie«, sagt er. »Es regte mich auf, dich in Onkels Gegenwart so kindisch sprechen zu hören. Aber Onkel wird auch verstehen, dass du eben nur ein Kind bist. Dennoch gebe ich zu, dass keine, wenn auch noch so gerechte Empörung einem Manne das Recht gibt, eine Frau zu schlagen. Komm jetzt her und küsse mich. Du brauchst bei niemandem Schutz gegen mich zu suchen.«

Sie rührt sich nicht, sie wendet sich nicht um, sie klammert sich nur fest.

»Flaumvögelchen, soll ich ihn dich nehmen lassen?«, flüstert Onkel Theodor.

Und sie antwortet nur mit einem Zittern, das auch seinen ganzen Körper durcheilt.

Aber Onkel Theodor fühlt sich so frisch, so gehoben. Er ist jetzt ganz außerstande, den vollkommenen Neffen wie früher im richtigen Licht seiner Vollkommenheit zu sehen.

Er wagt es, mit ihm zu scherzen. »Moritz«, sagt er, »du überraschst mich. Die Liebe macht dich schwach. Kannst du so mir nichts dir nichts verzeihen, dass sie dich einen Schurken nennt? Du musst sogleich mit ihr brechen. Deine Ehre, Moritz, denke an deine Ehre! Nichts in der Welt kann einer Frau gestatten, einen Mann zu beleidigen. Setze dich in deine Kutsche, mein Junge, und fahre ohne dieses verlorne Wesen von hier fort. Das ist nur Recht und Gerechtigkeit nach einer solchen Beschimpfung.«

Und während er seine Rede beschließt, legt er seine großen Hände um ihr Köpfchen und richtet es empor, sodass er ihre Stirn küssen kann.

»Verlasse dieses verlorene Wesen«, wiederholt er. Aber jetzt fängt auch Moritz zu verstehen an. Er sieht, wie es in Onkel Theodors Augen funkelt, und wie ein fortwährendes Lächeln um seine Lippen spielt. »Komm, Anne-Marie.«

Sie zuckt zusammen. Jetzt ruft er sie als der, dem sie sich anverlobt hat. Es ist, als müsste sie gehen. Und sie lässt Onkel Theodor so hastig los, dass er es nicht verhindern kann, aber sie kann auch nicht zu Moritz gehen, darum gleitet sie zu Boden, und da bleibt sie sitzen und schluchzt.

»Fahre allein in deinem Leiterwagen nach Hause, Moritz«, sagt Onkel Theodor scharf. »Diese junge Dame ist bis auf Weiteres in meinem Hause zu Gast, und ich gedenke sie vor deinen übergriffen in Schutz zu nehmen.«

Und er denkt nicht mehr an Moritz, sondern ist nur darauf bedacht, sie emporzuziehen, ihre Tränen zu trocknen und ihr zuzuflüstern, dass er sie liebt.

Und Moritz, der sie so sieht, die eine weinend, den andern tröstend, ruft aus: »Ach, das ist alles abgekartet. Ich bin betrogen. Das ist eine Komödie. Man stiehlt mir meine Braut, und man verhöhnt mich obendrein. Man lässt mich nach einer rufen, die gar nicht kommen will. Ich beglückwünsche dich zu diesem Handel, Anne-Marie.«

Und während er hinausstürzt und die Türe zuwirft, ruft er aus: »Glückssucherin!«

Onkel Theodor macht eine Bewegung, wie um ihm nachzueilen und ihn zu züchtigen, aber das Flaumvögelchen hält ihn zurück.

»Ach, Onkel Theodor, lass doch immerhin Moritz das letzte Wort behalten. Moritz hat immer recht. Eine Glückssucherin, das bin ich ja gerade, Onkel Theodor.«

Und sie schmiegt sich wieder an ihn, ohne zu zögern, ohne zu fragen. Und Onkel Theodor ist ganz verwirrt, eben weinte sie noch und jetzt lacht sie, eben sollte sie den einen heiraten und jetzt küsste sie einen andern. Da hebt sie das Köpfchen und lächelt: »Jetzt bin ich dein kleines Hündchen. Du kannst mich nicht loswerden.«

»Flaumvögelchen«, sagt der Gutsherr mit seiner barschesten Stimme. »Das hast du schon die ganze Zeit gewusst.«

Sie begann zu flüstern: »Hätte mein Bruder ...«

»Und du wolltest doch, Flaumvögelchen ... Moritz kann froh sein, dass er dich los wird. Solch ein dummes, lügnerisches, heuchelndes Flaumvögelchen, solch ein ungerechtes, kleines, wetterwendisches Fläumchen, solch ein, solch ein ...«

*

Ach Flaumvögelchen, ach Seidenblümchen! Du warst wohl nicht nur eine Glückssucherin, du warst wohl auch eine Glücksbringerin, sonst würde wohl nicht so viel von deinem lieblichen Frieden den Platz umschweben, wo du gewohnt hast. Noch heute wird das Haus von großen Ahornbäumen beschattet, und die Birkenstämme stehen weiß und fleckenlos von der Wurzel bis zum Wipfel da. Noch heute sonnt sich die Natter friedlich auf ihrem Hügel, und im Parkteich schwimmt ein Kühling, der so alt ist, dass kein Junge es über das Herz bringt, ihn zu angeln. Und wenn ich hinkomme, da fühle ich, dass Feierfriede in der Luft liegt, und es ist, als sängen Vogel und Blumen noch ihre schönen Lieder dir zum Preise.

Der Hochzeitsmarsch

Nun will ich eine schöne Geschichte erzählen.

Vor vielen Jahren sollte im Kirchspiel Svartsjö in Värmland eine sehr große Hochzeit gefeiert werden. Zuerst die kirchliche Trauung, nachher drei Tage lang eine große Schmauserei. Und an jedem der drei Tage sollte vom frühen Abend bis tief in die Nacht hinein getanzt werden.

Da es so viel Tanz geben sollte, war es natürlich sehr wichtig, einen guten Spielmann herbeizuschaffen. Darüber machte sich der Großbauer Nils Olofson, der die Hochzeit ausrichtete, fast mehr Sorge als über irgendetwas anderes. Den Spielmann, den sie in Svartsjö hatten, wollte er nämlich nicht laden. Der hieß Jan Oester, und der Großbauer wusste wohl, dass Jan in großem Ruf stand; doch der Musikant war so arm, dass er manchmal in zerrissenem Wams und barfuß zum Hochzeitsfest kam. Und einen solchen zerlumpten Kerl wollte der Großbauer nicht an der Spitze des Brautzuges sehen.

Endlich entschloss er sich, einen Boten zu einem Burschen im Jössesprengel zu schicken, der allgemein Spiel-Martin genannt wurde, und ihn zu fragen, ob er kommen und bei der Hochzeit aufspielen wolle.

Spiel-Martin bedachte sich keinen Augenblick, sondern antwortete sogleich, dass er nicht nach Svartsjö fahren und dort spielen wolle, weil in diesem Kirchspiel ein Spielmann wohne, der tüchtiger sei als alle anderen in ganz Värmland. Solange sie den hätten, brauchten sie keinen andern zu laden.

Als Nils Olofson diesen Bescheid erhalten hatte, ließ er sich ein paar Tage Bedenkzeit. Dann schickte er einen Boten zu einem Spielmann, der im Storakilskirchspiel wohnte und Olle aus Säby hieß, und fragte, ob er kommen und zur Hochzeit seiner Tochter aufspielen wolle. Aber Olle aus Säby antwortete wie Spiel-Martin. Er bat, Nils Olofson zu sagen, solange es in Svartsjö einen so vortrefflichen Spielmann gebe wie Jan Oester, werde er dort nicht spielen.

Nils Olofson passte es nun gar nicht, dass ihm die Spielleute den aufzwingen wollten, den er nicht haben mochte. Er fand, gerade jetzt sei es eine Ehrensache für ihn, einen anderen Spielmann zu bekommen als Jan Oester.

Ein paar Tage, nachdem er die Antwort von Olle aus Säby erhalten hatte, sandte er seinen Knecht zu dem Spielmann Lars Larson, der auf der Peterswiese im Kirchspiel Ullerud wohnte.

Das war ein wohlbestallter Mann, der einen schönen Hof sein Eigen nannte. Er war klug und bedächtig, kein Brausekopf wie die andern Spielleute. Aber ihm kam, wie den andern, gleich Jan Oester in den Sinn, und er fragte, warum denn der nicht auf der Hochzeit spielen solle. Nils Olofsons Knecht hielt es für das Klügste, zu erwidern, dass Jan Oester in Svartsjö daheim sei, dass man ihn also alle Tage hören könne. Wenn Nils Olofson eine so große Hochzeit ausrichte, wolle er den Leuten etwas Besseres und Selteneres bieten.

»Ich bezweifle, dass er etwas Besseres bekommen kann«, sagte Lars Larson.

»Ach, Ihr wollt wohl dasselbe antworten, wie Spiel-Martin und Olle aus Säby«, sagte der Knecht und erzählte, wie es ihm da ergangen war.

Lars Larson hörte die Erzählung des Knechtes aufmerksam an; dann saß er lange schweigend und grübelte. Endlich gab er doch seine Einwilligung. »Bestelle deinem Herrn, dass ich für die Einladung danke und kommen werde«, sagte er zu dem Knecht.

Am nächsten Sonntag fuhr Lars Larson nach der Svartsjöer Kirche. Er fuhr gerade über den Kirchenhügel, als die Hochzeitsschar sich aufzustellen begann, um nach der Kirche zu ziehen. Er kam in seinem eigenen Wagen mit einem guten Pferde gefahren, war in einen schwarzen Tuchanzug gekleidet und nahm die Violine aus einem polierten Futteral. Nils Olofson begrüßte ihn freundlich und dachte bei sich, das sei doch ein Spielmann, mit dem er Ehre einlegen werde.

Gleich nach Lars Larson kam auch Jan Oester, mit der Geige unterm Arm, zur Kirche herauf. Er ging geraden Weges auf die Schar zu, die die Braut umstand, ganz, als sei er geladen, bei der Hochzeit aufzuspielen.

Jan Oester kam in der alten grauen Friesjacke, die man schon seit vielen Jahren an ihm kannte; weil es aber eine so große Hochzeit war, hatte sein Weib versucht, die Löcher an den Ellbogen auszubessern, und große grüne Flicken darauf gesetzt. Jan Oester war ein großer, schöner Kerl und hätte sich stattlich an der Spitze des Hochzeitszuges ausgenommen, wenn er nicht so schlecht gekleidet und sein Gesicht nicht von Sorgen und hartem Kampf mit dem Unglück so zerfurcht gewesen wäre.

Als Lars Larson Jan Oester kommen sah, schien er ein wenig missmutig. »Ja so, Ihr habt Jan Oester auch herbestellt«, sagte er halblaut zu Nils Olofson. »Na, es kann ja nicht schaden, wenn wir zwei Spielleute sind. Bei einer so großen Hochzeit!«

»Ich habe ihn nicht hergerufen!«, beteuerte Nils Olofson. »Ich begreife nicht, warum er gekommen ist. Warte nur: Ich will ihn gleich wissen lassen, dass er hier nichts zu suchen hat.«

»Dann hat ihn irgendein Störenfried herbestellt«, sagte Lars Larson. »Aber wenn Ihr meinem Rat folgen wollt, dann tut nichts dergleichen, sondern geht hin und heißt ihn willkommen. Ich habe gehört, er sei ein jähzorniger Bursche, und niemand kann wissen, ob er nicht Zank und Händel anstiften würde, wenn Ihr ihm sagtet, dass er nicht geladen ist.«

Das sah auch der Großbauer ein. Jetzt, da der Hochzeitszug sich gerade auf dem Kirchenhügel ordnete, durfte es keinen Zank geben. Nils ging deshalb auf Jan Oester zu und hieß ihn willkommen. Darauf stellten sich die beiden Spielleute an die Spitze des Zuges. Das Brautpaar ging unter dem Baldachin, die Ehrenjungfrauen und Führer der Braut folgten, Paar hinter Paar, dann kamen die Eltern und die Verwandten. Ein langer, ansehnlicher Zug. Als alles bereit war, ging ein Brautführer zu den Musikanten und bat sie, den Hochzeitsmarsch anzustimmen. Beide Spielleute setzten die Geigen ans Kinn, aber weiter kamen sie nicht: So blieben sie stehen. Es war nämlich ein alter Brauch in Svartsjö, dass der vornehmste der Spielleute den Hochzeitsmarsch anstimmte.

Der Brautführer sah Lars Larson an, als erwarte er, dass er anfange. Doch Lars Larson sah Jan Oester an und sagte: »Jan Oester muss anfangen.« Jan Oester konnte aber nicht begreifen, dass der andre, der so fein gekleidet war wie nur irgendein vornehmer Herr, nicht mehr sein solle, als er, der in seinem zerrissenen Frieskittel aus der elenden Hütte kam, aus Armut und Not.

»Nein! Um Gottes willen!«, sagte er nur. »Nein! Um Gottes willen!« Er sah, wie der Bräutigam den Arm ausstreckte, Lars Larson anstieß und rief: »Lars Larson soll anfangen!«

Als Jan Oester den Bräutigam das sagen hörte, nahm er sogleich die Geige vom Kinn und trat einen Schritt zurück. Lars Larson rührte sich aber nicht vom Fleck, sondern blieb ruhig und selbstzufrieden auf seinem Platz stehen. Aber auch er hob den Bogen nicht.

»Jan Oester soll anfangen«, wiederholte er. Er sagte die Worte eigensinnig und beharrlich wie einer, der gewohnt ist, seinen Willen durchzusetzen.

Im Hochzeitszug entstand Unruhe über die Verzögerung. Der Brautvater kam heran und bat Lars Larson, anzufangen. Der Küster wäre schon in die Kirchentür getreten und winke ihnen, sich zu sputen. Der Geistliche stünde schon am Altar und warte.

»Dann musst du Jan Oester bitten, dass er zu spielen anfängt«, sagte Lars Larson. »Wir Spielleute halten ihn nun einmal für den Tüchtigsten unter uns.«

»Das mag wohl sein«, sagte der Bauer, »aber wir Bauern halten wieder dich, Lars Larson, für den Trefflichsten.«

Auch die andern Bauern versammelten sich um sie. »Fangt nun an!«, sagten sie; »der Pfarrer wartet schon. Die Gemeinde lacht uns ja aus.«

Lars Larson stand ebenso hartnäckig und unerschütterlich da wie zuvor. »Ich verstehe nicht, warum die Leute dieses Kirchspiels durchaus nicht wollen, dass ihr eigener Spielmann über alle andern gestellt wird«, sagte er.

Nils Olofson raste vor Wut darüber, dass alle sich verschworen hatten, ihm Jan Oester aufzuzwingen. Er trat dicht an Lars Larson heran und flüsterte: »Jetzt merke ich, dass du es bist, der Jan Oester gerufen hat, und dass du das

Ganze angezettelt hast, um ihn zu ehren. Aber nun spute dich und fange zu spielen an, sonst jage ich den Lumpenkerl mit Schimpf und Schande vom Kirchenhügel fort.«

Lars Larson sah ihm gerade ins Gesicht und nickte ihm zu, ohne den geringsten Groll zu zeigen. »Ja, ihr habt recht«, antwortete er. »Das muss ein Ende nehmen.« Er winkte Jan Oester, an seinen früheren Platz zurückzukehren. Hierauf ging er selbst ein paar Schritte vor und drehte sich um, sodass alle ihn sehen konnten. Dann schleuderte er den Bogen weit von sich, zog sein Messer aus der Tasche und schnitt alle vier Geigensaiten durch; sie sprangen mit scharfem Klang.

»Man soll nicht von mir sagen, dass ich mich mehr dünke als Jan Oester«, rief er.

Mit Jan Oester aber verhielt es sich so: Seit drei Jahren ging er einher und grübelte über eine Weise, von der er fühlte, dass sie in ihm lebe, die er aber nicht über die Saiten brachte, weil er daheim immer von grauen Sorgen bedrückt war und ihm nie etwas widerfuhr, das ihn über die tägliche Plage hinausheben konnte. Als er jetzt Lars Larsons Saiten springen hörte, warf er den Kopf zurück und sog die Luft in tiefen Zügen ein. Seine Gesichtszüge waren gespannt, als lausche er Tönen, die aus weiter, weiter Ferne zu ihm klängen. Dann begann er zu spielen. Die Weise, über die er drei Jahre gegrübelt hatte, stand auf einmal klar vor ihm; und während sie ertönte, ging er mit stolzen Schritten zur Kirche hinab. Nie zuvor hatte die Hochzeitsschar solche Weise vernommen. Sie zog sie so unwiderstehlich mit sich fort, dass niemand stehen bleiben konnte.

Und alle waren so froh über Jan Oester und Lars Larson, dass der ganze Hochzeitszug mit feuchten Augen in die Kirche kam.

Die Vogelfreien

Ein Bauer, der einen Mönch ermordet hatte, floh in den Wald und wurde geächtet. In der Wildnis fand er einen anderen friedlosen Mann, einen Fischer von den äußersten Schären, der beschuldigt war, ein Heringsnetz gestohlen zu haben. Diese beiden taten sich zusammen, wohnten in einer Erdhöhle, legten Fallen, schnitzten Pfeile, buken Brot auf einem Stein und wachten gegenseitig über ihr Leben. Der Bauer verließ den Wald niemals, aber der Fischer, der kein so furchtbares Verbrechen begangen hatte, nahm zuweilen die erlegten Tiere über die Schultern und schlich sich zu den Menschen hinunter. Da bekam er für den schwarzen Auerhahn und das blau glänzende Birkhuhn, für den langohrigen Hasen und das feingliedrige Reh Milch und Butter, Pfeile und Kleider. So war es den Friedlosen möglich, ihr Leben zu fristen.

Die Höhle, in der sie hausten, war in einen Hügelabhang gegraben. Breite Steinplatten und dornige Schlehenbüsche deckten den Eingang. Auf dem Dach stand eine Tanne. An ihrer Wurzel war der Schornstein der Erdhöhle. Der emporsteigende Rauch wurde durch die dichten, nadelreichen Zweige des Baumes gesiebt und verschwand unmerklich in der Luft.

Die Männer pflegten von und zu ihrer Wohnstatt zu gehen, indem sie den Waldbach durchwateten, der unter dem

Bergabhang entsprang. Niemand suchte die Spur der Friedlosen unter dem rieselnden Wasser. Anfangs wurden sie gejagt wie wilde Tiere. Die Bauern versammelten sich wie zur Treibjagd auf Bär und Wolf. Der Wald wurde von Bogenschützen umringt, Lanzenträger gingen dort umher und ließen keine dunkle Kluft, kein dichtes Gestrüpp unerforscht. Während die lärmende Treibjagd durch den Wald zog, lagen die Vogelfreien in ihrer dunklen Höhle atemlos lauschend, vor Angst keuchend. So hielt es der Fischer einen ganzen Tag aus; er aber, der gemordet hatte, wurde von unerträglicher Angst ins Freie getrieben, wo er seinen Feind sehen konnte. Da wurde er entdeckt und gejagt, aber dies schien ihm tausendmal besser, als in ohnmächtiger Untätigkeit still dazuliegen. Er entfloh seinen Verfolgern, rutschte über Abhänge, sprang über Ströme, erkletterte kerzengerade Felswände. Alle verborgene Kraft und Geschicklichkeit in ihm wurde von der Gefahr hervorgelockt. Sein Körper war elastisch wie eine Stahlfeder, der Fuß sprang nicht fehl, die Hand ließ nicht locker, Augen und Ohren beobachteten doppelt so scharf als sonst. Er verstand das Flüstern des Laubes und die Warnungen der Steine. Wenn er eine Anhöhe erklettert hatte, wendete er sich gegen seine Verfolger und sandte ihnen Spottlieder mit beißenden Reimen nach. Wenn die sausenden Lanzen zischten, packte er sie blitzschnell und warf sie auf die Feinde hinab. Wenn er sich zwischen peitschenden Zweigen durchdrängte, sang jemand in seinem Innern ein Loblied auf seine Großtaten.

Mitten im Wald war ein kahler Bergrücken, und einsam auf seiner Höhe stand eine himmelhohe Föhre. Der braunrote Stamm war kahl, aber in der astreichen Krone wiegte sich der Raubvogelhorst. So tollkühn war jetzt der Fliehende, dass er dort hinaufkletterte, während die Verfolger ihn auf den bewaldeten Abhängen suchten. Da saß er und drehte den

Jungen des Sperbers den Hals um, während tief unter ihm die Jagd dahinzog. Sperber und Sperberweibchen schossen voll Rachgier auf den Räuber hinab. Sie flatterten um sein Gesicht, sie richteten die Schnäbel auf seine Augen, sie schlugen ihn mit den Flügeln und kratzten mit den Klauen blutige Streifen in seine wettergebräunte Haut. Lachend kämpfte er gegen sie an. In dem schwankenden Neste aufrechtstehend, hackte er mit seinem scharfen Messer nach ihnen und vergaß über der Lust des Spieles die Lebensgefahr und die Verfolger. Als er Zeit fand, sich nach ihnen umzusehen, hatten sie sich nach einer anderen Richtung entfernt. Niemandem war es in den Sinn gekommen, die Jagdbeute auf dem kahlen Bergrücken zu suchen. Keiner hatte den Blick zu den Wolken erhoben, um ihn Knabenstreiche und Schlafwandlertaten vollbringen zu sehen, während sein Leben in äußerster Gefahr schwebte.

Der Mann zitterte, als er sich gerettet sah. Mit bebender Hand griff er nach einer Stütze; schwindelnd maß er die Höhe, die er erklettert hatte. Und stöhnend vor Angst, hinabzustürzen, in ständiger Furcht vor den Vögeln, vor Entdeckung, alles fürchtend, glitt er den Stamm hinab. Er legte sich auf den Berg nieder, um nicht gesehen zu werden und schleppte sich über das Geröll weiter, bis das Unterholz ihn verdeckte. Dann barg er sich unter den verschlungenen Zweigen der jungen Tannen; schwach und kraftlos sank er in das Moos. Ein einziger Mann hätte ihn jetzt fangen können.

Tord war der Name des Fischers. Er zählte nicht mehr als sechzehn Jahre, aber er war stark und kühn. Er hatte schon ein Jahr im Walde gelebt.

Der Bauer hieß Berg, mit dem Beinamen der Riese. Er war der größte und stärkste Mann in der Gegend und dazu schön und wohlgewachsen. Er war breit um die Schultern und schlank um die Mitte. Seine Hände waren so wohlgebildet, als hätten sie niemals harte Arbeit verrichtet. Das Haar war braun und das Antlitz zartgefärbt. Nachdem er einige Zeit im Walde verbracht hatte, veränderte sich sein ganzes Aussehen in merkwürdiger Weise. Seine Blicke wurden stechend, die Augenbrauen wuchsen buschig, und die Muskeln, die sie runzelten, lagen fingerdick an der Nasenwurzel. Es trat auch deutlicher als früher hervor, dass der obere Teil seiner mächtigen Stirne über den unteren vorragte. Die Lippen schlossen sich jetzt fester als einst, das ganze Gesicht wurde magerer, die Grübchen an der Stirn wurden sehr tief, und die gewaltigen Kinnladen traten merkbar hervor. Sein Körper wurde weniger voll, aber seine Muskeln ballten sich eisenhart. Das Haar ergraute rasch.

An diesem Mann konnte der junge Tord sich nicht sattsehen. Etwas so Schönes und Gewaltiges hatte er nie zuvor geschaut. Vor seiner Fantasie stand er hoch wie der Wald, stark wie die Meeresbrandung. Er diente ihm wie einem Herrn und betete ihn an wie einen Gott. Es verstand sich ganz von selbst, dass Tord den Jagdspeer trug, das Wildbret heimschleppte und das Feuer anmachte. Berg, der Riese, nahm alle seine Dienste an, gönnte ihm aber fast nie ein freundliches Wort. Er verachtete ihn, weil er ein Dieb war. Die Vogelfreien führten kein Räuber- oder Wegelagererleben, sondern ernährten sich durch Jagd und Fischerei. Wenn Berg, der Riese, nicht einen heiligen Mann ermordet hätte, würden die Bauern wohl bald aufgehört haben, ihn zu verfolgen, und hätten ihn oben im Gebirge in Frieden gelassen. Aber nun fürchteten sie großes Unheil für die Gegend, weil der Mann, der Hand an einen Diener Gottes gelegt hatte, noch ungestraft umherging. Wenn Tord mit dem erlegten Wild ins Tal hinabkam, boten sie ihm große Belohnungen und Vergebung seines eignen Verbrechens, wenn er ihnen den Weg zu der Höhle Bergs zeigen wollte, damit sie diesen greifen konnten, während er schlief. Aber der Knabe weigerte sich immer, und wenn ihm jemand in den Wald nachschleichen wollte, dann führte er ihn so schlau auf falsche Fährte, dass er die Verfolgung aufgeben musste.

Einmal fragte ihn Berg, ob die Bauern ihn nicht zum Verrat bewegen wollten, und als er hörte, welchen Lohn sie ihm boten, sagte er hohnvoll, dass Tord ein Einfaltspinsel wäre, wenn er solch ein Anerbieten nicht annähme.

Da sah ihn Tord mit einem Blicke an, wie ihn Berg, der Riese, nie zuvor gesehen hatte. Nie hatte ein schönes Weib in seiner Jugend, nie hatten seine Frau und seine Kinder ihn je so angesehen. »Du bist mein Herr, mein freigewählter Herrscher«, sagte der Blick, »wisse, dass du mich schlagen und beschimpfen kannst, so viel du willst. Ich bleibe doch treu.«

Von nun an achtete Berg, der Riese, mehr auf den Jungen und merkte, dass er mutig im Handeln, aber schüchtern im Reden war. Vor dem Tode hatte er keine Furcht. Wenn die Seen eben zugefroren waren, oder wenn das Moor im Frühling am gefährlichsten war, wenn die Moräste sich unter reich blühendem Wollgras und Sumpfbrombeeren verbargen, dann nahm er am liebsten den Weg darüber. Es schien ihm ein Bedürfnis zu sein, sich Gefahren auszusetzen, gleichsam zum Ersatz für die Stürme und Schrecknisse auf dem Meere, denen er nicht mehr begegnete. Doch nachts fürchtete er sich im Walde, und selbst am helllichten Tage konnten ein dunkles Dickicht oder die weit ausgestreckten Wurzeln einer umgestürzten Föhre ihn erschrecken. Aber wenn Berg ihn darüber befragte, war er zu scheu, um auch nur zu antworten. Tord pflegte nicht auf dem hinten in der Höhle, nahe dem Feuer aufgeschlagenen Lager zu schlafen, das weich von

Moos und warmen Fellen war, sondern er kroch jede Nacht, nachdem Berg eingeschlafen war, zum Eingang hin und legte sich dort auf eine Steinplatte. Berg entdeckte dies, und obgleich er den Grund erraten konnte, fragte er, was dies zu bedeuten habe. Tord erklärte es ihm nicht. Um allen Fragen auszuweichen, lag er zwei Nächte lang nicht mehr in der Türe, dann nahm er seinen Wachtposten wieder ein. Eines Nachts, als der Schneesturm durch die Baumwipfel wehte und in das windgeschützte Dickicht wirbelte, drangen die tanzenden Schneeflöckchen auch in die Höhle der Friedlosen. Tord, der dicht an dem von Steinplatten verschlossenen Eingang lag, war, als er am Morgen erwachte, in eine schmelzende Schneewehe gebettet. Einige Tage später wurde er krank. Die Lungen pfiffen, und wenn sie sich dehnten, um Luft einzuatmen, fühlte er stechende Schmerzen. Er hielt sich so lange auf den Beinen, als die Kräfte reichten. Aber als er sich eines Abends bückte, um das Feuer anzufachen, fiel er um und blieb liegen.

Berg, der Riese, kam zu ihm und sagte ihm, er möge sich in sein Bett legen. Tord stöhnte vor Schmerz und konnte nicht aufstehen. Da schob Berg die Arme unter ihn, und trug ihn zu seinem Lager. Aber es war ihm, als hätte er eine schlüpfrige Schlange berührt, und auf der Zunge hatte er einen Geschmack, als hätte er von dem unheiligen Pferdefleisch gegessen, so ekelte es ihn, diesen elenden Dieb anzurühren.

Er breitete sein eignes, großes Bärenfell über ihn und reichte ihm Wasser, mehr konnte er nicht tun. Es war auch nicht gefährlich. Tord wurde bald gesund. Aber dadurch, dass Berg dessen Pflichten übernommen hatte und ihn bedienen musste, waren sie einander nähergekommen. Tord wagte zu ihm zu sprechen, wenn er abends in der Höhle saß und Pfeile schnitzte. »Du bist aus gutem Stamm, Berg«, sagte Tord. »Die

Reichsten im Tal sind deine Verwandten. Deine Vorfahren haben Königen gedient und in ihren Burgen gekämpft.«

»Meistens haben sie in den Aufrührerscharen gekämpft und den Königen allen Schaden getan«, erwiderte Berg, der Riese.

»Deine Väter gaben zu Weihnachten große Gelage, und das tatest auch du, als du auf deinem Hofe saßest. Hunderte von Männern und Frauen konnten auf den Bänken deiner großen Halle Platz finden, die schon erbaut war, ehe noch der heilige Olof hier in Viken taufte. Du hattest uralte Silberbecher und große Trinkhörner, die, mit Met gefüllt, von Mann zu Mann wanderten.«

Wieder musste Berg den Knaben ansehen. Er saß mit herabhängenden Beinen auf dem Bette, und der Kopf ruhte in den Händen, mit denen er zugleich die wilde Haarmasse zurückdrängte, die ihm in die Stirn fiel. Das Gesicht war durch die Krankheit bleich und fein geworden. In den Augen leuchtete noch das Fieber. Er lächelte die Bilder an, die er heraufbeschwor: die geschmückte Halle, die Silberbecher, die festlich gekleideten Gäste und Berg, den Riesen, der in seiner Vater Saal auf dem Hochsitze thronte. Der Bauer dachte, dass ihn noch niemand mit solchen vor Bewunderung leuchtenden Augen angesehen oder ihn in seinen Festkleidern so herrlich gefunden hatte, wie ihn der Knabe hier in dem abgescheuerten Fellwams fand.

Er wurde gerührt und zornig zugleich. Dieser elende Dieb hatte kein Recht, ihn zu bewundern.

»Wurden denn in deinem Hause keine Gelage abgehalten?«, fragte er.

Tord lachte. »Dort draußen auf der Schäre bei Vater und Mutter! Vater ist ja ein Wrackplünderer und Mutter eine Hexe! Zu uns will niemand kommen!«

»Deine Mutter ist eine Hexe?«

»Das ist sie«, antwortete Tord ohne jede Befangenheit. »Bei stürmischem Wetter reitet sie auf einem Seehund zu den Schiffen, über die Sturzwellen hinspülen, und wer dann in das Meer geschleudert wird, der gehört ihr.«

»Was fängt sie mit ihnen an?«, fragte Berg.

»Ach, eine Hexe braucht immer Leichen. Sie kocht wohl Salben aus ihnen, oder isst sie vielleicht. In Mondscheinnächten sitzt sie draußen in der Brandung, wo sie ganz weiß ist, und der Schaum sprüht über sie hin. Es heißt, dass sie da sitzt und nach den Fingern und Augen ertrunkener Kinder sieht.«

»Das ist abscheulich«, sagte Berg.

Der Knabe antwortete mit großer Zuversicht: »Es ist abscheulich für andere, aber nicht für Hexen. Die müssen es so machen.«

Berg schien es, dass dies eine neue Art war, Welt und Dinge zu betrachten.

»Müssen Diebe auch stehlen, ebenso wie Hexen zaubern müssen?«, fragte er scharf.

»Ja, gewiss«, antwortete der Knabe, »jeder muss tun, wozu er bestimmt ist.« Aber dann fügte er mit einem versteckten Lächeln hinzu: »Es gibt aber auch Diebe, die niemals gestohlen haben.«

»Sag doch gerade heraus, was du meinst«, sagte Berg. Der Knabe lächelte geheimnisvoll, stolz, ein unlösbares Rätsel zu sein. »Es ist, als spräche man von Vögeln, die nicht fliegen, wenn man von Dieben spricht, die nicht stehlen.«

Berg, der Riese, stellte sich dumm, um mehr zu erfahren. »Man kann doch niemanden einen Dieb nennen, der nicht gestohlen hat«, sagte er.

»Nein, freilich nicht«, sagte der Knabe und kniff die Lippen zusammen, wie um die Worte nicht durchzulassen.

»Wenn einer aber einen Vater hätte, der stiehlt«, warf er nach einem Weilchen hin.

»Geld und Gut erbt man«, wandte Berg ein, »aber den Namen Dieb trägt keiner, der ihn nicht erworben hat.«

Tord lachte leise. »Und wenn einer eine Mutter hat, die einen bittet und anfleht, des Vaters Verbrechen auf sich zu nehmen. Und wenn einer dann dem Henker ein Schnippchen schlägt und in den Wald flieht. Und wenn man dann vogelfrei erklärt wird, wegen eines Fischnetzes, das man gar nie gesehen hat?«

Berg, der Riese, schlug mit geballter Faust auf den Tisch. Er war zornig. Da war nun dieses schöne junge Blut hingegangen und hatte sein ganzes Leben fortgeworfen. Nicht Liebe, nicht Reichtum, nicht Ansehen unter Männern konnte er in Zukunft gewinnen. Die elende Sorge um Speise und Trank war alles, was ihm übrig blieb. Und dieser Tor hatte es geschehen lassen, dass er, Berg, umherging und einen Unschuldigen verachtete. Er schalt ihn mit strengen Worten, aber Tord hatte nicht einmal so viel Angst wie das kranke Kind vor der Mutter, wenn sie es schilt, weil es sich erkältet hat, als es durch den Frühlingsbach watete.

*

Auf einem der breiten, bewaldeten Berge lag ein dunkler See. Er war viereckig, mit so geraden Ufern und so scharfen Winkeln, als wäre er von Menschen gegraben. Auf drei Seiten war er von steilen Felswänden umgeben, an denen sich die Tannen mit ihren dicken Wurzeln festklammerten. Unten am See, wo das Erdreich so allmählich weggeschwemmt worden war, ragten diese Wurzeln aus dem Wasser, nackt und gekrümmt, und seltsam ineinander verschlungen. Es war wie eine ungeheure

Menge Schlangen, die zugleich aus dem Sumpfsee kriechen wollten, aber sich ineinander verwickelt hatten und so erstarrt waren. Oder es war eine Menge dunkler Skelette ertrunkener Riesen, die der See ans Land hatte werfen wollen. Arme und Beine verschlangen sich ineinander, die langen Finger krallten sich in den harten Fels ein, die ungeheuren Rippen bildeten Rundbogen, die uralte Bäume trugen. Es war doch vorgekommen, dass die eisernen Arme, die stahlharten Riesenfinger, mit denen die Tannen sich festklammerten, nachgegeben hatten. Und ein gewaltiger Nordwind hatte eine Tanne in einem weiten Bogen vom Berghang bis in den Sumpfsee geschleudert. Mit dem Wipfel voran war sie tief in den Schlammgrund eingedrungen und dort hängen geblieben. Jetzt hatte die Fischbrut einen guten Zufluchtsort zwischen ihren Zweigen, aber die Wurzeln ragten über das Wasser hinaus, wie ein vielarmiges Ungeheuer, und dies trug mit dazu bei, den Sumpfsee hässlich und erschreckend zu machen.

Auf der vierten Seite des Sees senkte sich das Gebirge. Da entführte ein kleiner, schäumender Bach sein Wasser. Ehe dieser Bach den einzig möglichen Weg finden konnte, musste er zwischen Steinen und Erdhügeln suchen und bildete so eine kleine Welt von Inseln, einige nur eine Scholle groß, andere etwa zwanzig Bäume tragend.

Hier, wo die umgebenden Berge nicht alle Sonne ausschlossen, gediehen auch Laubbäume. Hier standen durstige graugrüne Erlen und glattblättrige Weiden. Die Birke war da, wie sie überall zur Stelle ist, wo es gilt, den Nadelwald zu verdrängen, und der Faulbaum und die Eberesche, diese beiden, die gewöhnlich die Waldwiesen mit ihrem Duft erfüllen und sie reizvoll umkränzen.

Hier beim Ausfluss war auch ein mannshoher Schilfwald, durch den das Sonnenlicht grün über das Wasser fiel, wie es im richtigen Walde über das Moos fällt. Im Schilfe gab es offene Stellen, kleine, runde Teiche, und da schwammen die Seerosen. Die hohen Halme sahen mit mildem Ernst auf diese zarten Schönheiten herab, die verdrießlich ihre weißen Blätter und gelben Stempel in lederharten Hüllen verwahrten, wenn die Sonne sich nicht zeigen wollte.

An einem sonnigen Tage kamen die Vogelfreien an diesen See, um zu fischen. Sie wateten zu ein paar großen Steinen im Binsenwalde und saßen da und warfen den grün gestreiften Hechten, die im Wasser schliefen; Köder hin.

Diese Männer, die stets im Walde und im Gebirge umherstreiften, waren, ohne dass sie selbst darum wussten, ebenso sehr unter die Herrschaft der Naturmächte geraten, wie Pflanzen und Tiere. Bei Sonnenschein wurden sie offenherzig und mutig, doch abends, sobald die Sonne verschwunden war, verstummten sie, und die Nacht, die ihnen viel größer und gewaltiger vorkam, als der Tag, machte sie ängstlich und ohnmächtig. Jetzt versetzte sie das grüne Sonnenlicht, das durch das Schilf einfiel und das Wasser gold gestreift, braun und schwarzgrün färbte, in eine Art Wunderstimmung. Die Aussicht war ganz versperrt. Zuweilen wogte das Schilf in einem unmerklichen Wind, die Halme raschelten und die langen, bandähnlichen Blätter flatterten ihnen ins Gesicht. Sie saßen in grauen Fellgewändern auf den grauen Steinen. Die Färbung des Felles ahmte die Tönung des verwitterten, bemoosten Steines nach. Jeder sah den Gefährten in seinem Schweigen und seiner Regungslosigkeit in ein Steinbild verwandelt. Aber drinnen durch das Schilf huschten Riesenfische mit regenbogenfarbenen Rücken. Als die Männer die Angelhaken auswarfen und sahen, wie sich die Ringe im Schilf fortpflanzten, wurde die Bewegung immer stärker und stärker, bis sie merkten, dass sie nicht nur von ihrem Wurf kam. Eine Nixe, halb Weib, halb glitzernder Fisch, lag in den Wellen und schlief. Sie lag auf dem Rücken, mit dem ganzen Leibe unter dem Wasserspiegel. Die Wellen schlossen sich so eng an den Körper an, dass sie sie vorher nicht bemerkt hatten. Ihre Atemzüge ließen die Wellen nicht ruhen. Doch es war nichts Wunderliches darin, dass sie dalag, und als sie im nächsten Augenblick verschwunden war, wussten sie nicht recht, ob es nicht nur eine Sinnestäuschung gewesen war.

Das grüne Licht drang wie ein süßer Rausch durch die Augen in das Hirn. Die Männer saßen da und starrten stumm vor sich hin, im Schilf Gesichte sehend, die sie einander nicht anzuvertrauen wagten. Der Fang fiel schlecht aus, der Tag gehörte Träumen und Offenbarungen.

Da ertönten Ruderschläge im Schilf, und sie schreckten wie aus dem Schlummer auf. Im nächsten Augenblick zeigte sich ein Eichenstamm, schwer, ohne jede Kunstfertigkeit ausgehöhlt, moosbewachsen und mit Rudern, schmal wie Stäbchen. Ein junges Mädchen, das Seerosen geholt hatte, ruderte ihn. Sie hatte dunkelbraunes Haar, das in schwere Zöpfe geflochten war, und große dunkle Augen, und sie war seltsam bleich. Aber ihre Blässe schimmerte rosig und nicht grau. Die Wangen waren nicht lebhafter gefärbt als das übrige Gesicht, kaum die Lippen. Sie trug ein weißes Leinenleibchen und einen Ledergürtel mit goldener Schließe. Der Rock war blau mit rotem Saum. Sie ruderte dicht an den Friedlosen vorbei, ohne sie zu sehen. Sie verhielten sich atemlos still, doch nicht aus Furcht, gesehen zu werden, sondern nur, um sie so recht sehen zu können. Sobald sie verschwunden war, verwandelten sie sich gleichsam wieder aus Steinbildern in Menschen. Sie sahen einander lächelnd an. »Sie ist weiß wie die Seerosen«, sagte der eine. »Sie ist dunkeläugig wie das Wasser drüben unter den Tannenwurzeln.«

Sie waren so übermütig, dass sie lachen wollten, richtig lachen, wie man nie zuvor an diesem See gelacht hatte, lachen, dass die Felswände von dem Echo erzittern und die Wurzeln der Tannen sich vor Schrecken lösen sollten.

»Schien sie dir schön?«, fragte Berg, der Riese.

»Ach, ich weiß nicht, ich sah sie ja so kurz. Vielleicht.«

»Du wagtest wohl nicht, sie anzusehen? Du dachtest wohl, sie sei die Seejungfrau?«

Und wieder schüttelte sie dieselbe törichte Lachlust.

*

Tord hatte einmal als Kind einen Ertrunkenen gesehen. Er hatte die Leiche am helllichten Tage am Strand gefunden und war gar nicht erschrocken, aber nachts hatte er furchtbar geträumt. Er sah ein Meer, in dem jede Welle einen toten Mann zu seinen Füßen rollte. Er sah auch alle Inseln der Schären mit Ertrunkenen bedeckt, die tot waren und dem Meere gehörten, aber dennoch sprechen und sich bewegen konnten und ihm mit ihren welken, weißen Händen drohten.

So ging es ihm auch jetzt. Das Mädchen, das er im Schilfe gesehen hatte, kam in seinen Träumen wieder. Er traf sie auf dem Grunde des Sumpfsees, wo das Sonnenlicht noch grüner war als im Schilf, und er hatte Zeit, zu sehen, dass sie schön war. Er träumte, dass er auf der großen Tannenwurzel mitten in dem dunklen See kauerte, aber die Tanne schwankte und wiegte sich so, dass er zuweilen ganz unter Wasser kam. Da erschien sie auf dem kleinen Inselchen. Sie stand unter den roten Ebereschen und lachte ihn aus. Im letzten Traumbild brachte er es so weit, dass sie ihn küsste. Es ward früher Morgen, und er hörte, dass Berg aufgestanden war, aber er schloss hartnäckig die Augen, um weiterzuträumen. Als er erwachte, war er ganz wirr und betäubt von dem, was ihm in der Nacht widerfahren war. Er dachte jetzt viel mehr an das Mädchen, als am Tage vorher.

Gegen Abend fiel es ihm ein, Berg, den Riesen, zu fragen, ob er ihren Namen wisse.

Berg sah ihn prüfend an. »Vielleicht ist es am besten, wenn du es gleich erfährst«, sagte er. »Es war Unn. Wir sind Verwandte.«

Da wusste Tord, dass wegen dieser bleichen Maid, Berg, der Riese, friedlos durch Wald und Gebirge zog. Tord versuchte sich in Erinnerung zu rufen, was er von ihr wusste.

Unn war eines reichen Bauern Tochter. Ihre Mutter war tot, sodass sie das Regiment auf ihres Vaters Hof führte. Dies gefiel ihr, denn sie war herrschsüchtig, und sie hatte keine Lust, einen Mann zu nehmen.

Unn und Berg, der Riese, waren Geschwisterkinder, und es hieß schon lange, dass Berg lieber bei Unn und ihren Mägden saß und mit ihnen scherzte, als daheim auf seinem Hof nach dem Rechten zu sehen. Als nun das große Weihnachtsgelage bei Berg gefeiert wurde, hatte seine Frau einen Mönch aus Draksmark eingeladen, denn sie wollte, dass dieser Berg Vorwürfe mache, weil er sie wegen einer anderen Frau vernachlässigte. Dieser Mönch war Berg und auch vielen anderen wegen seines Aussehens verhasst. Er war sehr feist und ganz weiß. Das kurze Haar um seinen kahlen Scheitel, die Augenbrauen über seinen wässerigen Augen, die Gesichtsfarbe, die Hände und die Kutte, alles war weiß. Viele konnten ihn kaum ansehen.

Bei der Tafel nun, sodass alle Gäste es hören konnten, sagte dieser Mönch – denn er war unerschrocken und meinte, dass seine Worte besser wirken würden, wenn viele sie vernahmen –: »Man pflegt zu sagen, dass der Kuckuck der schlechteste Vogel ist, weil er seine Jungen nicht im eignen Neste aufzieht, aber hier sitzt ein Mann, der nicht für Heim und Kinder sorgt, sondern seine Lust bei einem fremden Weibe sucht. Ihn will ich den schlechtesten Mann nennen.« – Da stand Unn auf. »Dies, Berg, geht auf dich und mich«, sagte sie. »Nie bin ich so beschimpft worden, aber freilich, mein Vater ist ja auch nicht mit beim Gelage.« Sie wendete sich, um zu gehen, aber Berg eilte ihr nach. »Rühre mich nicht an«, rief sie. »Nie mehr will ich dich sehen.« Er erreichte sie in der Vorhalle und fragte sie, was er tun solle, damit sie bliebe. Da hatte sie mit flammenden Augen geantwortet, das müsse er selbst am besten wissen. Da ging Berg hin und erschlug den Mönch. Jetzt waren Berg und Tord in dieselben Gedanken versunken, denn nach einem Weilchen sagte Berg: »Du hättest sie, Unn, sehen sollen, als der weiße Mönch gefallen war. Meine Frau versammelte die kleinen Kinder um sich und fluchte ihr. Sie wendeten ihre Gesichter Unn zu, um sich auf ewige Zeit die einzuprägen, die ihren Vater zum Mörder gemacht hatte. Aber Unn stand gelassen da und so schön, dass die Männer erbebten. Sie dankte mir für die Tat und hieß mich sogleich in den Wald ziehen. Sie ermahnte mich, kein Räuber zu werden und nicht eher zum Messer zu greifen, als bis ich es für eine ebenso gerechte Sache nötig hätte.«

»Deine Tat hatte sie erhöht«, sagte Tord.

Hier stand nun Berg, der Riese, vor einem Rätsel: Der Knabe war wie ein Heide, schlimmer als ein Heide, er verurteilte niemals das, was unrecht war. Er kannte keine Verantwortlichkeit. Was geschehen musste, das geschah. Gott, Christus und die Heiligen kannte er, aber nur dem Namen nach, so wie man die Götter fremder Länder kennt. Die Gespenster der Schären waren seine Götter. An die Geister der Toten hatte seine zauberkundige Mutter ihn glauben gelehrt.

Da machte sich Berg, der Riese, an ein Werk, das ebenso töricht war, als hätte er einen Strick für seinen eignen Hals gedreht. Er stellte dem Unwissenden den großen Gott vor Augen, den Herrn der Gerechtigkeit, den Rächer der Missetaten, der die Schuldigen in ewige Pein hinabstürzt. Und er lehrte ihn Christus und seine Mutter lieben, und die heiligen Männer und Frauen, die mit gefalteten Händen vor Gottes Thron knien, um den Zorn des großen Rächers von den sündigen Scharen abzuwenden. Er lehrte ihn alles, was die Menschen tun, um Gottes Zorn zu versöhnen. Er zeigte ihm die Pilgerscharen, die zu heiligen Stätten ziehen, die selbstquälerischen Büßer und die Flucht der Mönche aus dem Weltleben.

Und während er sprach, wurde der Knabe eifriger und blasser, seine Augen öffneten sich weit wie vor furchtbaren Gesichten. Berg, der Riese, wollte aufhören, aber der Strom der Gedanken riss ihn fort, und er sprach weiter. Die Nacht senkte sich auf sie herab, die schwarze Waldesnacht, in der die Käuzchen schreien. Gott kam ihnen so nahe, dass sie sahen, wie sein Thron die Sterne verdeckte, und wie die strafenden Engel sich auf die Waldwipfel herabsenkten.

Aber unter ihnen loderten die Flammen der Unterwelt zu der platten Scheibe der Erde empor und beleckten gierig diesen schwanken Zufluchtsort qualbedrückter Menschengeschlechter.

*

Der Herbst war gekommen, und ein scharfer Sturm wehte. Tord ging allein durch den Wald, um Schlingen und Fallen zu untersuchen. Berg, der Riese, saß daheim und besserte seine Kleider aus. Tords Weg führte hinauf zu einer bewaldeten Höhe. Der Pfad war breit.

Jeder Windstoß, der durch die dichten Bäume dringen konnte, fegte das trockne Laub in raschelnden Wirbeln den Pfad hinan. Tord kam es einmal ums andere vor, als ob jemand hinter ihm ginge. Er sah sich oft um. Zuweilen blieb er stehen, um zu lauschen, aber dann merkte er, dass es die Blätter und der Wind waren, und er ging weiter. Sobald er wieder zu gehen begann, hörte er jemanden auf leisen Sohlen den Hügel hinauftanzen. Kleine Kinderfüße kamen getrippelt. Elfen und Waldgeister spielten hinter ihm. Wenn er sich umwendete, war niemand da, gar niemand. Er ballte die Faust gegen die raschelnden Blätter und ging weiter. Sie verstummten nicht, aber sie nahmen einen anderen Ton an. Sie begannen hinter ihm zu zischen und zu schnauben. Eine große Natter glitt heran, die gifttriefende Zunge hing ihr aus dem Munde, und der blanke Leib hob sich leuchtend von den verschrumpften Blättern ab. Neben der Schlange schlich ein Wolf, ein großer, magerer Geselle, der sich bereit hielt, ihm an den Nacken zu fahren, wenn die Natter sich zwischen seine Füße schlängelte und ihn in die Ferse stach. Manchmal waren sie beide ganz still, wie um ihm unbemerkt zu nahen, aber gleich darauf verriet sie das Zischen und Schnauben, und zuweilen schlugen die Wolfsklauen klirrend an einen Stein. Tord ging unwillkürlich immer rascher, aber die Tiere eilten ihm nach. Als er glaubte, dass sie nur zwei Schritte entfernt wären und zum Sprunge ansetzten, drehte er sich um. Es war niemand da, und das hatte er die ganze Zeit gewusst.

Er setzte sich auf einen Stein, um sich auszuruhen. Da gaukelten die trocknen Blätter zu seinen Füßen, wie um ihn zu ergötzen. Da waren sie, alle Blätter des Waldes: lichtgelbes, zartes Birkenlaub, rot gesprenkelte Ebereschenblätter, die trocknen schwärzlich-braunen Blätter der Ulme, die zähen lichtroten der Espe, und die goldgrünen der Palmweide.

Verwandelt und verschrumpft, narbig und abgestoßen waren sie, sehr verschieden von den daunenweichen, lichtgrünen, fein geformten Blättchen, die sich vor ein paar Monaten aus den Knospen entrollt hatten.

»Sünder«, sagte der Knabe, »Sünder, nichts ist rein vor Gott. Die Flammen seines Zornes haben euch schon erreicht.«

Als er seine Wanderung fortsetzte, sah er den Wald unter sich wogen wie ein sturmgepeitschtes Meer, doch unten auf dem Pfade war es still und ruhig. Er hörte nun, was er nie vernommen hatte. Der Wald war voll Stimmen.

Es klang wie Flüstern, wie Klagelieder, wie barsche Drohungen, wie dröhnende Flüche. Es lachte, und es klagte, es war wie das Lärmen von vielen Menschen. Dieses, was hetzte und aufreizte, was raschelte und zischte, was etwas zu sein schien und doch nichts war, machte seine Gedanken wild. Er fühlte wieder Todesangst wie damals, als er auf dem Boden seiner Höhle lag und die Menschenjagd durch den Wald zog. Wieder hörte er das Knacken von Zweigen, die schweren Schritte der Volksmenge, das Klirren der Waffen, die dröhnenden Rufe, das wilde blutdürstige Gemurmel, das aus der Menge aufstieg.

Doch nicht nur dies allein lag im Waldsturm. Etwas anderes, noch Schrecklicheres, Stimmen, die er nicht deuten konnte, ein Gewirr von Stimmen, die eine fremde Sprache zu sprechen schienen. Er hatte gewaltigere Stürme als diesen durch das Takelwerk brausen gehört. Aber nie zuvor hatte er den Wind auf einer so vielstimmigen Harfe spielen hören. Jeder Baum hatte seine Stimme, die Tanne rauschte nicht wie die Espe, die Pappel nicht wie die Eberesche. Jede Kluft hatte ihren Ton, das Echo jeder Felswand seinen eignen Klang. Und das Rieseln der Bäche und der Schrei des Fuchses mischten sich in den wunderlichen Waldsturm. Doch alles das konnte er deuten, es ertönten andere, wunderbarere Laute. Und diese bewirkten es, dass es anfing, in ihm mit dem Sturm um die Wette zu schreien, hohnzulachen und zu jammern.

Er hatte sich immer gefürchtet, wenn er allein im Waldesdunkel war. Er liebte das offne Meer und die nackten Klippen. Zwischen den Bäumen schlichen Geister und Schatten einher.

Mit einem Male hörte er, wer es war, der im Sturme sprach. Gott war es, der große Rächer, der Gott der Gerechtigkeit. Er verfolgte ihn des Freundes wegen. Er verlangte, dass er den Mörder des Mönches seiner Rache ausliefere.

Da begann Tord mitten im Sturme zu sprechen. Er sagte Gott, was er hatte tun wollen, aber nicht vermocht hatte. Er hatte Berg, den Riesen, bitten wollen, sich mit Gott zu versöhnen, aber er war zu schüchtern gewesen. Die Scheu hatte ihn stumm gemacht. »Als ich erfuhr, dass die Erde von einem gerechten Gott gelenkt wird«, rief er, »da erkannte ich, dass er ein verlorener Mann sei. Nächtelang habe ich dagelegen und über meinen Freund geweint. Ich wusste, dass Gott ihn finden muss, wo er sich auch verbergen mag. Aber ich konnte nicht sprechen. Ich fand keine Worte, weil ich ihn zu sehr liebe. Verlange nicht, dass ich mit ihm spreche, verlange nicht, dass das Meer sich so hoch wie die Berge erhebe.«

Er verstummte, und im Sturme verstummte die tiefe Stimme, die für ihn Gottes Stimme gewesen war. Mit einem Male kam Windstille und greller Sonnenschein und ein Plätschern wie von Rudern und ein leises Rascheln wie von steifen Schilfblättern. Diese sanften Laute zauberten ihm Unns Bild vor die Seele. – Der Friedlose kann nichts gewinnen, nicht Hab und Gut, nicht Frauen, nicht Ansehen unter den Männern. Wenn er Berg verriet, kam er wieder unter den Schutz der Gesetze. – Aber Unn musste Berg lieben, nach dem, was er für sie getan hatte. Aus alledem gab es keinen Ausweg.

Als der Sturm zunahm, hörte er wieder Schritte hinter sich und ab und zu ein atemloses Keuchen. Jetzt wagte er nicht sich umzusehen, denn er wusste, dass der weiße Mönch hinter ihm war. Er kam von dem Feste in Bergs Hause, blutbespritzt, mit einer klaffenden Wunde in der Stirn. Und er flüsterte: »Gib ihn an, verrate ihn, rette seine Seele. Überliefere seinen Leib dem Scheiterhaufen, auf dass seine Seele verschont werde. Überantworte ihn der langen Qual der Folterbank, auf dass seine Seele Zeit habe, zu bereuen.«

Tord eilte weiter. All das Erschreckende, das an und für sich nichts war, wuchs, da es so unaufhörlich seine Seele verfolgte, zu etwas Großem, Entsetzlichem an. Er wollte ihm entfliehen, doch wie er zu laufen begann, ertönte wieder die furchtbare Stimme, die Stimme Gottes. Gott selbst jagte ihn mit Schreckschüssen, damit er den Mörder ausliefere. Verabscheuungswürdiger denn je stand Bergs Verbrechen vor ihm. Ein waffenloser Mann war ermordet, ein Gottesmann mit blankem Stahl durchbohrt worden. Das hieß dem Herrn der Welten trotzen. Und der Mörder wagte, zu leben. Er freute sich des Sonnenlichtes und der Früchte der Erde, als wäre der Arm des Allmächtigen zu kurz, um ihn zu erreichen.

Er blieb stehen, ballte die Fäuste und schrie drohende Worte. Dann eilte er wie ein Wahnsinniger aus dem Walde, aus dem Schreckensreich in das Tal hinab.

*

Tord brauchte sein Anliegen nur auszusprechen, so waren sogleich zehn Männer bereit, ihm zu folgen. Es wurde beschlossen, dass Tord allein in die Höhle gehen sollte, damit Berg nicht misstrauisch werde. Aber unterwegs sollte er Erbsen ausstreuen, damit die Männer den Weg finden konnten.

Als Tord in die Höhle trat, saß der Vogelfreie auf der Steinbank und nähte. Der Feuerschein war matt, und die Arbeit schien schlecht vonstatten zu gehen. Das Herz des Knaben schwoll von Mitleid. Der herrliche Berg deuchte ihm arm und unglücklich. Und das Einzige, was er sein eigen nannte, das Leben, sollte ihm nun genommen werden. Tord begann zu weinen.

»Was hast du?«, fragte Berg. »Bist du krank? Bist du erschrocken?«

Zum ersten Male erzählte da Tord von seiner Angst. »Es war unheimlich im Walde. Ich hörte Geister und sah Gespenster. Ich sah weiße Mönche.«

»Gottes Tod, Junge!«

»Sie lasen mir die ganze Zeit die Messe, den ganzen Weg zum Bredfelsen hinauf. Ich lief, so rasch ich konnte, aber sie kamen mit und sangen. Kann ich das Unwesen nicht loswerden? Was habe ich mit ihnen zu schaffen? Ich meine, sie könnten einem die Messe lesen, der es nötiger hat.«

»Bist du heute Abend ganz toll, Tord?«

Tord sprach und wusste kaum, welche Worte er benutzte. Alle Scheu war von ihm gewichen. Unbehindert strömte die Rede von seinen Lippen.

»Es sind lauter weiße Mönche, weiß, leichenblass. Alle haben sie Blut auf der Kutte. Sie ziehen die Kapuze tief in die Stirn, aber die Wunde leuchtet doch hervor. Die große, rote, klaffende Wunde nach dem Axthieb. Habe ich sie vielleicht geschlagen? Warum muss ich sie sehen?«

»Das mögen die Heiligen wissen, Tord«, sagte Berg, der Riese, bleich und mit düsterm Ernst, »was es bedeutet, dass du eine Wunde von einem Axthieb siehst. Ich habe den Mönch mit ein paar Messerstichen getötet.«

Tord stand nun zitternd vor Berg und rang die Hände. »Sie verlangen dich von mir. Sie wollen mich zwingen, dich zu verraten.«

»Wer? Die Mönche?«

»Ja, gewiss, die Mönche. Sie zeigen mir Gesichte. Sie zeigen mir sie, Unn. Sie zeigen mir das glitzernde, sonnenblanke Meer. Sie zeigen mir die Lagerplätze der Fischer, wo Tanz und Fröhlichkeit herrscht. Ich schließe die Augen, aber ich sehe dennoch. Lasst mich in Frieden, sage ich. Mein Freund hat gemordet, aber er ist nicht böse. Lasst mich gehen, und ich will mit ihm sprechen, damit er bereut und Buße tut. Er wird seine Sünde gestehen und zu Christi Grab pilgern. Wir beide werden zu den Stätten wallfahrten, die so heilig sind, dass alle Sünde von dem genommen wird, der ihnen naht.«

»Was antworteten da die Mönche?«, fragte Berg. »Sie wollen meine Rettung nicht. Sie wollen mich auf den Scheiterhaufen und auf die Folterbank bringen.«

»Soll ich den treuesten Freund verraten, fragte ich sie«, fuhr Tord fort. »Er ist mein alles auf Erden. Er hat mich vom Bär errettet, dessen Pranken auf meiner Kehle lagen. Wir haben zusammen gefroren und alles Ungemach erduldet. Er hat sein eignes Bärenfell über mich gebreitet, als ich krank lag. Ich habe Holz und Wasser für ihn getragen, ich habe seinen Schlummer bewacht, ich habe seine Feinde hinters Licht geführt. Warum glauben sie, dass ich solch einer bin, der einen Freund verrät? Mein Freund wird bald aus freien Stücken zum Priester gehen und beichten, dann ziehen wir zusammen in das Land der Versöhnung.«

Berg lauschte ernst. Seine Augen durchforschten scharf Tords Gesicht. »Du sollst selbst zum Priester gehen und ihm die Wahrheit sagen«, sagte er. »Du musst wieder hinab zu den Menschen.«

»Was hilft es mir, wenn ich allein gehe?! Um deiner Sünde willen verfolgen mich der Tote und alle Schatten. Siehst du nicht, wie mir vor dir graut? Du hast deine Hand gegen Gott selbst erhoben. Kein Verbrechen ist so wie deines. Es ist mir, als müsste ich mich freuen, wenn ich dich an Rad und Galgen sähe. Wohl dem, der in dieser Welt seine Strafe empfängt und dem künftigen Zorn entgeht. Warum sprachst du zu mir von dem gerechten Gott? Du zwingst mich, dich zu verraten. Hilf mir von dieser Sünde. Gehe zum Priester.« Und er fiel vor Berg auf die Knie.

Der Mörder legte die Hand auf seinen Kopf und sah ihn an. Er musste seine Sünde an der Angst des Gefährten messen. Und sie stand groß und grauenvoll vor seiner Seele. Er sah sich im Kampfe gegen den Willen, der die Welt lenkt. Die Reue hielt Einzug in sein Herz.

»Weh mir, dass ich tat, was ich getan«, sagte er. »Was meiner harrt, das ist zu schwer, um es freiwillig auf sich zu nehmen. Liefere ich mich den Priestern aus, so werden sie mich in stundenlangen Qualen martern. Sie werden mich auf langsamem Feuer braten. Und ist nicht dieses Leben des Elends, das wir in Angst und Not führen, Buße genug? Habe ich nicht Hof und Heim verloren? Lebe ich nicht fern von Freunden, fern von allem, was eines Mannes Freude ist? Was braucht es noch?«

Als er so redete, sprang Tord in wildem Entsetzen auf. »Kannst du bereuen?«, rief er. »Können meine Worte dein Herz rühren? Oh, dann komm gleich! Wie konnte ich dies glauben! Komm mit und fliehe! Noch ist es Zeit!«

Berg, der Riese, sprang auch auf. »Du hast es also getan –«

»Ja, ja, ja. Ich habe dich verraten. Aber komm jetzt rasch, da du bereuen kannst! Sie werden uns ziehen lassen! Wir müssen ihnen entkommen!«

Da beugte sich der Mörder zum Boden herab, wo seine von den Vätern ererbte Streitaxt zu seinen Füßen lag. »Du Sohn eines Diebes«, sagte er, die Worte hervorzischend. »Dir habe ich getraut. Dir bin ich gut gewesen.«

Aber als Tord sah, wie er sich nach der Axt bückte, da wusste er, dass es nun sein Leben galt. Er riss seine eigne Axt aus dem Gürtel und schlug nach Berg, ehe dieser sich noch aufrichten konnte. Die Schneide fuhr zischend durch die Luft und drang in den herabgebeugten Kopf. Berg, der Riese, fiel mit dem Kopfe nach vorn zu Boden, der ganze Körper taumelte nach. Blut und Hirn spritzten heraus, die Axt fiel aus der Wunde. In dem struppigen Haar sah Tord ein großes, rotes, klaffendes Loch nach einem Axthieb.

Jetzt stürzten die Bauern herein. Sie freuten sich und priesen die Tat.

»Jetzt steht deine Sache gut«, sagten sie zu Tord.

Tord sah auf seine Hände herab, als sähe er da die Fesseln, mit denen er herangeschleift worden war, um den zu töten, den er liebte. Sie waren wie die des Fenriswolfes, aus nichts geschmiedet. Aus den grünen Lichtern des Schilfes, aus dem Spiel der Waldschatten, aus dem Gesang des Sturmes, aus dem Rascheln des Laubes, aus dem Zauber der Träume waren sie gewoben. Und er sagte laut: »Gott ist groß!«

Aber wieder verfiel er in seine früheren Gedanken. Er sank neben der Leiche auf die Knie und legte seinen Arm unter den Kopf des Freundes.

»Tut ihm nichts zuleide«, sagte er. »Er bereut, er will zum Heiligen Grabe pilgern. Er ist nicht tot, aber fesselt ihn nicht.

Wir waren gerade bereit, zu gehen, da fiel er. Der weiße Mönch wollte wohl nicht, dass er bereue, aber Gott, der Gott der Gerechtigkeit, liebt die Reue.«

Er blieb neben der Leiche liegen, sprach mit ihr, weinte und flehte den Toten an, aufzuwachen. Die Bauern bereiteten aus einigen Speeren eine Bahre. Sie wollten die Leiche des Bauern herab auf seinen Hof tragen. Sie hatten Ehrfurcht vor dem Toten und sprachen leise in seiner Nähe. Als sie ihn auf die Bahre hoben, stand Tord auf, schüttelte die Haare aus dem Gesicht und sprach mit einer Stimme, die vor Schluchzen zitterte: »So saget denn Unn, die Berg, den Riesen, zum Mörder machte, dass er von Tord, dem Fischer, dessen Vater ein Wrackplünderer und dessen Mutter eine Hexe ist, erschlagen ward, weil er ihn lehrte, dass die Grundfeste dieser Erde Gerechtigkeit heißt.«

Der Roman einer Fischersfrau

Am äußersten Ende des kleinen Fischerdorfes stand ein kleines Hüttchen auf einem niedrigen Hügel aus weißem Meersand. Es war nicht so gebaut, dass es in einer Reihe mit den gleichmäßigen, schmucken, regelrechten Häusern stehen konnte, die den breiten grünen Platz umgaben, wo die braunen Fischernetze trockneten, sondern es schien gleichsam aus der Reihe geschoben und auf den Sandhügel hingestellt zu sein. Die arme Witwe, die es gebaut hatte, war ihr eigner Baumeister gewesen, und sie hatte die Wände ihres Hüttchens niedriger gemacht als die aller anderen Hütten und sein steiles Strohdach höher als irgendein anderes Dach im Fischerdorf. Der Fußboden senkte sich tief in die Erde, das Fenster war weder hoch noch groß, aber reichte dennoch vom Dachsims bis zum Erdboden. Für den Herd und den Gänsestall war schließlich in dem einzigen engen Raume kein Platz geblieben, sondern dafür hatte man kleine viereckige Vorsprünge anmauern müssen. Diese Hütte hatte nicht wie andere Häuschen ihr Gärtchen mit Stachelbeerbüschen, von Winden umschlungen, und mit halb von Kletten erstickten Holundersträuchern. Von der ganzen Pflanzenwelt des Fischerdorfes waren nur die Kletten mit auf den Sandhügel gekommen. Im Sommer, wenn sie frische, dunkelgrüne Blätter hatten und die stacheligen Körbchen sich mit hochroten Blumen füllten, waren sie schmuck genug. Aber gegen Herbst, wenn die Stacheln hart geworden und die Samen gereift waren, dann vernachlässigten sie ihr Aussehen und standen furchtbar hässlich und trocken da, die zerfetzten Blätter in cin Trauerkleid von staubigen Spinngeweben gehüllt.

Die Hütte hatte ihren zweiten Besitzer, doch länger als zwei Generationen vermochte sie nicht, mit ihren Wänden aus Rohr und Lehm das schwere Dach zu tragen. Solange sie stand, war sie im Besitze von armen Witwen. Die zweite Witwe, die da wohnte, hatte ihre Freude daran, die Kletten zu betrachten, namentlich im Herbst, wenn sie trocken wurden und sich überall anhängten. Sie schienen ihr dann der ähnlich, die diese Hütte erbaut hatte. Sie war auch runzelig und trocken gewesen und hatte die Gabe gehabt, sich anzuklammern und hängen zu bleiben, und alle ihre Kraft hatte sie für das Kind verwendet, das es in der Welt weit bringen sollte. Sie, die nun allein dasaß, musste bei diesem Gedanken bald lachen, bald weinen. Wenn die Alte nicht diese Klettennatur gehabt hätte, wie anders wäre dann alles gekommen. Aber wer weiß, ob es besser gekommen wäre?

Die einsame Frau saß oft da und grübelte über das Schicksal nach, das sie an die flache Küste Schoonens geführt hatte, zu diesem schmalen Sund und diesen stillen Menschen. Denn sie war in einer norwegischen Seestadt geboren, die auf einem schmalen Uferstreifen zwischen steilen Felsen und dem offenen Meere lag, und wenn sie auch, seit ihr Vater, der Kaufmann, gestorben und sie in Armut zurückgelassen, in bescheidenen Verhältnissen gelebt hatte, so war sie doch an Leben und Fortschritt gewöhnt. Sie pflegte sich selbst ihre Geschichte wieder und wieder vorzuerzählen, so wie man ein schwer verständliches Buch oft liest, um seinen Sinn zu ergründen.

Ihre merkwürdigen Erlebnisse hatten damit begonnen, dass sie eines Abends auf dem Heimwege von der Schneiderin, bei der sie arbeitete, von zwei Seeleuten überfallen und von einem dritten gerettet worden war. Dieser kämpfte mit wirklicher Lebensgefahr für sie und brachte sie dann nach Hause. Sie führte ihn zu der Mutter und den Geschwistern und erzählte ihnen begeistert, was er getan habe. Es war, als hätte das Leben neuen Wert für sie, weil ein anderer so viel gewagt hatte, um es zu verteidigen. Er war von ihren Angehörigen sogleich freundlich aufgenommen und gebeten worden, so bald und so oft er konnte, wiederzukommen.

Sein Name war Börje Nilsson, und er war Matrose auf der schoonischen Jacht Albertina. Solange das Schiff im Hafen lag, kam er beinahe jeden Tag zu ihnen, und sie konnten es bald nicht mehr glauben, dass er nur ein simpler Matrose sein sollte. Er glänzte immer in reinem Umlegekragen und trug einen blauen Marineanzug aus feinem Tuch. Frisch und freimütig war er gegen sie, als wäre er es gewohnt, sich in derselben Gesellschaftsklasse wie sie zu bewegen. Ohne dass er es geradeheraus sagte, erhielten sie den Eindruck, dass er aus einem angesehenen Hause war, der einzige Sohn einer reichen Witwe, den eine unbezwingliche Lust zum Seemannsberufe dazu gebracht hatte, sich als einfachen Matrosen zu verdingen, um seine Mutter zu überzeugen, dass er es ernst meinte. Wenn er seine Prüfungen gemacht hatte, würde sie ihm wohl ein eigenes Schiff kaufen.

Die einsame Familie, die sich von allen früheren Freunden zurückgezogen hatte, empfing ihn ohne das leiseste Misstrauen. Und er beschrieb leichten Herzens und mit fließender Beredsamkeit sein Heim mit dem hohen, spitzen Dach, dem offnen Kamin im Esssaal und den kleinen Fensterscheiben. Er schilderte auch die stillen Straßen seiner Vaterstadt und die langen Reihen gleichmäßiger hoher Häuser, in denen sein Heim mit den unregelmäßigen Vorsprüngen und Erkern eine angenehme Unterbrechung bildete. Und seine Zuhörer glaubten, dass er aus einem jener alten Bürgerhäuser komme, die mit ihrem bildergeschmückten Giebel und dem vorragenden Obergeschoss einen so mächtigen Eindruck von Reichtum und ehrwürdigem Alter machen.

Sehr bald hatte sie es heraus, dass er ihr gut war. Und dies machte der Mutter und den Geschwistern große Freude. Der junge, reiche Schwede kam gleichsam, um sie alle aus der Armut emporzuheben. Selbst wenn er ihr nicht so gut gefallen hätte als er es tat, wäre sie gar nicht auf den Gedanken gekommen, seine Werbung abzuweisen. Hätte sie einen Vater oder einen erwachsenen Bruder gehabt, so würden diese sich wohl genauer nach Herkunft und Lebensstellung des Fremdlings erkundigt haben, doch weder sie noch die Mutter dachten daran, ernstliche Nachforschungen anzustellen. Später erkannte sie, dass sie ihn förmlich zum Lügen gezwungen hatten. Anfangs hatte er sie ohne böse Absicht dazu gebracht, sich so große Vorstellungen von seinem Reichtum zu machen, aber als er später merkte, wie froh sie darüber waren, da hatte er es nicht mehr gewagt, die Wahrheit zu sagen, aus Furcht, sie zu verlieren.

Bevor er abreiste, waren sie verlobt, und als die Jacht zurückkam, hielten sie Hochzeit. Es war eine Enttäuschung für sie, dass er auch bei seiner Rückkehr als Matrose auftrat, aber er war durch seinen Kontrakt gebunden. Er brachte auch keine Grüße von seiner Mutter mit. Diese hätte erwartet, dass er eine andere Wahl treffe, aber sie würde schon zufrieden sein, sagte er, wenn sie nur Astrid erst sähe. – Trotz aller seiner Lügen wäre es ein Leichtes gewesen, zu sehen, dass er ein armer Mann war, wenn sie nur die Augen aufgemacht hätte.

Der Schiffer erbot sich, ihr seine Kajüte zu überlassen, wenn sie die Überfahrt auf seiner Jacht machen wollte, und sie nahm das Anerbieten mit Freuden an. Börje wurde da fast ganz von seinem Dienst befreit und saß meistens mit seiner Frau plaudernd auf dem Achterdeck. Und jetzt schenkte er ihr das Glück der Einbildung, von dem er selbst sein ganzes Leben lang gezehrt hatte. Je mehr er an das kleine Hüttchen dachte, das zur Hälfte im Sandhügel begraben lag, desto höher erbaute er den Palast, den er ihr gerne geboten hätte. Er ließ sie im Geiste in einen Hafen gleiten, der zu Ehren der Braut Börje Nilssons mit Flaggen und Blumen geschmückt war. Er ließ sie die Begrüßungsrede des Bürgermeisters hören. Er ließ sie durch eine Triumphpforte fahren, während die Augen der Männer ihr folgten und die Frauen vor Neid erblassten. Und er führte sie in das stattliche Haus, wo silberlockige, sich verneigende Diener an dem breiten Treppengeländer aufgereiht standen und der zur festlichen Mahlzeit gedeckte Tisch sich unter dem alten Familiensilber bog.

Als sie die Wahrheit entdeckte, glaubte sie zuerst, dass der Schiffer im Bunde mit Börje gewesen war, um sie zu betrügen, aber dann erkannte sie, dass es sich nicht so verhalten hatte. Sie hatten sich dort auf der Jacht daran gewöhnt, von Börje wie von einem großen Herrn zu reden. Es war an Bord der Hauptspaß, so recht im vollsten Ernst von seinen Reichtümern und seiner vornehmen Familie zusprechen. Sie dachten, Börje hätte ihr die Wahrheit gesagt, und sie scherzte mit ihm wie sie alle, wenn sie von seinem großen Hause sprach. So war es möglich, dass sie, noch als die Jacht in dem Hafen Anker warf, der neben Börjes Heimatdorf lag, es nicht anders wusste, als dass sie eines reichen Mannes Gattin war.

Börje bekam für einen Tag Urlaub, um seine Frau in ihr künftiges Heim einzuführen und sie mit dem neuen Leben bekannt zu machen. Als sie nun an dem Kai landeten, wo Flaggen wehen und Menschenscharen den Neuvermählten entgegenjubeln sollten, herrschte da nur Leere und Alltagsruhe, und Börje merkte, dass seine Frau sich mit einer gewissen Enttäuschung umsah.

»Wir sind zu früh gekommen«, hatte er da gesagt. »Die Fahrt ist bei diesem schönen Wetter merkwürdig rasch gegangen. Jetzt haben wir auch keinen Wagen da, und wir haben einen weiten Weg, denn das Haus liegt außerhalb der Stadt.«

»Das tut nichts, Börje«, hatte sie geantwortet, »das Gehen wird uns gut tun, nachdem wir so lange an Bord still gesessen haben.«

Und so traten sie ihre Wanderung an, diese schreckensvolle Wanderung, an die sie noch in ihren alten Tagen nicht denken konnte, ohne vor Angst zu stöhnen und schmerzlich die Hände zu ringen. Sie gingen über weite, menschenleere Straßen, die sie sogleich nach seiner Beschreibung erkannte. Sie glaubte in der dunklen Kirche und in den gleichmäßigen Holzhäusern alte Freunde zu begrüßen, doch wo blinkten die bildergeschmückten Giebel und die Marmortreppe mit dem breiten Geländer?

Da hatte Börje ihr zugenickt, so, als erriete er ihre Gedanken. »Es ist noch weit hin«, hatte er gesagt.

Wäre er doch barmherzig gewesen. Hätte er doch ihrer Hoffnung auf einmal den Todesstoß gegeben. Sie hatte ihn damals so lieb gehabt. Wenn er ganz aus freien Stücken alles gesagt hätte, so wäre in ihrer Seele kein Groll gegen ihn aufgekeimt. Aber dass er ihre Angst, betrogen zu werden, sah, und dennoch fortfuhr, sie zu täuschen, das hatte ihr allzu schweren Schmerz bereitet. Das hatte sie ihm nie ganz verzeihen können.

Sie konnte sich freilich sagen, dass er sie so weit wie möglich führen wollte, damit sie ihm nicht entfliehen konnte, aber sein Betrug rief eine solche Todeskälte in ihr hervor, dass keine Liebe sie ganz aufzutauen vermochte.

Sie gingen durch die Stadt und kamen auf die angrenzende Ebene. Da zeigten sich mehrere Reihen dunkler Wallgräben und hoher, grüner Erdwälle, Überreste aus jener Zeit, als die Stadt befestigt gewesen war, und an dem Punkt, wo das alles sich zu einer Festung zusammenschloss, sah sie ein paar altertümliche Bauten und große, runde Türme. Sie warf einen scheuen Blick hin, doch Börje bog zu den Wällen ein, die am Meeresufer entlangführten.

»Das ist ein Abkürzungsweg«, sagte er, denn sie schien sich zu wundern, dass hier nur ein schmaler Pfad war.

Er war sehr einsilbig geworden, sie begriff dann, dass er es nicht so ergötzlich fand, als er es sich gedacht hatte, mit seiner Frau zu der armseligen, kleinen Hütte im Fischerdorf zu kommen. Es schien ihm jetzt nicht so herrlich, eines besseren Mannes Kind heimzuführen. Er hatte große Angst vor dem, was sie tun würde, wenn sie die Wahrheit erfuhr.

»Börje«, sagte sie endlich, als sie lange den scharfen Winkeln der Strandwälle gefolgt waren, »wohin gehen wir?«

Da erhob er die Hand und deutete auf das Fischerdorf, wo seine Mutter in dem Hüttchen auf dem Sandhügel wohnte. Sie aber glaubte, er wiese auf eines der schönen Landgüter, die am Rande der Ebene auftauchten, und wurde wieder heiterer.

Sie stiegen zu den öden Gemeindeweiden hinab, und da überfiel sie wieder die alte Angst. Da, wo jedes Erdhügelchen, wenn man nur einen Blick dafür hat, Schönheit und Abwechslung bietet, sah sie nur ein hässliches, sumpfiges Feld. Und der Wind, der draußen in steter Bewegung war, fuhr ihnen pfeifend entgegen und flüsterte von Unglück und Verrat.

Börje beschleunigte seine Schritte immer mehr, und schließlich erreichten sie das Ende der Weiden und waren bei dem Fischerdörfchen angelangt. Sie, die es zuletzt gar nicht mehr gewagt hatte, irgendwelche Fragen zu stellen, fasste wieder neuen Mut. Hier war abermals eine einförmige Häuserreihe, und diese erkannte sie noch besser als die in der Stadt. Vielleicht, vielleicht hatte er doch nicht gelogen.

Aber ihre Erwartungen waren so herabgestimmt, dass sie seelenvergnügt gewesen wäre, wenn sie bei einer der schmucken Wohnstätten hätte halt machen können, wo Blumen und weiße Gardinen hinter blanken Fensterscheiben blinkten. Es war ihr schmerzlich, an ihnen vorbeigehen zu müssen.

Da erblickte sie mit einem Male am äußersten Ende des Fischerdorfes eine elende Hütte, und es war ihr, als hätte sie diese schon längst in ihren Träumen so vor sich gesehen, wie sie jetzt in Wirklichkeit war.

»Ist es hier?«, sagte sie und blieb gerade am Fuße des kleinen Sandhügels stehen.

Er nickte fast unmerklich mit dem Kopf und fuhr fort, auf die kleine Hütte zuzugehen.

»Warte«, rief sie ihm nach. »Wir müssen zuerst miteinander sprechen, bevor ich dein Heim betrete. Du hast mich belogen«, fuhr sie drohend fort, als er sich ihr zuwendete. »Du hast mich ärger betrogen, als wenn du mein größter Feind wärest. Warum hast du das getan?«

»Ich wollte dich zur Frau«, antwortete er mit leiser, unsicherer Stimme.

»Wenn du mich doch nur mit Maß zum Besten gehalten hättest! Warum musstest du alles so reich und so prächtig schildern? Was wolltest du mit Bedienten und Triumphpforten und all der anderen Herrlichkeit? Glaubtest du, ich sei so erpicht auf Geld? Sahst du nicht, dass ich ohnehin verliebt genug in dich war, um überallhin mit dir zu gehen? Dass du glaubtest, mich hinters Licht führen zu müssen! Dass du das Herz haben konntest, bis zuletzt bei deinen Lügen zu beharren!«

»Willst du nicht hereinkommen und Mutter begrüßen?«, fragte er ganz hilflos.

»Nein, ich gehe nicht hinein.«

»Willst du also nach Hause fahren?«

»Wie könnte ich nach Hause kommen? Wie sollte ich ihnen den Schmerz bereiten, zurückzukehren, wenn sie mich für glücklich und reich halten? Aber bei dir bleibe ich auch nicht. Für den, der arbeiten kann, findet sich immer ein Auskommen.«

»Bleib«, bat er, »ich tat es nur, um dich zu gewinnen.«

»Wenn du mir die Wahrheit gesagt hättest, so wäre ich geblieben.«

»Wäre ich ein reicher Mann gewesen und hätte mich für arm ausgegeben, so bliebest du schon.«

Sie zuckte die Achseln und wandte sich zum Gehen, als die Tür der Hütte aufgerissen wurde und Börjes Mutter herauskam. Sie war ein kleines vertrocknetes altes Weiblein mit wenig Zähnen und viel Runzeln, aber nicht so alt an Jahren und Gemüt wie sie aussah. Sie hatte wohl einiges gehört und das Übrige erraten, denn sie wusste, worüber sie zankten. »So«, sagte sie, »dies ist die feine Schwiegertochter, die du mir gebracht hast, Börje. Und du hast es wieder nicht mit der Wahrheit gehalten, wie ich höre.« Aber auf Astrid ging sie freundlich zu und streichelte ihr die Wangen. »Komm du mit mir herein, du armes Kind. Ich kann mir denken, dass du müde und erschöpft bist. Siehst du, dies ist meine Hütte. Er darf nicht herein. Aber komm du nur. Jetzt bist du meine Tochter, und ich kann dich nicht zu fremden Leuten gehen lassen.«

Sie streichelte die Schwiegertochter und gab ihr Koseworte und schob und zog sie ganz unmerklich zur Tür hin. Schritt für Schritt lockte sie sie weiter und bekam sie schließlich in die Hütte, aber Börje schloss sie wirklich aus. Und drinnen begann nun die Alte zu fragen, wer sie sei und wie alles zugegangen wäre. Und sie weinte über sie und brachte sie dazu, auch über sich selbst zu weinen. Furchtbar streng war die Alte gegen ihren Sohn. Sie, Astrid, täte ganz recht, nein, bei einem solchen Manne könnte sie nicht bleiben. Es stimmte wohl, dass er zu lügen pflegte, ja, ganz gewiss stimmte es.

Sie erzählte ihr, wie es ihr mit dem Sohne ergangen war. Er war schon als kleines Kind so schön von Gesicht und Gestalt gewesen, dass sie sich immer darüber wundern musste, dass er armer Leute Kind war. Er war wie ein kleiner verirrter Prinz gewesen. Und später hatte es immer so ausgesehen, als wäre er nicht auf seinem richtigen Platze. Er sah alles so groß. Er konnte nicht den richtigen Maßstab finden, wenn es sich um ihn selbst handelte. Seine Mutter hatte deswegen schon viele Tränen vergossen. Aber nie zuvor hatte er mit seinen Lügen etwas Böses angestellt. Hier, wo er bekannt war, lachten ihn die Leute nur aus. – Aber jetzt war er wohl so sehr in Versuchung geführt worden … Schien es ihr, Astrid, nicht selbst wunderlich, wie sie dieser Fischerjunge hatte hinters Licht führen können? Er hatte immer so viel von feinen Dingen gewusst, als wäre es ihm angeboren. Er war wohl ganz verkehrt in die Welt gekommen. Das sah man ja auch daran, dass er nie daran gedacht hatte, sich eine Frau aus seinem eignen Stande zu wählen. Die Alte redete und redete. Astrid schwieg und dachte. »Sieh«, sagte die Alte unter anderem, »mir kann es nie gelingen, ihm den Hochmut und die Prahlsucht abzugewöhnen, aber eine, die klüger wäre als ich, könnte es vielleicht. Und er ist tüchtig und gut, mein

Junge. Es lohnte wohl der Mühe. Aber du kannst morgen gehen. Ja, du sollst gehen.«

»Wo schläft er heute Nacht?«, fragte Astrid plötzlich.

»Ich denke, er liegt hier draußen im Sande. Er hat wohl nicht die Ruhe, von hier fortzugehen.«

»Es wäre wohl am besten, wenn er hereinkäme«, sagte Astrid.

»Liebstes Kind, du kannst ihn doch nicht sehen wollen. Er wird sich draußen schon behelfen, wenn ich ihm eine Decke gebe.«

Sie ließ ihn wirklich diese Nacht draußen im Sande schlafen und schickte ihn am nächsten Tage in aller Frühe in die Stadt, da sie es für das Beste hielt, wenn Astrid ihn nicht sah. Und mit ihr redete und redete sie und hielt sie fest, nicht mit Zwang, sondern mit Klugheit, nicht mit Schmeichelei, sondern mit wirklicher Güte.

Doch als sie es endlich erreicht hatte, dass die Schwiegertochter blieb und dem Sohne erhalten war, und als sie die jungen Leute versöhnt und Astrid gelehrt hatte, dass es gerade ihre Lebensaufgabe war, Börje Nilssons Frau zu sein und ihm so viel Gutes zu tun wie sie konnte – und dies war nicht die Arbeit einer Abendstunde, sondern die Mühe vieler Tage gewesen –, da hatte sich die Alte zum Sterben hingelegt.

Und in diesem Leben mit seiner treuen Fürsorge lag ein Sinn, dachte Börje Nilssons Frau.

Aber in ihrem eigenen Leben sah sie keinen Zweck. Der Mann ertrank nach einigen Jahren der Ehe, und ihr einziges Kind starb ganz jung. Sie hatte bei ihrem Mann keine Veränderung herbeiführen können. Ernst und Wahrhaftigkeit hatte sie ihn nicht zu lehren vermocht. Eher hatte sie sich verändert, denn sie war immer mehr wie die Fischersleute geworden. Sie wollte keinen der Ihren sehen, denn sie schämte sich, dass sie jetzt in allen Stücken einer Fischersfrau glich.

Wenn nur dies alles irgendetwas genützt hätte! Wenn sie, die ihren Lebensunterhalt durch das Ausbessern der Fischernetze bestritt, nur wüsste, warum sie überhaupt lebte! Wenn sie doch jemanden glücklich oder besser gemacht hätte!

Nie kam es ihr in den Sinn, zu denken, dass, wer sein Leben für verfehlt hält, weil er anderen nichts Gutes getan habe, vielleicht durch diesen Gedanken der Demut seine Seele gerettet hat.

Das Schweißtuch der heiligen Veronika

I

In einem der letzten Jahre der Regierung des Kaisers Tiberius begab es sich, dass ein armer Winzer und sein Weib sich in einer einsamen Hütte hoch oben in den Sabiner Bergen niederließen. Sie waren Fremdlinge und lebten in der größten Einsamkeit, ohne je den Besuch eines Menschen zu empfangen. Aber eines Morgens, als der Arbeiter seine Tür öffnete, fand er zu seinem Staunen, dass eine alte Frau zusammengekauert auf der Schwelle saß. Sie war in einen schlichten, grauen Mantel gehüllt und sah aus, als wäre sie sehr arm. Und dennoch erschien sie ihm, als sie sich erhob und ihm entgegentrat, so Ehrfurcht gebietend, dass er daran denken musste, was die Sagen von Göttinnen erzählen, die in der Gestalt einer alten Frau die Menschen heimsuchen.

»Mein Freund«, sagte die Alte zu dem Winzer, »wundere dich nicht darüber, dass ich heute Nacht auf deiner Schwelle geschlafen habe. Meine Eltern haben in dieser Hütte gewohnt, und hier wurde ich vor fast neunzig Jahren geboren. Ich hatte erwartet, sie leer und verlassen zu finden. Ich wusste nicht, dass aufs Neue Menschen Besitz davon ergriffen hatten.«

»Ich wundre mich nicht, dass du glaubst, dass eine Hütte, die so hoch zwischen diesen einsamen Felsen liegt, leer und verlassen stehen würde«, sagte der Winzer. »Aber ich und mein Weib, wir sind aus einem fernen Land, und wir armen Fremdlinge haben keine bessere Wohnstätte finden können. Und dir, die nach der langen Wanderung, die du in deinem hohen Alter unternommen hast, müde und hungrig sein muss, dürfte es willkommener sein, dass die Hütte von Menschen bewohnt ist, anstatt von den Wölfen der Sabiner Berge. Du findest jetzt doch ein Bett drinnen, um darauf zu ruhen, sowie eine Schale Ziegenmilch und einen Laib Brot, wenn du damit vorliebnehmen willst.«

Die Alte lächelte ein wenig, aber dieses Lächeln war so flüchtig, dass es den Ausdruck schweren Kummers nicht zu zerstreuen vermochte, der auf ihrem Gesicht ruhte. »Ich habe meine ganze Jugend hier oben in den Bergen verlebt«, sagte sie. »Ich habe die Kunst noch nicht verlernt, einen Wolf aus seiner Höhle zu vertreiben.«

Und sie sah wirklich so stark und kräftig aus, dass der Arbeiter nicht daran zweifelte, dass sie trotz ihres hohen Alters noch Stärke genug besäße, um es mit den wilden Tieren des Waldes aufzunehmen. Er wiederholte jedoch sein Anerbieten, und die Alte trat in die Hütte ein. Sie ließ sich zu der Mahlzeit der armen Leute nieder und nahm ohne Zögern daran teil. Aber obgleich sie sehr zufrieden damit schien, grobes in Milch aufgeweichtes Brot essen zu dürfen, dachten doch der Mann und die Frau: Woher kann diese alte Wandererin kommen? Sie hat gewiss öfter Fasane von Silberschüsseln gespeist, als Ziegenmilch aus irdnen Schalen getrunken.

Zuweilen erhob sie die Augen vom Tisch und sah sich um, als wolle sie versuchen, sich wieder in der Hütte zurechtzufinden. Die dürftige Behausung mit den nackten Lehmwänden und dem gestampften Boden war sicherlich nicht sehr verändert. Sie zeigte sogar ihren Wirtsleuten, dass an der Wand noch ein paar Spuren von Hunden und Hirschen sichtbar waren, die ihr Vater dorthin gezeichnet hatte, um seinen kleinen Kindern eine Freude zu machen. Und hoch oben auf einem Brett glaubte sie die Scherben eines Tongefäßes zu sehen, in das sie selbst einst Milch zu melken pflegte.

Aber der Mann und sein Weib dachten bei sich selbst: Es mag freilich wahr sein, dass sie in dieser Hütte geboren ist, aber sie hat doch im Leben so manches andere zu bestellen gehabt als Ziegen melken und Butter und Käse bereiten.

Sie merkten auch, dass sie oft mit ihren Gedanken weit weg war und dass sie jedes Mal, wenn sie wieder zu sich selbst zurückkam, schwer und kummervoll seufzte.

Endlich erhob sie sich von der Mahlzeit. Sie dankte freundlich für die Gastfreundschaft, die sie genossen hatte, und ging auf die Tür zu.

Aber da deuchte sie den Winzer so beklagenswert einsam und arm, dass er ausrief: »Wenn ich mich nicht irre, war es keineswegs deine Absicht, als du gestern Nacht heraufstiegst, diese Hütte so bald zu verlassen. Wenn du wirklich arm bist, wie es den Anschein hat, dann wird es wohl deine Meinung gewesen sein, alle die Jahre, die du noch zu leben hast, hierzubleiben. Aber jetzt willst du gehen, weil wir, mein Weib und ich, schon von der Hütte Besitz genommen haben.«

Die Alte leugnete nicht, dass er richtig geraten hatte.

»Aber diese Hütte, die so viele Jahre verlassen gestanden hat, gehört dir ebenso gut wie mir«, sagte sie. »Ich habe kein Recht, dich von hier zu vertreiben.«

»Es ist aber doch deiner Eltern Hütte«, sagte der Winzer, »und du hast sicherlich mehr Anspruch darauf als ich. Wir sind überdies jung, und du bist alt. Darum sollst du bleiben, und wir werden gehen.«

Als die Alte diese Worte hörte, war sie ganz erstaunt. Sie wendete sich auf der Schwelle um und starrte den Mann an, als wenn sie nicht verstünde, was er mit seinen Worten meinte:

Aber nun mischte sich das junge Weib ins Gespräch.

»Wenn ich mitzureden hätte«, sagte sie zu dem Mann, »würde ich dich bitten, diese alte Frau zu fragen, ob sie uns nicht als ihre Kinder ansehen und uns erlauben will, bei ihr zu bleiben und sie zu pflegen. Welchen Nutzen hätte sie davon, wenn wir ihr diese elende Hütte schenkten und sie dann allein ließen? Es wäre furchtbar für sie, einsam in der Wildnis zu hausen. Und wovon sollte sie leben? Es wäre dasselbe, als wollten wir sie dem Hungertod preisgeben.«

Aber die Alte trat auf den Mann und die Frau zu und betrachtete sie prüfend. »Warum sprecht ihr so?«, fragte sie. »Warum beweist ihr mir Barmherzigkeit? Ihr seid doch Fremde.«

Da antwortete ihr die junge Frau: »Darum, weil uns selbst einmal die große Barmherzigkeit begegnet ist.«

2

So kam es, dass die alte Frau in der Hütte des Winzers wohnte, und sie fasste große Freundschaft für die jungen Menschen. Aber dennoch sagte sie ihnen niemals, woher sie kam oder wer sie war, und sie begriffen, dass sie es nicht gut aufgenommen hätte, wenn sie sie danach gefragt hätten.

Aber eines Abends, als die Arbeit getan war und sie alle drei auf der großen, flachen Felsplatte saßen, die vor dem Eingang lag, und ihr Abendbrot verzehrten, erblickten sie einen alten Mann, der den Pfad heranstieg.

Es war ein hoher, kräftig gebauter Mann mit so breiten Schultern wie ein Ringer. Sein Gesicht trug einen düstern, herben Ausdruck. Die Stirn ragte über den tief liegenden Augen vor, und die Linien des Mundes drückten Bitterkeit und Verachtung aus. Er ging in gerader Haltung und mit raschen Bewegungen.

Der Mann trug ein schlichtes Gewand, und der Winzer dachte, sobald er ihn erblickt hatte: Das ist ein alter Legionär, einer, der seinen Abschied aus dem Dienst bekommen hat und nun auf der Wanderung nach seiner Heimat begriffen ist.

Als der Fremde an die Essenden herangekommen war, blieb er wie unschlüssig stehen. Der Arbeiter, der wusste, dass der Weg ein kleines Stück oberhalb der Hütte ein Ende hatte, legte den Löffel nieder und rief ihm zu: »Hast du dich verirrt, Fremdling, dass du hierher zu dieser Hütte kommst? Niemand pflegt sich die Mühe zu machen, hier heraufzuklettern, es sei denn, er hätte eine Botschaft an einen von uns, die wir hier wohnen.«

Während er so fragte, trat der Fremdling näher. »Ja, es ist so, wie du sagst«, antwortete er, »ich habe den Weg verloren, und jetzt weiß ich nicht, wohin ich meine Schritte lenken soll. Wenn du mich hier ein Weilchen ruhen lässt und mir dann sagst, welchen Weg ich gehen muss, um zu einem Landgut zu kommen, will ich dir dankbar sein.«

Mit diesen Worten ließ er sich auf einem der Steine nieder, die vor der Hütte lagen. Die junge Frau fragte ihn, ob er nicht an ihrer Mahlzeit teilnehmen wolle, doch dies lehnte er mit einem Lächeln ab. Hingegen zeigte es sich, dass er sehr geneigt war, mit ihnen zu plaudern, indes sie aßen. Er fragte die jungen Menschen nach ihrer Lebensweise und ihrer Arbeit, und sie antworteten ihm fröhlich und rückhaltlos.

Aber auf einmal wendete sich der Arbeiter an den Fremden und begann ihn auszufragen: »Du siehst, wie abgeschieden und einsam wir leben«, sagte er. »Es ist wohl schon ein Jahr her, seit ich mit andern als Hirten und Winzern gesprochen habe. Kannst du, der ja wohl aus irgendeinem Feldlager kommt, uns nicht ein wenig von Rom und vom Kaiser erzählen?«

Kaum hatte der Mann dies gesagt, als die junge Frau merkte, wie die Alte ihm einen warnenden Blick zuwarf und mit der Hand das Zeichen machte, das bedeutet, man möge wohl auf seiner Hut sein mit dem, was man sage.

Der Fremdling antwortete dann aber ganz freundlich: »Ich sehe, dass du mich für einen Legionär hältst, und du hast wirklich nicht so ganz unrecht, obgleich ich schon vor langer Zeit den Dienst verlassen habe. Unter der Regierung des Tiberius hat es nicht viel Arbeit für uns Kriegsleute gegeben. Und er war doch einmal ein großer Feldherr. Das war die Zeit seines Glücks. Jetzt hat er nichts anderes im Sinn, als sich vor Verschwörungen zu hüten. In Rom sprechen alle Menschen davon, dass er vorige Woche, nur auf den allerleisesten Verdacht hin, den Senator Titus greifen und hinrichten ließ.«

»Der arme Kaiser, er weiß nicht mehr, was er tut«, rief die junge Frau. Sie rang die Hände und schüttelte bedauernd und staunend das Haupt.

»Du hast wirklich recht«, sagte der Fremdling, während ein Zug tiefster Düsterkeit über sein Gesicht ging. »Tiberius weiß, dass alle Menschen ihn hassen, und dies treibt ihn noch zum Wahnsinn.«

»Was sagst du da?«, rief die Frau. »Warum sollten wir ihn hassen? Wir beklagen ja nur, dass er nicht mehr ein so großer Kaiser ist wie am Anfang seiner Regierung.«

»Du irrst dich«, sagte der Fremde. »Alle Menschen verachten und hassen Tiberius. Warum sollten sie es nicht? Er ist ja nur ein grausamer, schonungsloser Tyrann. Und in Rom glaubt man, dass er in Zukunft noch unverbesserlicher sein wird als bisher.«

»Hat sich denn etwas ereignet, was ihn zu einem noch ärgern Ungeheuer machen könnte, als er schon ist?«, fragte der Mann.

Als er dies sagte, merkte die Frau, dass die Alte ihm abermals ein warnendes Zeichen machte, aber so verstohlen, dass er es nicht sehen konnte.

Der Fremdling antwortete freundlich, aber gleichzeitig huschte ein eigentümliches Lächeln um seine Lippen.

»Du hast vielleicht gehört, dass Tiberius bis jetzt in seiner Umgebung einen Freund gehabt hatte, dem er vertrauen konnte und der ihm immer die Wahrheit sagte. Alle andern, die an seinem Hof leben, sind Glücksjäger und Heuchler, die seine bösen und hinterlistigen Handlungen ebenso preisen wie seine guten und vortrefflichen. Es hat aber doch, wie gesagt, ein Wesen gegeben, das niemals fürchtete, ihn wissen zu lassen, was seine Handlungen wert waren. Dieser Mensch, der mutiger war als Senatoren und Feldherrn, war des Kaisers alte Amme, Faustina.«

»Jawohl, ich habe von ihr reden hören«, sagte der Arbeiter. »Man sagte mir, dass der Kaiser ihr immer große Freundschaft bewiesen habe.«

»Ja, Tiberius wusste ihre Ergebenheit und Treue zu schätzen. Er hat diese arme Bäuerin, die einst aus einer elenden Hütte in den Sabiner Bergen kam, wie seine zweite Mutter behandelt. Solange er selbst in Rom weilte, ließ er sie in einem Haus auf dem Palatin wohnen, um sie immer in seiner Nähe zu haben. Keiner von Roms vornehmen Matronen ist es besser ergangen als ihr. Sie wurde in einer Sänfte über die Straße getragen, und ihre Kleidung war die einer Kaiserin. Als der Kaiser nach Capreae übersiedelte, musste sie ihn begleiten, und er ließ ihr dort ein Landhaus voll Sklaven und kostbaren Hausrat kaufen.«

»Sie hat es wahrlich gut gehabt«, sagte der Mann.

Er war es nun, der das Gespräch mit dem Fremden allein weiterführte. Die Frau saß stumm und beobachtete staunend die Veränderung, die mit der Alten vorgegangen war. Seit dem Kommen des Fremden hatte sie kein Wort gesprochen. Sie hatte ihr sanftes und freundliches Aussehen ganz verloren. Die Schüssel hatte sie von sich geschoben und saß jetzt starr und aufrecht, an den Türpfosten gelehnt und blickte mit strengem, versteinertem Gesicht gerade vor sich hin.

»Es ist des Kaisers Wille gewesen, dass sie ein glückliches Leben genieße«, sagte der Fremdling. »Aber trotz aller seiner Wohltaten hat nun auch sie ihn verlassen.«

Die alte Frau zuckte bei diesen Worten zusammen, doch die Junge legte beschwichtigend die Hand auf ihren Arm. Dann begann sie mit ihrer warmen, milden Stimme zu sprechen. »Ich kann doch nicht glauben, dass die alte Faustina am Hof so glücklich gewesen ist, wie du sagst«, sagte sie, indessen sie sich an den Fremdling wendete. »Ich bin gewiss, dass sie Tiberius so geliebt hat, als wenn er ihr eigner Sohn wäre. Ich kann mir denken, wie stolz sie auf seine edle Jugend gewesen ist, und ich kann auch begreifen, welch ein Kummer es für sie war, dass er sich in seinem Alter dem Misstrauen und der Grausamkeit überließ. Sie hat ihn sicherlich jeden Tag ermahnt und gewarnt. Es ist furchtbar für sie gewesen, immer vergeblich zu bitten. Schließlich hat sie es nicht mehr ertragen können, ihn immer tiefer und tiefer sinken zu sehen.«

Der Fremdling beugte sich überrascht ein wenig vor, als er diese Worte vernahm. Aber das junge Weib sah nicht zu ihm auf. Sie hielt die Augen niedergeschlagen und sprach sehr leise und demütig.

»Du hast vielleicht recht mit dem, was du von der alten Frau sagst«, antwortete er. »Faustina ist am Hof wirklich nicht glücklich gewesen. Aber es scheint doch seltsam, dass sie den Kaiser in seinem hohen Alter verließ, nachdem sie ein ganzes Menschenleben bei ihm ausgeharrt hatte.«

»Was sagst du da?«, rief der Mann. »Hat die alte Faustina den Kaiser verlassen?«

»Sie hat sich, ohne dass jemand darum wusste, von Capreae weggeschlichen«, sagte der Fremde. »Sie ist ebenso arm gegangen, wie sie gekommen war. Sie hat nichts von allen ihren Schätzen mitgenommen.«

»Und weiß der Kaiser wirklich nicht, wohin sie gegangen ist?«, fragte die junge Frau mit ihrer sanften Stimme.

»Nein, niemand weiß mit Bestimmtheit, welchen Weg die Alte eingeschlagen hat. Man hält es jedoch für wahrscheinlich, dass sie ihre Zuflucht in ihren heimatlichen Bergen gesucht habe.«

»Und der Kaiser weiß auch nicht, warum sie von ihm fortgegangen ist?«, fragte die junge Frau.

»Nein, der Kaiser weiß nichts darüber. Er kann doch nicht glauben, dass sie ihn verlassen hat, weil er einmal zu ihr sagte, sie diene ihm, um Lohn und Gaben zu empfangen, sie, wie alle andern. Sie weiß doch, dass er niemals an ihrer Uneigennützigkeit gezweifelt hat. Er hoffte immer noch, dass sie freiwillig zu ihm zurückkehren würde, denn niemand weiß besser als sie, dass er jetzt ganz ohne Freunde ist.«

»Ich kenne sie nicht«, sagte das junge Weib, »aber ich glaube doch, dass ich dir sagen kann, warum sie den Kaiser verlassen hat. Diese alte Frau ist hier in diesen Bergen zu Einfachheit und Frömmigkeit erzogen worden, und sie hat sich immer hierher zurückgesehnt. Sicherlich hätte sie dennoch den Kaiser nie verlassen, wenn er sie nicht beleidigt hätte. Aber ich begreife, dass sie nun hiernach, da ihres Lebens Tage bald zu Ende gehen müssen, das Recht zu haben meinte, an sich selbst zu denken. Wenn ich eine arme Frau aus den Bergen wäre, hätte ich vermutlich ebenso gehandelt wie sie. Ich hätte mir gedacht, dass ich genug getan hätte, wenn ich meinem Herrn ein ganzes Leben lang gedient habe. Ich wäre schließlich von Wohlleben und Kaisergunst fortgegangen, um meine Seele Ehre und Gerechtigkeit kosten zu lassen, ehe sie sich von mir scheidet, um die lange Fahrt anzutreten.«

Der Fremdling blickte die junge Frau trüb und schwermütig an. »Du bedenkst nicht, dass des Kaisers Treiben jetzt schrecklicher werden wird denn je. Jetzt gibt es keinen mehr, der ihn beruhigen könnte, wenn Misstrauen und Menschenverachtung sich seiner bemächtigen. Denke dir dies«, fuhr er fort und bohrte seine düstern Blicke tief in die des jungen Weibes, »in der ganzen Welt gibt es jetzt keinen, den er nicht hasste, keinen, den er nicht verachtete, keinen.«

Als er diese Worte bitterer Verzweiflung aussprach, machte die Alte eine hastige Bewegung und wendete sich ihm zu, aber die Junge sah ihm fest in die Augen und antwortete: »Tiberius weiß, dass Faustina wieder zu ihm kommt, wann immer er es wünscht. Aber zuerst muss sie wissen, dass ihre alten Augen nicht mehr Laster und Schändlichkeit an seinem Hof schauen müssen.«

Sie hatten sich bei diesen Worten alle erhoben, aber der Winzer und seine Frau stellten sich vor die Alte, gleichsam um sie zu schützen.

Der Fremdling sprach keine Silbe mehr, aber er betrachtete die Alte mit fragenden Blicken. Ist das auch dein letztes Wort?, schien er sagen zu wollen. Die Lippen der Alten zitterten, und die Worte wollten sich nicht von ihnen lösen.

»Wenn der Kaiser seine alte Dienerin geliebt hat, so möge er ihr auch die Ruhe ihrer letzten Tage gönnen«, sagte die junge Frau.

Der Fremde zögerte noch, aber plötzlich erhellte sich sein düsteres Gesicht. »Meine Freunde«, sagte er, »was man auch von Tiberius sagen mag, es gibt doch eines, was er besser gelernt hat, als andere, und das ist: verzichten. Ich habe euch nur noch eines zu sagen: Wenn diese alte Frau, von der wir gesprochen haben, diese Hütte aufsuchen sollte, so nehmet sie gut auf! Des Kaisers Gunst ruht über jedem, der ihr beisteht.«

Er hüllte sich in seinen Mantel und entfernte sich auf demselben Weg, den er gekommen war.

3

Nach diesem Vorfall sprachen der Winzer und sein Weib nie mehr mit der alten Frau vom Kaiser. Untereinander wunderten sie sich darüber, dass sie in ihrem hohen Alter die Kraft gehabt hatte, allem dem Reichtum und der Macht zu entsagen, an die sie gewohnt war. Ob sie nicht doch bald zu Tiberius zurückkehren wird?, fragten sie sich. Sie liebt ihn sicherlich noch. In der Hoffnung, dass dies ihn zur Besinnung bringen und ihn bewegen werde, sich von seiner bösen Handlungsweise zu bekehren, hat sie ihn verlassen.

»Ein so alter Mann wie der Kaiser wird niemals mehr ein neues Leben beginnen«, sagte der Arbeiter. »Wie willst du seine große Verachtung der Menschen von ihm nehmen? Wer könnte vor ihn hintreten und ihn lehren, sie zu lieben? Bevor dies geschieht, kann er nicht von seinem Argwohn und seiner Grausamkeit geheilt werden.«

»Du weißt, dass es einen gibt, der dies in Wahrheit vermöchte«, sagte die Frau. »Ich denke oft daran, wie es wäre, wenn diese beiden sich begegneten. Aber Gottes Wege sind nicht unsre Wege.«

Die alte Frau schien ihr früheres Leben gar nicht zu entbehren. Nach einiger Zeit gebar das junge Weib ein Kind, und als die Alte nun dieses zu pflegen hatte, schien sie so zufrieden zu sein, dass man glauben konnte, sie hätte alle ihre Sorgen vergessen.

Jedes halbe Jahr einmal pflegte sie sich in den langen grauen Mantel zu hüllen und nach Rom hinunterzuwandern. Aber dort suchte sie keine Menschenseele auf, sondern ging geradewegs zum Forum. Hier blieb sie vor einem kleinen Tempel stehen, der sich auf der einen Seite des herrlich geschmückten Platzes erhob.

Dieser Tempel bestand eigentlich nur aus einem außergewöhnlich großen Altar, der unter offnem Himmel auf einem marmorgepflasterten Hof stand. Auf der Höhe des Altars thronte Fortuna, die Göttin des Glücks, und an seinem Fuß sah man eine Bildsäule des Tiberius. Rund um den Hof erhoben sich Gebäude für die Priester, Vorratskammern für Brennholz und Ställe für die Opfertiere.

Die Wanderung der alten Faustina erstreckte sich niemals weiter als bis zu diesem Tempel, den die aufzusuchen pflegten, die um Glück für Tiberius beten wollten. Wenn sie einen Blick hineingeworfen und gesehen hatte, dass die Göttin und die Kaiserstatue mit Blumen bekränzt waren, dass das Opferfeuer loderte und Scharen ehrfürchtiger Anbeter vor dem Altar versammelt waren, und wenn sie vernommen hatte, dass die leisen Hymnen der Priester ringsumher erklangen, dann kehrte sie um und begab sich wieder in die Berge.

So erfuhr sie, ohne einen Menschen fragen zu müssen, dass Tiberius noch unter den Lebenden weilte und dass es ihm wohl erging.

Als sie diese Wanderung zum dritten Mal antrat, harrte ihrer eine Überraschung. Als sie sich dem kleinen Tempel näherte, fand sie ihn verödet und leer. Kein Feuer flammte vor dem Bild, und kein einziger Anbeter war davor zu sehen. Ein paar trockne Kränze hingen noch an der einen Seite des Altars, aber dies war alles, was von seiner früheren Herrlichkeit zeugte. Die Priester waren verschwunden, und die Kaiserstatue, die ohne Hüter dastand, war beschädigt und mit Schmutz beworfen.

Die alte Frau wendete sich an den ersten Besten, der vorüberging. »Was hat dies zu bedeuten?«, fragte sie. »Ist Tiberius tot? Haben wir einen andern Kaiser?«

»Nein«, antwortete der Römer, »Tiberius ist noch Kaiser, aber wir haben aufgehört, für ihn zu beten. Unsere Gebete können ihm nicht mehr frommen.«

»Mein Freund«, sagte die Alte, »ich wohne weit von hier in den Bergen, wo man nichts davon erfährt, was sich draußen in der Welt zuträgt. Willst du mir nicht sagen, welches Unglück den Kaiser getroffen hat?«

»Das furchtbarste Unglück«, erwidert der Mann. »Er ist von einer Krankheit befallen worden, die bisher in Italien unbekannt war, die aber im Morgenland häufig sein soll. Seit diese Seuche über den Kaiser gekommen ist, hat sich sein Gesicht verwandelt, seine Stimme ist wie die Stimme eines grunzenden Tiers, und seine Zehen und Finger werden zerfressen, und gegen diese Krankheit soll es kein Mittel geben. Man glaubt, dass er in ein paar Wochen tot sein wird, wenn er aber nicht stirbt, so muss man ihn absetzen, denn ein so kranker, elender Mann kann nicht weiter regieren. Du begreifst also, dass sein Schicksal besiegelt ist. Es nützt nichts, die Götter um Glück für ihn anzuflehen. Und es lohnt sich auch nicht«, fügte er mit leisem Lächeln hinzu. »Niemand hat von ihm noch etwas zu fürchten oder zu hoffen. Warum sollten wir uns also um seinetwillen Mühe machen?«

Er grüßte und ging, doch die Alte blieb wie betäubt stehen.

Zum ersten Mal in ihrem Leben brach sie zusammen und sah aus wie eine, die das Alter besiegt hat. Sie stand mit gebeugtem Rücken und zitterndem Kopf da, und mit Händen, die kraftlos in der Luft tasteten.

Sie sehnte sich, von dieser Stelle fortzukommen, aber sie hob die Füße nur langsam und bewegte sich strauchelnd vorwärts. Sie sah sich um, um etwas zu finden, was sie als Stab gebrauchen könnte.

Nach einigen Augenblicken gelang es ihr doch, mit ungeheurer Willensanstrengung die Mattigkeit zurückzudrängen. Sie richtete sich wieder empor und zwang sich, mit festen Schritten durch die menschenerfüllten Gassen zu gehen.

4

Eine Woche später wanderte die alte Faustina die steilen Abhänge der Insel Capreae hinan. Es war ein heißer Tag, und das furchtbare Gefühl des Alters und der Mattigkeit überkam sie wieder, während sie die geschlängelten Pfade und die in die Felsen gehauenen Stufen erklomm, die zu der Villa des Tiberius führten.

Dieses Gefühl steigerte sich noch, als sie zu merken anfing, wie sehr sich alles während der Zeit, die sie fern gewesen war, verändert hatte. Früher waren immer große Scharen von Menschen diese Treppen hinauf- und heruntergeeilt. Es hatte hier von Senatoren gewimmelt, die sich von riesigen Libyern tragen ließen; von Sendboten aus den Provinzen, die von langen Sklavenzügen geleitet ankamen; von Stellensuchenden und von vornehmen Männern, die eingeladen waren, an den Festen des Kaisers teilzunehmen.

Aber heute waren diese Treppen und Gänge ganz verödet. Die graugrünen Eidechsen waren die einzigen lebenden Wesen, die die alte Frau auf ihrem Weg bemerkte.

Sie staunte, dass alles bereits zu verfallen schien. Die Krankheit des Kaisers konnte höchstens ein paar Monate gedauert haben, und doch war schon Unkraut in den Spalten zwischen den Marmorfliesen emporgewuchert. Edle Gewächse in schönen Vasen waren schon vertrocknet, und mutwillige Zerstörer, denen niemand Einhalt getan hatte, hatten an ein paar Stellen die Balustrade niedergebrochen.

Aber am Allerseltsamsten deuchte sie doch die völlige Menschenleere. Wenn es auch Fremdlingen verboten war, sich auf der Insel sehen zu lassen, so mussten sie doch wohl noch da sein, diese unendlichen Scharen von Kriegsknechten und Sklaven, von Tänzerinnen und Musikanten, von Köchen und Tafeldeckern, von Palastwachen und Gartenarbeitern, die zum Haushalt des Kaisers gehörten.

Erst als Faustina die oberste Terrasse erreichte, erblickte sie ein paar alte Sklaven, die auf den Treppenstufen vor der Villa saßen. Als sie sich ihnen näherte, erhoben sie sich und neigten sich vor ihr.

»Sei gegrüßt, Faustina«, sagte der eine. »Ein Gott schickt dich, um unser Unglück zu lindern.«

»Was ist dies, Milo?«, fragte Faustina. »Warum ist es hier so öde? Man hat mir doch gesagt, dass Tiberius noch auf Capreae weile?«

»Der Kaiser hat alle seine Sklaven vertrieben, weil er den Verdacht hegt, einer von uns habe ihm vergifteten Wein zu trinken gegeben, und dies habe die Krankheit hervorgerufen. Er hätte auch mich und Tito fortgejagt, wenn wir uns nicht geweigert hätten, ihm zu gehorchen. Und du weißt doch, dass wir unser ganzes Leben lang dem Kaiser und seiner Mutter gedient haben.«

»Ich frage nicht nur nach Sklaven«, sagte Faustina. »Wo sind die Senatoren und Feldherrn? Wo sind des Kaisers Vertraute und alle schmeichelnden Speichellecker?«

»Tiberius will sich nicht mehr vor Fremden zeigen«, sagte der Sklave. »Der Senator Lucius und Marco, der Anführer der Leibwache, kommen jeden Tag her und nehmen seine Befehle entgegen. Sonst darf sich ihm niemand nahen.«

Faustina hatte die Treppe erstiegen, um in das Landhaus einzutreten. Der Sklave schritt ihr voran, und im Gehen fragte sie ihn:

»Was sagen die Ärzte über Tiberii Krankheit?«

»Keiner von ihnen versteht diese Krankheit zu behandeln. Sie wissen nicht einmal, ob sie rasch oder langsam tötet. Aber eins kann ich dir sagen, Faustina, dass Tiberius sterben muss, wenn er sich weiter weigert, Nahrung zu sich zu nehmen, aus Furcht, dass sie vergiftet sein könnte. Und ich weiß, dass ein kranker Mann es nicht aushalten kann, Tag und Nacht zu wachen, wie der Kaiser tut, aus Angst, im Schlaf ermordet zu werden. Wenn er dir vertrauen will wie in früheren Tagen, wird es dir vielleicht gelingen, ihn zum Essen und

Schlafen zu bewegen. Damit kannst du sein Leben um viele Tage verlängern.«

Der Sklave führte Faustina durch mehrere Gänge und Höfe zu einer Terrasse, auf der Tiberius sich aufzuhalten pflegte, um die Aussicht über die schönen Meeresbuchten und den stolzen Vesuv zu genießen.

Als Faustina die Terrasse betrat, sah sie dort ein grausiges Wesen mit aufgeschwollenem Gesicht und tierischen Zügen. Seine Hände und Füße waren mit weißen Binden umwickelt, aber aus den Binden kamen halb abgefressene Finger und Zehen hervor. Und die Kleider dieses Menschen waren staubig und besudelt. Man sah, dass er nicht imstande war, aufrecht zu gehen, sondern über die Terrasse hatte kriechen müssen. Er lag mit geschlossenen Augen am äußersten Ende der Balustrade und regte sich nicht, als der Sklave und Faustina herankamen. Doch Faustina flüsterte dem Sklaven, der ihr voranschritt, zu: »Aber, Milo, wie kann sich ein solcher Mensch hier auf der Kaiserterrasse aufhalten? Eile dich, ihn von hier fortzuschaffen!«

Aber kaum hatte sie dies gesagt, als sie sah, wie der Sklave sich vor dem liegenden, elenden Menschen tief zur Erde neigte.

»Cäsar Tiberius«, sagte er, »endlich habe ich dir frohe Kunde zu bringen.«

Zugleich wendete sich der Sklave an Faustina, prallte aber betroffen zurück und konnte kein Wort mehr hervorbringen.

Er sah nicht mehr die stolze Matrone, die so stark ausgesehen hatte, dass man erwarten konnte, ihr Alter werde dem einer Sibylle gleichkommen. In diesem Augenblick war sie in kraftloser Greisenhaftigkeit zusammengesunken, und der Sklave sah ein gebeugtes Mütterchen mit trübem Blick und tastenden Händen vor sich.

Denn wohl hatte man Faustina gesagt, dass der Kaiser furchtbar verändert sei, aber sie hatte doch keinen Augenblick aufgehört, sich ihn als den kräftigen Mann zu denken, der er gewesen war, als sie ihn das letzte Mal gesehen hatte. Sie hatte auch jemand sagen hören, dass diese Krankheit langsam wirke, und dass sie Jahre brauche, um einen Menschen zu verwandeln. Aber hier war sie mit solcher Heftigkeit vorgeschritten, dass sie den Kaiser in wenigen Monden schon unkenntlich gemacht hatte.

Sie wankte auf den Kaiser zu. Sie vermochte nicht zu sprechen, sondern stand stumm neben ihm und weinte. »Bist du endlich gekommen, Faustina?«, sagte er, ohne die Augen zu öffnen. »Ich lag da und wähnte, du stündest hier und weintest über mich. Ich wage nicht aufzublicken, aus Furcht, dass dies nur ein Trugbild gewesen sein könnte.«

Da setzte sich die Alte neben ihn. Sie hob seinen Kopf empor und bettete ihn in ihren Schoß.

Aber Tiberius blieb still liegen, ohne sie anzusehen. Ein Gefühl süßen Friedens erfüllte ihn, und im nächsten Augenblick versank er in ruhigen Schlummer.

5

Einige Wochen später wanderte einer der Sklaven des Kaisers der einsamen Hütte in den Sabiner Bergen zu. Der Abend brach an, und der Winzer und seine Frau standen in ihrer Tür und sahen die Sonne im fernen Westen sinken. Der Sklave bog vom Weg ab und kam heran und grüßte sie. Dann zog er einen schweren Beutel hervor, der ihm im Gürtel stak und legte ihn dem Mann in die Hand.

»Dieses schickt dir Faustina, die alte Frau, der du Barmherzigkeit erwiesen hast«, sagte der Sklave. »Sie lässt dir sagen, du mögest dir für dieses Geld einen eignen Weinberg kaufen und dir eine Wohnung erbauen, die nicht so hoch oben in den Lüften liegt, wie die Horste der Adler.«

»Die alte Faustina lebt also wirklich noch?«, sagte der Mann. »Wir haben sie in Klüften und Sümpfen gesucht. Als sie nicht zu uns zurückkehrte, glaubte ich, sie hätte in diesen elenden Bergen den Tod gefunden.«

»Erinnerst du dich nicht«, fiel die Frau ein, »dass ich nicht glauben wollte, dass sie tot sei? Habe ich dir nicht gesagt, sie würde zum Kaiser zurückgekehrt sein?«

»Ja«, gab der Mann zu, »so sagtest du wirklich, und ich freue mich, dass du recht behalten hast, nicht nur, weil Faustina dadurch reich genug geworden ist, um uns aus unsrer Armut zu retten, sondern auch um des armen Kaisers willen.«

Der Sklave wollte nun sogleich Abschied nehmen, um bewohnte Gegenden zu erreichen, bevor die Dunkelheit anbräche, aber dies ließen die beiden Eheleute nicht zu. »Du musst bis zum Morgen bei uns bleiben«, sagten sie, »wir können dich nicht ziehen lassen, ehe du uns alles erzählt hast, was Faustina widerfahren ist. Warum ist sie zum Kaiser zurückgekehrt? Wie war ihre Begegnung? Sind sie nun glücklich, dass sie wieder vereint sind?«

Der Sklave gab ihren Bitten nach. Er trat mit ihnen in die Hütte, und beim Abendbrot erzählte er von der Krankheit des Kaisers und Faustinas Rückkehr.

Als der Sklave seine Erzählung beendet hatte, sah er, wie der Mann und die Frau regungslos und staunend sitzen blieben. Ihre Blicke waren zu Boden geschlagen, gleichsam, um die Erregung nicht zu verraten, die sich ihrer bemächtigt hatte.

Endlich sah der Mann auf und sagte zu seinem Weib: »Glaubst du nicht, dass dies eine Fügung Gottes ist?«

»Ja«, sagte die Frau, »sicherlich hat uns der Herr um dessentwillen über das Meer in diese Hütte gesendet. Gewiss war dies seine Absicht, als er die alte Frau an unsre Tür führte.«

Sowie die Frau diese Worte gesprochen hatte, wendete sich der Winzer wieder an den Sklaven.

»Freund«, sagte er zu ihm. »Du sollst Faustina eine Botschaft von mir bringen! Sag ihr dies, Wort für Wort! Solches kündet dir dein Freund, der Winzer aus den Sabiner Bergen. Du hast die junge Frau gesehen, die mein Weib ist. Schien sie dir nicht hold in Schönheit und blühend in Gesundheit? Und doch hat diese junge Frau einmal an derselben Krankheit gelitten, die nun Tiberius befallen hat.«

Der Sklave machte eine Bewegung des Staunens, aber der Winzer fuhr mit immer größerem Nachdruck fort.

»Wenn Faustina sich weigert, meinen Worten Glauben zu schenken, so sag ihr, dass meine Frau und ich aus Palästina in Asien stammen, einem Land, wo diese Krankheit häufig vorkommt. Und dort ist ein Gesetz, dass die Aussätzigen aus Städten und Dörfern vertrieben werden und auf öden Plätzen wohnen und ihre Zuflucht in Gräbern und Felsenhöhlen suchen müssen. Sage Faustina, dass mein Weib von kranken Eltern stammt und in einer Felsenhöhle geboren wurde. Und solange sie noch ein Kind war, war sie gesund, aber als sie zur Jungfrau heranwuchs, wurde sie von der Krankheit befallen.«

Als der Winzer dies gesagt hatte, neigte der Sklave freundlich lächelnd das Haupt und sagte zu ihm: »Wie willst du, dass Faustina dies glaube? Sie hat ja deine Frau in ihrer Gesundheit und Blüte gesehen? Und sie weiß ja, dass es kein Heilmittel gegen diese Krankheit gibt.«

Doch der Mann erwiderte: »Es wäre das Beste für sie, wenn sie mir glauben wollte. Aber ich bin auch nicht ohne Zeugen. Sie möge Kundschafter hinüber nach Nazareth in

Galiläa senden. Da wird jeder Mensch meine Aussage bestätigen!«

»Ist deine Frau vielleicht durch das Wunderwerk irgendeines Gottes geheilt worden?«, fragte der Sklave. »Ja«, antwortete der Arbeiter, »wie du sagst, so ist es. Eines Tages verbreitete sich ein Gerücht unter den Kranken, die in der Wildnis wohnten: ›Sehet, es ist ein großer Prophet erstanden, in der Stadt Nazareth in Galiläa. Er ist voll der Kraft von Gottes Geist, und er kann eure Krankheit heilen, wenn er nur seine Hand auf eure Stirn legt.‹ Aber die Kranken, die in ihrem Elend lagen, wollten nicht glauben, dass dieses Gerücht Wahrheit sei. ›Uns kann niemand heilen‹, sagten sie. ›Seit den Tagen der großen Propheten hat niemand einen von uns aus seinem Unglück retten können.‹

Aber es war eine unter ihnen, die glaubte, und diese eine war eine Jungfrau. Sie ging von den andern fort, um den Weg in die Stadt Nazareth zu suchen, wo der Prophet weilte. Und eines Tages, als sie über weite Ebnen wanderte, begegnete sie einem Mann, der hochgewachsen war und ein bleiches Gesicht hatte, und dessen Haar in blanken, schwarzen Locken lag. Seine dunkeln Augen leuchteten gleich Sternen und zogen sie zu ihm hin. Aber bevor sie sich noch begegneten, rief sie ihm zu: ›Komm mir nicht nahe, denn ich bin eine Unreine, aber sage mir, wo kann ich den Propheten aus Nazareth finden?‹ Aber der Mann fuhr fort, ihr entgegenzugehen, und als er dicht vor ihr stand, sagte er: ›Warum suchest du den Propheten aus Nazareth?‹ – ›Ich suche ihn, auf dass er seine Hand auf meine Stirn lege und mich von meiner Krankheit heile.‹ Da trat der Mann heran und legte seine Hand auf ihre Stirn. – Aber sie sprach zu ihm: ›Was frommt es mir, dass du deine Hand auf meine Stirn legst? Du bist doch kein Prophet?‹ – Da lächelte er ihr zu und sagte:

›Gehe jetzt zur Stadt, die dort auf dem Bergesabhang liegt und zeige dich den Priestern.‹

Die Kranke dachte bei sich selbst: Er treibt seinen Spott mit mir, weil ich glaube, dass ich geheilt werden kann. Von ihm kann ich nicht erfahren, was ich wissen will. Und sie ging weiter. Gleich darauf sah sie einen Mann, der zur Jagd auszog, über das weite Feld reiten. Als er ihr so nah gekommen war, dass er sie hören konnte, rief sie ihm zu: ›Komme nicht zu mir her, denn ich bin eine Unreine, aber sage mir, wo ich den Propheten aus Nazareth finden kann?‹ – ›Was willst du von dem Propheten?‹, fragte sie der Mann und ritt langsam auf sie zu. – ›Ich will nur, dass er seine Hand auf meine Stirn lege und mich gesund mache von meiner Krankheit!‹ – Aber der Mann ritt noch näher. – ›Von welcher Krankheit willst du geheilt werden?‹, sagte er. ›Du bedarfst doch keines Arztes.‹ – ›Siehst du nicht, dass ich eine Unreine bin?‹, sagte sie. ›Ich stamme von kranken Eltern und bin in einer Felsenhöhle geboren.‹ Aber der Mann ließ sich nicht abhalten, auf sie zuzureiten, denn sie war hold und lieblich, wie eine eben erblühte Blume. ›Du bist die schönste Jungfrau im Lande Juda‹, rief er. – ›Treibe nicht auch du deinen Spott mit mir‹, sagte sie. ›Ich weiß, dass meine Züge zerfressen sind und meine Stimme wie das Heulen eines wilden Tieres klingt.‹ Aber er sah ihr tief in die Augen und sprach zu ihr: ›Deine Stimme ist klingend wie die Stimme des Frühlingsbächleins, wenn es über Kieselsteine rieselt, und dein Gesicht ist glatt wie ein Tuch aus weicher Seide.‹

Zugleich ritt er so nahe an sie heran, dass sie ihr Gesicht in den blanken Beschlägen sehen konnte, die seinen Sattel zierten. ›Du sollst dich hier spiegeln‹, sagte er. Sie tat es, und sie sah ein Gesicht, das zart und weich war, wie ein eben entfalteter Schmetterlingsflügel. – ›Was ist dies, was ich sehe?‹, sagte sie. ›Das ist nicht mein Gesicht.‹ ›Doch, es ist dein Gesicht‹, sagte der Reiter. – ›Aber meine Stimme, klingt sie nicht röchelnd? Klingt sie nicht, wie wenn Wagen über einen steinigen Weg gezogen werden?‹ – ›Nein, sie klingt wie die süßesten Weisen eines Harfenspielers‹, sagte der Reiter.

Sie wendete sich und wies über den Weg. ›Weißt du, wer der Mann ist, der eben jetzt zwischen den zwei Eichen verschwindet?‹, fragte sie den Reiter. ›Er ist es, nach dem du vorhin fragtest, der Prophet aus Nazareth‹, sagte der Mann. Da schlug sie staunend die Hände zusammen, und ihre Augen füllten sich mit Tränen. ›Oh, du Heiliger! Oh, du Träger von Gottes Macht!‹, rief sie. ›Du hast mich geheilt!‹

Aber der Reiter hob sie in den Sattel und führte sie zu der Stadt auf dem Bergesabhang und ging mit ihr zu den Ältesten und Priestern und berichtete ihnen, wie er sie gefunden hatte. Sie befragten ihn genau nach allem, aber als sie hörten, dass die Jungfrau in der Wildnis von kranken Eltern geboren war, da wollten sie nicht glauben, dass sie geheilt sei. ›Gehe dorthin zurück, von wannen du gekommen bist‹, sagten sie. ›Wenn du krank warst, musst du es dein ganzes Leben lang bleiben. Du sollst nicht hierher in die Stadt kommen, um uns andere mit deiner Krankheit anzustecken!‹

Sie sagte zu ihnen: ›Ich weiß, dass ich gesund bin, denn der Prophet aus Nazareth hat seine Hand auf meine Stirn gelegt.‹

Als sie dies hörten, riefen sie: ›Wer ist er, dass er die Unreinen rein machen könnte? Alles dies ist ein Blendwerk böser Geister. Kehre zurück zu den Deinen, auf dass du nicht uns alle ins Verderben stürzest!‹

Sie wollten sie nicht für geheilt erklären, und sie verboten ihr, in der Stadt zu verweilen. Sie verordneten, dass jeglicher, der ihr Schutz gewähre, gleichfalls als unrein erklärt werde.

Als die Priester dieses Urteil gefällt hatten, sagte die junge Jungfrau zu dem Mann, der sie draußen auf dem Feld gefunden hatte: ›Wohin soll ich mich wenden? Muss ich zurück in die Wildnis zu den Kranken gehen?‹

Aber der Mann hob sie wieder auf sein Pferd und sprach zu ihr: ›Nein wahrlich, du sollst nicht zu den Kranken in ihre Felshöhlen gehen, sondern wir beide wollen fortziehen, über das Meer in ein anderes Land, wo es nicht Gesetze gibt für Reine und Unreine.‹ Und sie – –«

Aber als der Winzer in seiner Erzählung so weit gekommen war, erhob sich der Sklave und fiel ihm in die Rede. »Du brauchst mir nichts mehr zu erzählen«, sagte er. »Stehe lieber auf und führe mich ein Stück Weges, du, der die Berge kennt, damit ich noch in dieser Nacht meine Heimfahrt antreten kann und nicht bis zum Morgen zu warten brauche. Der Kaiser und Faustina können deine Nachrichten nicht einen Augenblick zu früh erfahren.«

Als der Winzer dem Sklaven das Geleit gegeben hatte und wieder in die Hütte heimkam, fand er seine Frau noch wach.

»Ich kann nicht schlafen«, sagte sie, »ich denke daran, dass diese beiden sich begegnen werden. Er, der alle Menschen liebt, und er, der sie hasst. Es ist, als müsste diese Begegnung die Welt aus ihrer Bahn schleudern.«

6

Die alte Faustina war in dem fernen Palästina, auf dem Weg nach Jerusalem. Sie hatte nicht gewollt, dass der Auftrag, den Propheten zu suchen und ihn zum Kaiser zu führen, einem andern als ihr anvertraut werde. Sicherlich hatte sie bei sich selbst gedacht: Was wir von diesem fremden Mann verlangen, ist etwas, was wir ihm weder durch Gewalt noch durch Gaben entlocken können. Aber vielleicht gewährt er es uns, wenn jemand ihm zu Füßen fällt und ihm sagt, in welcher Not sich der Kaiser befindet. Und wer kann die rechte Fürbitte für Tiberius tun, wenn nicht die, die unter seinem Unglück ebenso schwer leidet wie er selbst!

Die Hoffnung, Tiberius vielleicht retten zu können, hatte die alte Frau verjüngt. Ohne Schwierigkeit hatte sie die lange Seereise nach Joppe überstanden, und auf der Fahrt nach Jerusalem bediente sie sich nicht eines Tragsessels, sondern sie ritt. Sie schien die beschwerliche Reise ebenso leicht zu ertragen, wie die edlen Römer, die Krieger und die Sklaven, die ihr Gefolge bildeten.

Diese Fahrt von Joppe nach Jerusalem erfüllte das Herz der alten Frau mit Freude und lichter Hoffnung. Es war die Zeit des Frühlings, und die Ebne von Saron, die sie auf der ersten Tagesreise durchritten hatten, war ein einziger leuchtender Blumenteppich gewesen. Auch auf der Fahrt des zweiten Tages, als sie in die Berge von Judäa eindrangen, verließen die Blumen sie nicht. Alle die vielförmigen Hügel, zwischen denen der Weg sich durchschlängelte, waren mit Obstbäumen bepflanzt, die in reichster Blüte standen. Und wenn die Reisenden es müde wurden, die weißrosigen Blüten der Aprikosen und Pfirsichbäume zu betrachten, konnten sie ihre Augen erquicken, indem sie sie auf dem jungen Weinlaub ruhen ließen, das aus den schwarzbraunen Reben hervorquoll und dessen Wachstum so rasch war, dass man es mit den Augen verfolgen zu können meinte.

Aber nicht nur Blumen und Frühlingsgrün machten die Wanderung lieblich. Der größte Reiz wurde ihr von allen den Menschenscharen verliehen, die an diesem Morgen auf dem Weg nach Jerusalem waren. Von allen Wegen und Stegen, von einsamen Höhen und aus den fernsten Winkeln der Ebene kamen Wanderer. Wenn sie die Straße nach Jerusalem erreicht hatten, schlossen sich die einzelnen Reisenden zu großen Scharen zusammen und zogen unter frohem Jubel dahin. Rings um einen alten Mann, der auf einem schaukelnden Kamel ritt, gingen seine Söhne und Töchter, seine Eidame und Schwiegertöchter, und alle seine Enkelkinder. Es war ein so großes Geschlecht, dass es ein ganzes kleines Heer bildete. Eine alte Mutter, die zu schwach war, um zu gehen, hatten die Söhne auf ihre Arme gehoben, und sie ließ sich stolz durch die ehrfürchtig zur Seite weichenden Scharen tragen.

Das war in Wahrheit ein Morgen, der selbst den Betrübtesten mit Freude erfüllen konnte. Der Himmel war freilich nicht klar, sondern mit einer dünnen weißgrauen Wolkenschicht überzogen, aber keinem der Wanderer kam es in den Sinn, sich zu beklagen, dass der harte Glanz der Sonne gedämpft war. Unter diesem verschleierten Himmel strömten die Wohlgerüche der blühenden Bäume und des jungen Laubes nicht so rasch wie sonst in den weiten Raum, sondern sie verweilten über Wegen und Fluren. Und dieser schöne Tag, der mit seinem schwachen Licht und seinen reglosen Winden an die Ruhe und den Frieden der Nacht gemahnte, schien allen den vorwärtseilenden Menschenscharen etwas von seinem Wesen mitzuteilen, so dass sie fröhlich, aber doch weihevoll weiterzogen, mit gedämpfter Stimme uralte Hymnen singend, oder auf seltsamen, altertümlichen Instrumenten spielend, aus denen Töne kamen, die gleich dem Summen der Mücken oder dem Zirpen der Heimchen waren.

Wie die alte Faustina zwischen allen diesen Menschen dahinritt, wurde auch sie von ihrem Eifer und ihrer Freude mitgerissen. Sie trieb ihren Zelter zu größerer Eile, während sie zu einem jungen Römer, der sich an ihrer Seite hielt, sagte: »Mir träumte heute Nacht, dass ich Tiberius sähe und er mich bäte, die Reise ja nicht aufzuschieben, sondern gerade heute nach Jerusalem zu ziehen. Mich dünkt, die Götter wollten mir eine Mahnung schicken, es nicht zu verabsäumen, an diesem schönen Morgen hinzuwandern.«

Als sie diese Worte sprach, hatten sie gerade die höchste Höhe eines lang gestreckten Bergrückens erreicht, und dort hielt sie unwillkürlich an. Vor ihr lag ein großer, tiefer Talkessel, von schönen Anhöhen umkränzt, und aus der dunkeln, schattigen Tiefe dieses Tales hob sich der gewaltige Fels, der auf seinem Gipfel die Stadt Jerusalem trug.

Aber das enge Bergstädtchen, das mit seinen Mauern und Türmen einem krönenden Geschmeide gleich auf der flachen Höhe des Felsens lag, war an diesem Tag tausendfältig vergrößert. Alle die rings um das Tal ansteigenden Höhen waren von bunten Zelten und einem Gewühl von Menschen bedeckt.

Es wurde Faustina klar, dass die ganze Bevölkerung des Landes sich in Jerusalem sammelte, um irgendein großes Fest zu feiern. Die entfernter Wohnenden waren schon angelangt und hatten ihre Zelte aufgeschlagen. Die hingegen in der Nachbarschaft der Stadt wohnten, waren noch im Anzug. Alle die lichten Bergeshöhen hinunter sah man sie kommen, gleich einem ununterbrochenen Strom von weißen Gewändern, Gesängen und Festesfreude.

Lange überschaute die alte Frau diese heranströmenden Menschenmengen und die langen Zeltreihen. Dann sagte sie zu dem jungen Römer, der an ihrer Seite ritt:

»Wahrlich, Sulpicius, das ganze Volk muss nach Jerusalem gekommen sein.«

»Es ist in Wirklichkeit so«, antwortete der Römer, der von Tiberius ausersehen worden war, Faustina zu geleiten, weil er mehrere Jahre lang in Judäa gelebt hatte. »Sie feiern jetzt das große Frühlingsfest, und da ziehen alle Menschen, Jung und Alt, nach Jerusalem.«

Faustina besann sich einen Augenblick. »Ich freue mich, dass wir an dem Tag in diese Stadt gekommen sind, wo das Volk seinen Feiertag begeht«, sagte sie. »Dies kann nichts anderes bedeuten, als dass die Götter unsere Fahrt beschützen. Hältst du es nicht für wahrscheinlich, dass er, den wir suchen, der Prophet aus Nazareth, auch nach Jerusalem gekommen ist, um an dem Fest teilzunehmen?«

»Du hast wirklich recht, Faustina«, sagte der Römer. »Er ist vermutlich hier in Jerusalem. Dies ist in Wahrheit eine Fügung der Götter. So stark und kräftig du auch bist, du kannst dich doch glücklich preisen, wenn du nicht die lange, beschwerliche Reise nach Galiläa hinauf machen musst.«

Er ritt sogleich auf ein paar Wanderer zu, die eben vorbeizogen und fragte sie, ob sie glaubten, dass der Prophet aus Nazareth sich in Jerusalem befinde.

»Wir haben ihn jedes Jahr um diese Zeit dort gesehen«, antwortete einer der Wandersleute. »Sicherlich ist er auch dieses Jahr gekommen, denn er ist ein frommer und gerechter Mann.«

Eine Frau streckte die Hand aus und wies auf eine Höhe, die östlich von der Stadt lag. »Siehst du diesen Bergabhang, der mit Olivenbäumen bewachsen ist?«, sagte sie. »Dort pflegen die Galiläer ihre Zelte aufzuschlagen, und da erhältst du die sichersten Nachrichten über den, den du suchst.«

Sie zogen weiter, einen geschlängelten Pfad bis in die Tiefe des Tales hinunter und begannen dann, den Berg Zion emporzureiten, um die Stadt auf seinem Gipfel zu erreichen.

Der steil ansteigende Weg war hier von niedrigen Mauern umsäumt, und auf ihnen saßen und lagen eine unzählige Menge Bettler und Krüppel, die die Barmherzigkeit der Reisenden anriefen.

Während der langsamen Fahrt kam eine der jüdischen Frauen auf Faustina zu. »Sieh dort«, sagte sie und wies auf einen Bettler, der auf der Mauer saß, »dies ist ein galiläischer Mann. Ich erinnere mich, ihn unter den Jüngern des Propheten gesehen zu haben. Er kann dir sagen, wo der zu finden ist, den du suchst.«

Faustina ritt mit Sulpicius auf den Mann zu, den man ihr gezeigt hatte. Es war ein armer alter Mann mit großem, graugesprenkeltem Bart. Sein Gesicht war von Hitze und Sonnenschein gebräunt, und seine Hände waren schwielig von der Arbeit. Er begehrte keine Almosen, sondern schien im Gegenteil so tief in kummervolle Gedanken versunken zu sein, dass er nicht einmal zu den Vorüberziehenden aufsah.

Er hörte auch nicht, dass Sulpicius ihn ansprach, sondern dieser musste seine Frage ein paarmal wiederholen.

»Mein Freund, man hat mir gesagt, dass du ein Galiläer seist. Ich bitte dich, sage mir, wo kann ich den Propheten aus Nazareth finden?«

Der Galiläer fuhr heftig zusammen und sah sich verwirrt um. Aber als er endlich begriff, was man von ihm verlangte, geriet er in einen Zorn, in den sich Entsetzen mischte. »Was sagst du da?«, brach er los. »Warum fragst du mich nach dem Mann? Ich weiß nichts von ihm. Ich bin kein Galiläer.«

Die jüdische Frau mischte sich jetzt ins Gespräch. »Ich habe dich doch mit ihm gesehen«, fiel sie ein. »Hege keine Furcht, sondern sage dieser vornehmen Römerin, die die Freundin des Kaisers ist, wo sie ihn schnell finden kann.«

Aber der erschrockene Jünger wurde immer erbitterter. »Sind heute alle Menschen wahnsinnig geworden?«, rief er. »Sind sie von einem bösen Geist besessen, da sie einer um den andern kommen und mich nach diesem Mann fragen? Warum will mir niemand glauben, wenn ich sage, dass ich den Propheten nicht kenne? Ich bin nicht aus seinem Land gekommen. Ich habe ihn niemals gesehen.«

Seine Heftigkeit zog die Aufmerksamkeit auf ihn, und ein paar Bettler, die neben ihm auf der Mauer saßen, begannen gleichfalls seine Worte zu bestreiten.

»Freilich hast du zu seinen Jüngern gehört«, sagten sie. »Wir wissen alle, dass du mit ihm aus Galiläa gekommen bist.«

Aber der Mann streckte beide Arme zum Himmel empor und rief: »Ich habe es heute in Jerusalem nicht aushalten können um dieses Mannes willen, und jetzt lassen sie mich nicht einmal hier draußen unter den Bettlern in Frieden. Warum wollt ihr mir nicht glauben, wenn ich euch sage, dass ich ihn nie gesehen habe?«

Faustina wendete sich mit einem Achselzucken ab. »Lass uns weiterziehen«, sagte sie. »Dieser Mann ist ja wahnsinnig. Von ihm können wir nichts erfahren.«

Sie zogen weiter, den Bergeshang hinauf. Faustina war nicht mehr als zwei Schritte vom Stadttor entfernt, als die israelitische Frau, die ihr hatte helfen wollen, den Propheten zu finden, ihr zurief, sie solle sich in Acht nehmen. Sie zog die Zügel an und sah, dass dicht vor den Füßen der Pferde ein Mann auf dem Weg lag. Wie er da im Staub ausgestreckt lag, gerade da, wo das Gedränge am lebhaftesten wogte, musste man es ein Wunder nennen, dass er nicht schon von Tieren oder Menschen niedergetreten war.

Der Mann lag auf dem Rücken und starrte mit erloschenen, glanzlosen Blicken empor. Er regte sich nicht, obgleich die Kamele ihre schweren Füße dicht neben ihm niedersetzten. Er war ärmlich gekleidet und überdies mit Staub und Erde besudelt. Ja, er hatte so viel Sand über sich geschüttet, dass es aussah, als suche er sich zu verbergen, um leichter überritten oder niedergetreten zu werden.

»Was ist dies? Warum liegt dieser Mann hier auf dem Weg?«, fragte Faustina.

In demselben Augenblick begann der Liegende die Vorübergehenden anzurufen. »Bei eurer Barmherzigkeit, Brüder und Schwestern, führet eure Pferde und Lasttiere über mich hin! Weichet mir nicht aus! Zertretet mich zu Staub! Ich habe unschuldig Blut verraten. Zertretet mich zu Staub!«

Sulpicius fasste Faustinas Pferd am Zügel und führte es zur Seite. »Das ist ein Sünder, der Buße tun will«, sagte er. »Lasse dich dadurch nicht aufhalten. Diese Leute sind wunderlich, und man muss sie ihre eignen Wege gehen lassen.«

Der Mann auf dem Weg fuhr fort zu rufen: »Setzet eure Fersen auf mein Herz! Lasset die Kamele meine Brust zertreten und den Esel seine Hufe in meine Augen versenken!«

Aber Faustina brachte es nicht über sich, an diesem Elenden vorbeizureiten, ohne zu versuchen, ob sie ihn nicht bewegen könnte, aufzustehen. Sie hielt noch immer neben ihm.

Die israelitische Frau, die ihr schon einmal hatte dienen wollen, drängte sich jetzt wieder an sie heran. »Dieser Mann hat auch zu den Jüngern des Propheten gehört«, sagte sie. »Willst du, dass ich ihn nach seinem Meister frage?«

Faustina nickte, und die Frau beugte sich über den Liegenden.

»Was habt ihr Galiläer an diesem Tag mit eurem Meister gemacht?«, fragte sie. »Ich treffe euch zerstreut auf Wegen und Stegen, aber ihn sehe ich nirgends.«

Aber als sie so fragte, richtete sich der Mann, der im Straßenstaub lag, auf seine Knie empor. »Was für ein böser Geist hat dir eingegeben, mich nach ihm zu fragen?«, sagte er mit einer Stimme, die voll Verzweiflung war. »Du siehst ja, dass ich mich in den Straßenstaub geworfen habe, um zertreten zu werden. Ist dir das nicht genug? Musst du noch kommen und mich fragen, was ich mit ihm angefangen habe?«

»Ich verstehe nicht, was du mir vorwirfst«, sagte die Frau. »Ich wollte ja nur wissen, wo dein Meister ist.«

Als sie die Frage wiederholte, sprang der Mann auf und steckte beide Zeigefinger in die Ohren.

»Wehe dir, dass du mich nicht in Frieden sterben lassen kannst«, rief er. Er bahnte sich einen Weg durch das Volk, das sich vor dem Tor drängte, und stürzte, vor Entsetzen brüllend, von dannen, während seine zerfetzten Kleider ihn gleich dunkeln Flügeln umflatterten.

»Es will mich bedünken, dass wir zu einem Volk von Narren gekommen sind«, sagte Faustina, als sie den Mann fliehen sah. Sie war durch den Anblick der Schüler des Propheten ganz niedergeschlagen. Konnte ein Mann, der solche Tollhäusler zu seinen Begleitern zählte, imstande sein, etwas für den Kaiser zu tun?

Auch die israelitische Frau schaute betrübt drein, und sie sprach mit großem Ernst zu Faustina: »Herrscherin, zögere nicht, den aufzusuchen, den du finden willst. Ich fürchte, es ist ihm etwas Böses zugestoßen, da seine Jünger so von Sinnen sind und es nicht ertragen, von ihm reden zu hören.«

Faustina und ihr Gefolge ritten endlich durch die Torwölbung und kamen in enge, dunkle Gassen, die von Menschen wimmelten. Es erschien beinahe unmöglich, durch die Stadt zu kommen. Ein Mal ums andere mussten die Reiter haltmachen. Vergebens suchten Sklaven und Kriegsknechte einen Weg zu bahnen. Die Menschen hörten nicht auf, sich in einem dichten und unaufhaltsamen Strom vorbeizuwälzen.

»Wahrlich«, sagte die alte Frau zu Sulpicius, »Roms Straßen sind stille Lustgärten im Vergleich zu diesen Gassen.«

Sulpicius sah bald, dass fast unübersteigliche Schwierigkeiten ihrer harrten.

»In diesen überfüllten Gassen ist es beinahe leichter zu gehen als zu reiten«, sagte er. »Wenn du nicht allzu müde bist, würde ich dir raten, zu Fuß zum Palast des Landpflegers zu gehen. Er liegt freilich weit weg, aber wenn wir hinreiten wollen, kommen wir sicherlich nicht vor Mitternacht ans Ziel.«

Faustina ging sogleich auf den Vorschlag ein. Sie stieg vom Pferd und überließ es der Obhut eines Sklaven. Dann begannen die reisenden Römer die Stadt zu Fuß zu durchwandern.

Dies gelang ihnen weit besser. Sie drangen ziemlich rasch bis zum Herzen der Stadt vor, und Sulpicius zeigte Faustina gerade eine halbwegs breite Straße, die sie bald erreichen mussten.

»Sieh dort, Faustina«, sagte er, »wenn wir erst in dieser Straße sind, sind wir bald am Ziel. Sie führt uns geradeswegs zu unserer Herberge.«

Aber als sie eben in diese Straße einbiegen wollten, begegnete ihnen das größte Hindernis.

Es begab sich, dass in demselben Augenblick, wo Faustina die Straße erreichte, die sich vom Palast des Landpflegers zur Pforte der Gerechtigkeit und nach Golgatha erstreckte, ein Gefangener vorbeigeführt wurde, der gekreuzigt werden sollte.

Ihm voran eilte eine Schar junger, wilder Menschen, die die Hinrichtung mit ansehen wollten. Sie jagten in ungestümem Lauf durch die Straße, streckten die Arme verzückt in die Höhe und stießen ein unverständliches Geheul aus, in ihrer Freude, etwas zu schauen, was sie nicht alle Tage zu sehen bekamen.

Nach ihnen kamen Scharen von Menschen in schleppenden Gewändern, die zu den Ersten und Vornehmsten der Stadt zu gehören schienen. Hinter denen wanderten Frauen, von denen viele tränenüberströmte Gesichter hatten. Eine Anzahl Arme und Krüppel schritten vorbei und stießen Schreie aus, die in den Ohren gellten.

»O Gott«, riefen sie, »rette ihn! Sende deinen Engel und rette ihn! Schicke einen Helfer in seiner äußersten Not!«

Endlich kamen ein paar römische Kriegsknechte auf großen Pferden. Sie wachten darüber, dass niemand aus dem Volk zu dem Gefangenen hinstürze oder ihn zu befreien versuche.

Gleich hinter ihnen schritten die Henkersknechte, die den Mann, der gekreuzigt werden sollte, zu führen hatten. Sie hatten ihm ein großes, schweres Kreuz aus Holz über die Schulter gelegt, aber er war zu schwach für diese Bürde. Sie drückte ihn, dass sein Körper ganz zu Boden gebeugt wurde. Er hielt den Kopf so tief gesenkt, dass niemand sein Gesicht sehen konnte.

Faustina stand in der Mündung des kleinen Nebengässchens und sah die schwere Wanderung des Todgeweihten an. Mit Staunen gewahrte sie, dass er einen Purpurmantel trug und dass eine Dornenkrone auf sein Haupt gedrückt war.

»Wer ist dieser Mann?«, fragte sie.

Einer der Umstehenden erwiderte: »Das ist einer, der sich zum Kaiser machen wollte.«

»Dann muss er den Tod um einer Sache willen leiden, die wenig erstrebenswert ist«, sagte die alte Frau wehmütig.

Der Verurteilte wankte unter dem Kreuz. Immer langsamer schritt er vorwärts. Die Henkersknechte hatten einen

Strick um seinen Leib geschlungen, und sie begannen daran zu ziehen, um ihn zu größerer Eile anzutreiben. Aber als sie an dem Strick zogen, fiel der Mann hin und blieb mit dem Kreuz über sich liegen.

Da entstand ein großer Aufruhr. Die römischen Reiter hatten die größte Mühe, das Volk zurückzuhalten. Sie zückten ihre Schwerter gegen ein paar Frauen, die herbeieilten und den Gefallenen aufzurichten bemüht waren. Die Henkersknechte suchten ihn durch Schläge und Stöße zu zwingen, dass er aufstehe, allein er vermochte es nicht wegen des Kreuzes. Endlich ergriffen ein paar von ihnen das Kreuz, um es fortzuheben.

Da richtete er das Haupt empor, und die alte Faustina konnte sein Gesicht sehen. Die Wangen trugen Striemen von Schlägen, und von seiner Stirn, die die Dornenkrone verwundet hatte, perlten ein paar Blutstropfen. Das Haar hing in wirren Büscheln, klebrig von Schweiß und Blut. Sein Mund war hart geschlossen, aber seine Lippen zitterten, als kämpften sie, um einen Schrei zurückzudrängen. Die Augen starrten tränenvoll und beinahe erloschen vor Qual und Mattigkeit.

Aber hinter dem Gesicht dieses halb toten Menschen sah die Alte gleichsam in einer Vision ein schönes und bleiches Gesicht mit herrlichen, majestätischen Augen und milden Zügen, und sie ward plötzlich von Trauer und Rührung über das Unglück und die Erniedrigung dieses fremden Mannes ergriffen.

»O du armer Mensch, was hat man dir getan?«, rief sie und trat ihm einen Schritt entgegen, während ihre Augen sich mit Tränen füllten. Sie vergaß ihre eigene Sorge und Unruhe über dieses gequälten Menschen Not. Ihr war, als müsste ihr Herz vor Mitleid zerspringen. Sie wollte gleich den andern Frauen hineilen, um ihn den Schergen zu entreißen.

Der Gefangene sah, wie sie auf ihn zukam, und er kroch näher an sie heran. Es war, als erwarte er bei ihr Schutz gegen alle zu finden, die ihn verfolgten und quälten. Er umfasste ihre Knie. Er schmiegte sich an sie wie ein Kind, das sich zu seiner Mutter rettet.

Die Alte beugte sich über ihn, und während ihre Tränen strömten, fühlte sie die seligste Freude darüber, dass er gekommen war und bei ihr Schutz gesucht hatte. Sie legte ihren einen Arm um seinen Hals, und so wie eine Mutter zu allererst die Tränen aus den Augen des Kindes trocknet, so legte sie ihr Schweißtuch aus kühlem, feinem Linnen auf sein Gesicht, um die Tränen und das Blut fortzuwischen.

Aber in diesem Augenblick waren die Henkersknechte mit dem Heben des Kreuzes fertig. Sie kamen und rissen den Gefangenen mit sich. Ungeduldig wegen des Aufenthalts, schleppten sie ihn in wilder Hast fort. Der Todgeweihte stöhnte auf, als er von der Freistatt fortgeführt wurde, die er gefunden hatte; aber er leistete keinen Widerstand.

Jedoch Faustina umklammerte ihn, um ihn zurückzuhalten, und als ihre schwachen, alten Hände nichts vermochten und sie ihn fortführen sah, war es ihr, als hätte ihr jemand ihr eignes Kind entrissen, und sie rief: »Nein, nein! Nehmt ihn mir nicht! Er darf nicht sterben! Er darf nicht!«

Sie empfand den furchtbarsten Schmerz und Groll, weil man ihn fortführte. Sie wollte ihm nacheilen. Sie wollte mit den Schergen kämpfen und ihn ihnen entreißen.

Aber bei dem ersten Schritt, den sie machte, wurde sie von Schwindel und Ohnmacht befallen. Sulpicius beeilte sich, seinen Arm um sie zu legen, um sie vor dem Fallen zu bewahren.

Auf der einen Seite der Gasse sah er einen kleinen, dunkeln Laden, und dort hinein trug er sie. Da war weder Stuhl noch Bank, aber der Kaufmann war ein barmherziger Mann. Er schleppte eine Matte herbei und bereitete der Alten ein Lager auf dem Steinboden.

Sie war nicht besinnungslos, aber ein so starker Schwindel hatte sie befallen, dass sie sich nicht aufrecht halten konnte, sondern sich niederlegen musste.

»Sie hat heute eine lange Wanderung hinter sich, und der Lärm und das Gedränge in der Stadt sind ihr zu viel geworden«, sagte Sulpicius zu dem Kaufmann. »Sie ist sehr alt, und keiner ist so stark, dass das Alter ihn nicht schließlich niederwerfen könnte.«

»Dies ist auch für jemand, der nicht alt ist, ein schwerer Tag«, sagte der Kaufmann. »Die Luft ist fast zu drückend beim Atmen. Es sollte mich nicht wundernehmen, wenn wir ein schweres Unwetter bekämen.«

Sulpicius beugte sich über die Alte. Sie war eingeschlummert und schlief, mit ruhigen, regelmäßigen Atemzügen nach der Ermüdung und der Gemütsbewegung.

Er ging und stellte sich in die Ladentür, um die Volksmenge zu beobachten, während er auf ihr Erwachen wartete.

7

Der römische Landpfleger in Jerusalem hatte eine junge Frau, und in der Nacht vor dem Tag, an dem Faustina in die Stadt einzog, lag die und träumte.

Sie träumte, dass sie auf dem Dach ihres Hauses stünde und auf den großen, schönen Hofplan niedersähe, der nach der Sitte des Morgenlandes mit Marmor ausgelegt und mit edeln Gewächsen bepflanzt war.

Aber auf dem Hof sah sie alle Kranken und Blinden und Lahmen versammelt, die es auf der Welt gab. Sie sah die

Pestkranken vor sich, mit beulengeschwollenen Körpern, die Aussätzigen mit zerfressenen Gesichtern, die Lahmen, die sich nicht zu rühren vermochten, sondern hilflos auf der Erde lagen, und alle Elenden, die sich in Qualen und Schmerzen krümmten.

Und sie drängten sich alle zum Eingang, um in das Haus zu kommen, und einige der Vordersten klopften mit harten Schlägen an die Tür des Palastes.

Endlich sah sie, dass ein Sklave die Tür öffnete und auf die Schwelle trat, und sie hörte, wie er fragte, was sie wollten.

Da antworteten sie ihm und sprachen: »Wir suchen den großen Propheten, den Gott auf die Erde gesandt hat. Wo ist der Prophet aus Nazareth, er, der aller Qualen Herr ist? Wo ist er, der uns von allen unsern Leiden erlösen kann?«

Da antwortete der Sklave in stolzem, gleichgültigem Ton, so wie Palastdiener zu tun pflegen, wenn sie arme Fremdlinge abweisen.

»Es hilft euch nichts, nach dem großen Propheten zu suchen. Pilatus hat ihn getötet.«

Da erhob sich unter allen den Kranken ein Trauern und Jammern und Zähneknirschen, so dass sie nicht ertragen konnte, es zu hören. Ihr Herz wurde von Mitleid zerrissen, und Tränen strömten aus ihren Augen. Aber wie sie so zu weinen anfing, war sie erwacht.

Wieder war sie eingeschlummert, und wieder träumte sie, dass sie auf dem Dach ihres Hauses stünde und auf den großen Hof hinabsähe, der so weit war wie ein Marktplatz.

Und siehe da, der Hof war voll von allen Menschen, die wahnsinnig und toll waren und von bösen Geistern besessen. Und sie sah solche, die nackt waren und solche, die sich in ihr langes Haar hüllten, und solche, die sich Kronen aus Stroh geflochten hatten und Mäntel aus Gras, und sich für

Könige hielten, und solche, die auf dem Boden krochen und Tiere zu sein wähnten, und solche, die beständig über einen Kummer weinten, den sie nicht zu nennen vermochten, und solche, die schwere Steine heranschleppten, die sie für Gold ausgaben, und solche, die glaubten, dass die bösen Dämonen aus ihrem Mund sprächen.

Sie sah, wie alle diese Leute sich zum Tor des Palastes drängten; und die zuvorderst standen, klopften und pochten, um Einlass zu finden.

Endlich tat sich die Tür auf, und ein Sklave trat auf die Schwelle und fragte sie: »Was ist euer Begehr?«

Da begannen sie alle zu rufen und zu sagen: »Wo ist der große Prophet aus Nazareth, er, der von Gott gesandt ist und der uns unsre Seele und unsre Vernunft wiedergeben soll?«

Sie hörte, wie der Sklave ihnen im gleichgültigsten Ton antwortete:

»Es führt zu nichts, dass ihr nach dem großen Propheten sucht. Pilatus hat ihn getötet.«

Als dies Wort gesprochen war, stießen alle die Wahnsinnigen einen Schrei aus, der dem Brüllen wilder Tiere gleich war, und in ihrer Verzweiflung begannen sie, sich selbst zu zerfleischen, dass das Blut auf die Steine floss. Und da sie, die träumte, all ihr Elend sah, begann sie die Hände zu ringen und zu jammern. Und ihr eigener Jammer hatte sie aufgeweckt.

Aber wieder war sie eingeschlummert, und wieder befand sie sich im Traum auf dem Dach ihres Hauses. Und rings um sie her saßen ihre Sklavinnen, die ihr auf der Cymbel und der Laute vorspielten, und die Mandelbäume streuten ihre weißen Blütenblätter über sie hin, und die Blüten der Kletterrosen dufteten.

Während sie da saß, sprach eine Stimme zu ihr: »Geh zu der Balustrade, die dein Dach umgibt, und sieh hinunter auf deinen Hof.«

Aber im Traum weigerte sie sich und sagte: »Ich will nicht noch mehr von jenen sehen, die sich heute Nacht auf meinem Hof drängen.«

In demselben Augenblick hörte sie von dort ein Rasseln von Ketten und ein Pochen schwerer Hämmer und ein Klopfen von Holz, das gegen Holz schlug. Ihre Sklavinnen hörten zu singen und zu spielen auf und eilten zum Dachgeländer und sahen hinab. Und auch sie konnte nicht still sitzen bleiben, sondern sie ging hin und sah auf den Hof hinunter.

Da sah sie, dass der Hof ihres Hauses von allen armen Gefangenen erfüllt war, die es auf der Welt gab. Sie sah die Leute, die sonst in dunkeln Kerkerlöchern mit schweren Eisenketten gefesselt lagen. Sie sah die Leute, die in den dunkeln Gruben arbeiteten, ihre Hämmer schleppend, herankommen, und die, die Ruderer auf den Kriegsfahrzeugen waren, kamen mit ihren schweren, eisengeschmiedeten Rudern. Und die, die verurteilt waren, gekreuzigt zu werden, kamen und schleppten ihre Kreuze, und die, die geköpft werden sollten, kamen mit ihren Beilen. Sie sah die, die als Sklaven nach fremden Ländern geführt worden waren und deren Augen vor Heimweh brannten. Sie sah alle elenden Sklaven, die gleich Lasttieren arbeiten mussten und deren Rücken blutig waren von Geißelhieben.

Alle diese unglücklichen Menschen riefen wie aus einem einzigen Munde und sprachen: »Öffne, öffne!«

Da trat der Sklave, der den Eingang bewachte, zur Tür hinaus, und er fragte sie: »Was ist euer Begehr?«

Und sie antworteten wie die andern: »Wir suchen den großen Propheten aus Nazareth, der auf die Erde gekommen ist, um den Gefangenen ihre Freiheit und den Sklaven ihr Glück wiederzugeben.«

Der Sklave antwortete ihnen in müdem und gleichgültigem Ton: »Ihr könnt ihn hier nicht finden. Pilatus hat ihn getötet.«

Als dies Wort gesprochen war, deuchte es sie, die träumte, dass sich unter allen diesen Unglücklichen ein solcher Ausbruch der Lästerung und des Hohnes erhebe, dass sie vernahm, wie Erde und Himmel erzitterten. Sie selbst war starr vor Schrecken, und ein solches Beben durchfuhr ihren Körper, dass sie erwachte.

Als sie ganz wach war, setzte sie sich im Bett auf und sagte zu sich selbst: Ich will nicht mehr träumen. Jetzt will ich mich die ganze Nacht wach halten, um nichts mehr von diesem Entsetzlichen sehen zu müssen.

Aber beinahe in demselben Augenblick, wo sie dies gedacht hatte, hatte der Schlummer sie aufs Neue überwältigt, und sie hatte ihren Kopf auf das Kissen gelegt und war eingeschlummert.

Wieder träumte sie, dass sie auf dem Dach ihres Hauses säße, und ihr kleines Söhnlein liefe dort oben auf und ab und spielte Ball.

Da hörte sie eine Stimme, die zu ihr sprach: »Geh zur Balustrade, die das Dach umgibt, und sieh, wer die sind, die auf dem Hof stehen und warten.«

Aber sie, die träumte, sagte zu sich selbst: »Ich habe in dieser Nacht genug Elend gesehen. Mehr kann ich nicht ertragen. Ich will bleiben, wo ich bin.«

In demselben Augenblick warf ihr Söhnlein den Ball so, dass er über die Balustrade fiel, und das Kind eilte hin und kletterte auf das Gitterwerk. Da erschrak sie und lief hinzu und erfasste das Kind.

Aber dabei warf sie einen Blick hinunter, und noch einmal sah sie, dass der Hof voller Menschen war.

Aber dort in dem Hof waren alle Menschen der Erde, die im Kriege verwundet worden waren. Sie kamen mit verstümmelten Körpern, mit abgehauenen Gliedern und großen, offenen Wunden, aus denen das Blut strömte, so dass der ganze Hof davon überschwemmt wurde.

Und neben ihnen drängten sich dort alle Menschen der Erde, die ihre Lieben auf dem Schlachtfeld verloren hatten. Es waren die Vaterlosen, die ihre Verteidiger betrauerten, und die jungen Frauen, die nach ihren Geliebten riefen, und die Alten, die nach ihren Söhnen seufzten.

Die Vordersten von ihnen drängten zur Tür, und der Türsteher kam wie früher und öffnete.

Er fragte alle diese Leute, die in Fehden und Kämpfen verwundet worden waren: »Was sucht ihr in diesem Haus?«

Und sie antworteten: »Wir suchen den großen Propheten aus Nazareth, der Krieg und Streit verbieten und Frieden auf Erden bringen wird. Wir suchen ihn, der die Lanzen zu Sensen machen wird und die Schwerter zu Rebenmessern.«

Da antwortete der Sklave ein wenig ungeduldig: »Kommt doch nicht mehr, um mich zu quälen! Ich habe es schon oft genug gesagt. Der große Prophet ist nicht hier. Pilatus hat ihn getötet.«

Damit schloss er das Tor. Aber sie, die träumte, dachte an allen den Jammer, der nun ausbrechen musste. »Ich will ihn nicht hören«, sagte sie und stürzte von der Balustrade fort. In demselben Augenblick war sie erwacht. Und da hatte sie gesehen, dass sie in ihrer Angst aus dem Bett gesprungen war, hinunter auf den kalten Steinboden.

Wieder hatte sie gedacht, dass sie in dieser Nacht nicht mehr träumen wollte, und wieder hatte der Schlummer sie überwältigt, so dass sie die Augen schloss und zu träumen begann.

Noch einmal saß sie auf dem Dach ihres Hauses, und neben ihr stand ihr Mann. Und sie erzählte ihm von ihren Träumen, und er trieb seinen Spott mit ihr. Da hörte sie wieder eine Stimme, die zu ihr sagte: »Geh und sieh die Menschen, die auf deinem Hof warten.«

Aber sie dachte: Ich will sie nicht schauen. Ich habe heute Nacht genug Unglückliche gesehen.

In demselben Augenblick hörte sie drei harte Schläge an das Tor, und ihr Mann ging zur Balustrade, um zu sehen, wer es wäre, der Einlass in sein Haus begehrte.

Aber kaum hatte er sich über des Geländer gebeugt, als er auch schon seiner Frau winkte, sie solle zu ihm kommen.

»Kennst du diesen Mann nicht?«, sagte er und wies hinunter.

Als sie in den Hof hinuntersah, fand sie, dass er von Reitern und Pferden erfüllt war. Sklaven waren damit beschäftigt, Eseln und Kamelen ihre Bürden abzuladen. Es sah aus, als wäre ein vornehmer Reisender angekommen.

An der Eingangstür stand der Fremde. Es war ein hochgewachsener alter Mann mit breiten Schultern und trüber, düstrer Miene.

Die Träumerin erkannte den Fremdling sogleich, und sie flüsterte ihrem Mann zu: »Das ist Cäsar Tiberius, der nach Jerusalem gekommen ist. Es kann kein anderer sein.«

»Auch ich glaube ihn zu erkennen«, sagte ihr Mann und legte gleichzeitig den Finger an den Mund, zum Zeichen, dass sie stillschweigen und darauf horchen solle, was unten auf dem Hof gesprochen würde.

Sie sahen, dass der Türhüter herauskam und den Fremden fragte: »Wer ist es, den du suchst?«

Und der Reisende antwortete: »Ich suche den großen Propheten aus Nazareth, der mit Gottes wundertätiger Kraft begabt ist. Kaiser Tiberius ruft ihn, auf dass er ihn von einer entsetzlichen Krankheit befreie, die kein anderer Arzt zu heilen vermag.«

Als er ausgesprochen hatte, neigte sich der Sklave sehr demütig, und sagte: »Herr, zürne nicht, aber dein Wunsch kann nicht erfüllt werden.«

Da wendete sich der Kaiser an seine Sklaven, die unten im Hof warteten, und gab ihnen einen Befehl.

Da eilten die Sklaven herbei, einige hatten die Hände voll Geschmeide, andere hielten Schalen voll Perlen, wieder andere schleppten Säcke mit Goldmünzen.

Der Kaiser wendete sich an den Sklaven, der die Pforte bewachte und sagte: »Dies alles soll ihm gehören, wenn er Tiberius beisteht. Damit kann er allen Armen der Erde Reichtum schenken.«

Aber der Türhüter neigte sich noch tiefer denn zuvor und sagte: »Herr, zürne deinem Diener nicht, aber dein Verlangen kann nicht erfüllt werden.«

Da winkte der Kaiser noch einmal seinen Sklaven, und ein paar von ihnen eilten mit einem reich bestickten Gewand herbei, auf dem ein Brustschild aus Juwelen erglänzte.

Und der Kaiser sprach zu dem Sklaven: »Sieh hier: Was ich ihm biete, ist die Macht über das Judenland. Er soll sein Volk als der höchste Richter lenken. Möge er mir nur zuerst folgen und Tiberius heilen.«

Aber der Sklave neigte sich noch tiefer zur Erde und sagte: »Herr, es steht nicht in meiner Macht, dir zu helfen!«

Da winkte der Kaiser noch einmal, und seine Sklaven eilten mit einem goldenen Stirnreif und einem Purpurmantel herbei.

»Sieh«, sagte er, »dies ist des Kaisers Wille: Er gelobt, ihn zu seinem Erben zu ernennen und ihm die Herrschaft über die Welt zu geben. Er soll die Macht haben, die ganze Erde nach dem Willen seines Gottes zu regieren. Möge er zuerst nur seine Hand ausstrecken und Tiberius heilen!«

Da warf sich der Sklave vor den Füßen des Kaisers zu Boden und sagte mit wehklagender Stimme: »Herr, es steht nicht in meiner Macht, dir zu gehorchen. Er, den du suchst, ist nicht mehr. Pilatus hat ihn getötet.«

8

Als die junge Frau erwachte, war es schon voller, klarer Tag, und ihre Sklavinnen standen da und warteten, um ihr beim Ankleiden behilflich zu sein.

Sie war sehr schweigsam, während sie sich anziehen ließ, aber endlich fragte sie die Sklavin, die ihr Haar strählte, ob ihr Mann schon aufgestanden sei. Da erfuhr sie, dass er gerufen worden war, um über einen Verbrecher zu Gericht zu sitzen.

»Ich würde gern mit ihm sprechen«, sagte die junge Frau.

»Herrin«, sagte die Sklavin, »dies wird sich mitten in der Untersuchung schwer bewerkstelligen lassen. Wir werden dir Nachricht geben, sowie sie beendigt ist.«

Sie saß nun schweigend, bis sie fertig angekleidet war. Dann fragte sie: »Hat jemand von euch von dem Propheten aus Nazareth sprechen hören?«

»Der Prophet aus Nazareth, das ist ein jüdischer Wundertäter«, antwortete eine der Sklavinnen sogleich.

»Es ist seltsam, Gebieterin, dass du gerade heute nach ihm fragst«, sagte eine andere der Sklavinnen. »Er ist es eben, den die Juden hierher in den Palast geführt haben, damit der Landpfleger ihn verhöre.«

Sie bat sie, allsogleich zu gehen und sich zu erkundigen, wessen er angeklagt werde, und eine der Sklavinnen entfernte sich. Als sie zurückkehrte, sagte sie: »Sie beschuldigen ihn, dass er sich zum König über dieses Land machen wolle, und sie rufen den Landpfleger an, er möge ihn kreuzigen lassen.«

Aber als des Landpflegers Frau dies hörte, erschrak sie gar sehr und sagte: »Ich muss mit meinem Mann sprechen, sonst geschieht heute hier ein furchtbares Unglück.«

Als die Sklavinnen ihr noch einmal sagten, dass dies unmöglich sei, da begann sie zu zittern und zu weinen. Und eine von ihnen wurde gerührt und sagte: »Wenn du dem Landpfleger eine geschriebne Botschaft senden willst, so will ich versuchen, sie zu überbringen.«

Da nahm sie allsogleich einen Stift und schrieb einige Worte auf ein Wachstäfelchen, und dieses wurde dem Pilatus gegeben.

Aber ihn selber traf sie den ganzen Tag über nicht allein, denn als er die Juden fortgeschickt hatte und sie den Verurteilten zum Richtplatz führten, war die Stunde für die Mahlzeit angebrochen, und zu dieser hatte Pilatus einige von den Römern eingeladen, die sich zu dieser Zeit in Jerusalem aufhielten. Es waren der Anführer der Truppen und ein junger Lehrer der Beredsamkeit und noch einige andere.

Dieses Mahl war nicht sehr fröhlich, denn die Frau des Landpflegers saß die ganze Zeit über stumm und niedergeschlagen, ohne an dem Gespräch teilzunehmen.

Als die Tischgäste fragten, ob sie krank oder betrübt sei, erzählte der Landpfleger lachend von der Botschaft, die sie ihm am Morgen gesandt hatte. Und er neckte sie, weil sie geglaubt hatte, ein römischer Landpfleger würde sich in seinen Urteilen von den Träumen eines Weibes lenken lassen.

Sie antwortete still und traurig: »Wahrlich, dies war kein Traum, sondern eine Warnung, die von den Göttern kam. Du hättest den Mann wenigstens diesen einen Tag noch leben lassen sollen.«

Sie sahen, dass sie ernstlich betrübt war. Sie wollte sich nicht trösten lassen, wie sehr sich die Tafelgäste auch bemühten, sie durch ein unterhaltendes Gespräch diese leeren Hirngespinste vergessen zu lassen.

Aber nach einer Weile erhob einer von ihnen den Kopf und sagte: »Was ist dies? Haben wir so lange bei Tisch gesessen, dass der Tag schon zur Neige gegangen ist?«

Alle sahen nun auf, und sie merkten, dass eine schwache Dämmerung sich über die Natur senkte. Es war vor allem seltsam zu sehen, wie das ganze bunte Farbenspiel, das über allen Dingen und Wesen gebreitet liegt, sacht erlosch, so dass alles einfarbig grau erschien.

Gleich allem andern verloren auch ihre eigenen Gesichter die Farbe. »Wir sehen wirklich wie Tote aus«, sagte der junge Schönredner mit einem Schauer. »Unsre Wangen sind ja grau und unsre Lippen schwarz.« Während diese Dunkelheit immer tiefer wurde, nahm auch das Entsetzen der jungen Frau zu. »Ach, mein Freund«, rief sie schließlich, »erkennst du auch jetzt nicht, dass die Unsterblichen dich warnen wollen? Sie zürnen, weil du einen heiligen und unschuldigen Mann zum Tode verurteilt hast. Ich denke mir, wenn er jetzt auch schon ans Kreuz geschlagen sein muss, kann er doch sicherlich noch nicht verblichen sein. Lass ihn vom Kreuz nehmen! Ich will mit meinen eignen Händen seiner Wunden pflegen. Erlaube nur, dass er ins Leben zurückgerufen werde.«

Aber Pilatus antwortete lachend: »Sicherlich hast du recht damit, dass dies ein Zeichen der Götter ist. Aber keineswegs lassen sie die Sonne ihren Schein verlieren, weil ein jüdischer Irrlehrer zum Kreuzestod verurteilt ist. Vielmehr können wir erwarten, dass wichtige Ereignisse eintreten werden, die das ganze Reich betreffen. Wer kann wissen, wie lange der alte Tiberius – – –«

Er vollendete den Satz nicht, denn die Dunkelheit war so tief geworden, dass er nicht einmal den Weinbecher sehen konnte, der vor ihm stand. Er unterbrach sich daher, um den Sklaven zu befehlen, eiligst ein paar Lampen hereinzubringen.

Als es so hell geworden war, dass er die Gesichter seiner Gäste sehen konnte, musste er die Verstimmung bemerken, die sich ihrer bemächtigt hatte.

»Sieh doch«, sagte er ein wenig unmutig zu seiner Gattin, »nun scheint es dir wirklich gelungen zu sein, die Tafelfreude mit deinen Träumen zu verscheuchen. Aber wenn es schon durchaus so sein muss, dass du heute an nichts anderes denken kannst, dann lass uns lieber hören, was du geträumt hast. Erzähl es uns, und wir wollen versuchen, den Sinn zu deuten!«

Dazu war die junge Frau sofort bereit. Und während sie Traumgesicht auf Traumgesicht erzählte, wurden die Gäste immer ernster. Sie hörten auf, ihre Becher zu leeren, und ihre Stirnen zogen sich kraus. Der Einzige, der noch immer lachte und alles einen Wahnwitz nannte, war der Landpfleger selbst.

Als die Erzählung zu Ende war, sagte der junge Rhetor: Wahrlich, dies ist doch mehr als ein Traum, denn ich sah heute zwar nicht den Kaiser, aber seine alte Freundin Faustina in die Stadt einziehen. Es nimmt mich nur wunder, dass sie sich nicht schon im Palast des Landpflegers gezeigt hat.

»Es geht ja wirklich das Gerücht, dass der Kaiser von einer entsetzlichen Krankheit befallen sei«, bemerkte der Anführer der Truppen. »Es scheint auch mir möglich, dass der Traum deiner Gattin eine Warnung von den Göttern sein kann.«

»Es liegt nichts Unglaubliches darin, dass Tiberius einen Boten nach dem Propheten ausgesandt hat, um ihn an sein Krankenlager zu rufen«, stimmte der junge Rhetor ein.

Der Anführer wendete sich mit tiefem Ernst an Pilatus: »Wenn der Kaiser wirklich den Einfall gehabt hat, diesen Wundertäter zu sich rufen zu lassen, dann wäre es besser für dich und für uns alle, wenn er ihn lebend träfe.«

Pilatus antwortete halb zürnend: »Ist es diese Dunkelheit, die euch zu Kindern gemacht hat? Man könnte glauben, ihr wäret alle in Traumdeuter und Propheten verwandelt.«

Aber der Hauptmann ließ nicht ab, in ihn zu dringen: »Es wäre vielleicht nicht so unmöglich, das Leben des Mannes zu retten, wenn du einen eiligen Boten abschicktest.«

»Ihr wollt mich wohl zum Gespött der Leute machen«, antwortete der Landpfleger. »Sagt selbst, was sollte in diesem Land aus Recht und Ordnung werden, wenn man erführe, dass der Landpfleger einen Verbrecher begnadigt, weil seine Frau einen bösen Traum geträumt hat?«

»Es ist doch Wahrheit und kein Traum, dass ich Faustina in Jerusalem gesehen habe«, sagte der junge Rhetor.

»Ich nehme es auf mich, mein Vergehen vor dem Kaiser zu verantworten«, sagte Pilatus. »Er wird begreifen, dass dieser Schwärmer, der sich widerstandslos von meinen Knechten misshandeln ließ, nicht die Macht gehabt hätte, ihm zu helfen.«

In demselben Augenblick, wo diese Worte ausgesprochen wurden, wurde das Haus von einem Getöse erschüttert, das wie heftig grollender Donner klang, und ein Erdbeben ließ den Boden erzittern. Der Palast des Landpflegers blieb unversehrt stehen, aber unmittelbar nach dem Erdbeben vernahm man von allen Seiten das entsetzeneinflößende Krachen von einstürzenden Häusern und fallenden Säulen.

Sowie eine Menschenstimme sich Gehör verschaffen konnte, rief der Landpfleger einen Sklaven zu sich.

»Eile zum Richtplatz und befiehl in meinem Namen, dass der Prophet aus Nazareth vom Kreuz genommen werde!«

Der Sklave eilte von dannen. Die Tischgesellschaft begab sich vom Speisesaal in das Peristyl, um unter offnem Himmel zu sein, falls das Erdbeben sich wiederholen sollte. Niemand wagte ein Wort zu sagen, während sie der Rückkehr des Sklaven harrten.

Dieser kam sehr bald wieder. Er blieb vor dem Landpfleger stehen.

»Du hast ihn am Leben gefunden?«, fragte dieser.

»Herr, er war verschieden, und in demselben Augenblick, wo er seinen Geist aufgab, geschah das Erdbeben.«

Kaum hatte er dies gesagt, als ein paar harte Schläge am äußeren Tor ertönten. Als sie diese Schläge hörten, zuckten alle zusammen und sprangen empor, als wäre wieder ein Erdbeben losgebrochen.

Gleich darauf erschien ein Sklave.

»Es sind die edle Faustina und Sulpicius, des Kaisers Verwandter. Sie sind gekommen, um dich zu bitten, du mögest ihnen helfen, den Propheten aus Nazareth zu finden.«

Ein leises Gemurmel ging durch das Peristyl, und leichte Schritte wurden hörbar. Als der Landpfleger sich umsah, merkte er, dass seine Freunde von ihm zurückgewichen waren, wie von einem, der dem Unglück verfallen ist.

9

Die alte Faustina war in Capreae ans Land gestiegen und hatte den Kaiser aufgesucht. Sie erzählte ihm ihre Geschichte, und während sie sprach, wagte sie kaum ihn anzusehen. Während ihrer Abwesenheit hatte die Krankheit furchtbare Fortschritte gemacht, und sie dachte bei sich selbst: »Wenn bei den Himmlischen Barmherzigkeit wäre, so hätten sie mich sterben lassen, bevor ich diesem armen, gequälten Menschen sagen musste, dass alle Hoffnung vorüber ist.«

Zu ihrem Staunen hörte ihr Tiberius aber mit der größten Gleichgültigkeit zu. Als sie ihm erzählte, dass der große Wundertäter am selben Tag gekreuzigt worden war, an dem sie in Jerusalem anlangte, und wie nahe sie daran gewesen war, ihn zu retten, da begann sie unter der Schwere ihrer Enttäuschung zu weinen. Aber Tiberius sagte nur: »Du grämst dich also wirklich darüber. Ach, Faustina, ein ganzes Leben in Rom hat dir also den Glauben an Zauberer und Wundertäter nicht benommen, den du in deiner Kindheit in den Sabiner Bergen eingesogen hast.«

Da sah die Alte ein, dass Tiberius nie Hilfe von dem Propheten aus Nazareth erwartet hatte.

»Warum ließest du mich dann diese Fahrt in das ferne Land machen, wenn du sie die ganze Zeit über für fruchtlos hieltest?«

»Du bist mein einziger Freund«, sagte der Kaiser. »Warum sollte ich dir eine Bitte abschlagen, solange es noch in meiner Macht steht, sie zu gewähren?«

Aber die Alte wollte sich nicht darein schicken, dass der Kaiser sie zum Besten gehalten hatte.

»Siehst du, das ist deine alte Hinterlist«, sagte sie aufbrausend. »Das ist es eben, was ich am wenigsten an dir leiden kann.«

»Du hättest nicht zu mir zurückkehren sollen«, sagte Tiberius. »Du hättest in deinen Bergen bleiben müssen.«

Für einen Augenblick sah es aus, als würden die beiden, die so oft aneinandergeraten waren, wieder in ein Wortgefecht geraten, aber der Groll der Alten verflog sogleich. Die Zeiten waren vorüber, wo sie ernstlich mit dem Kaiser hatte hadern können. Sie senkte die Stimme wieder. Doch konnte sie nicht ganz und gar von jedem Versuch, recht zu behalten, abstehen.

»Aber dieser Mann war wirklich ein Prophet«, sagte sie. »Ich habe ihn gesehen. Als seine Augen den meinen begegneten, glaubte ich, er sei ein Gott. Ich war wahnsinnig, dass ich ihn in den Tod gehen ließ.«

»Ich bin froh, dass du ihn sterben ließest«, sagte Tiberius. »Er war ein Majestätsverbrecher und Aufrührer.«

Faustina war wieder nahe daran, in Zorn zu geraten.

»Ich habe mit vielen seiner Freunde in Jerusalem über ihn gesprochen«, sagte sie. »Er hat die Verbrechen nicht begangen, deren er bezichtigt wurde.«

»Wenn er auch nicht gerade diese Verbrechen begangen hat, so war er doch darum gewiss nicht besser als irgendein anderer«, sagte der Kaiser müde. »Wo ist der Mensch, der in seinem Leben nicht tausendmal den Tod verdient hätte?«

Aber diese Worte des Kaisers bestimmten Faustina, etwas zu tun, weswegen sie bis dahin unschlüssig gewesen war. »Ich will dir doch eine Probe seiner Macht geben«, sagte sie. »Ich sagte dir vorhin, dass ich mein Schweißtuch auf sein Gesicht legte. Es ist dasselbe Tuch, das ich jetzt in meiner Hand halte. Willst du es einen Augenblick betrachten?«

Sie breitete das Schweißtuch vor dem Kaiser aus, und er sah darauf den schattenhaften Umriss eines Menschengesichtes abgezeichnet.

Die Stimme der Alten zitterte vor Rührung, als sie fortfuhr: »Dieser Mann sah, dass ich ihn liebte. Ich weiß nicht, durch welche Macht er imstande war, mir sein Bild zu hinterlassen. Aber meine Augen füllen sich mit Tränen, da ich es sehe.«

Der Kaiser beugte sich vor und betrachtete dieses Bild, das aus Blut und Tränen und den schwarzen Schatten des Schmerzes gemacht schien. So allmählich trat das ganze Gesicht vor ihm hervor, wie es in das Schweißtuch eingedrückt war. Er sah die Blutstropfen auf der Stirn, die stechende Dornenkrone, das Haar, das klebrig von Blut war, und den Mund, dessen Lippen in Leid zu beben schienen.

Er beugte sich immer tiefer zu dem Bild hinunter. Immer klarer trat das Gesicht hervor. Aus den schattenhaften Linien sah er mit einem Male die Augen gleichsam in verborgenem Leben strahlen. Und während sie zu ihm von dem furchtbarsten Leid sprachen, zeigten sie ihm zugleich eine Reinheit und Hoheit, wie er sie nie zuvor geschaut hatte.

Er lag auf seiner Ruhebank und sog dieses Bild mit den Augen ein. »Ist dies ein Mensch?«, fragte er sacht und leise. »Ist dies ein Mensch?«

Wieder lag er still und betrachtete das Bild. Die Tränen begannen über seine Wangen zu strömen. »Ich traure über deinen Tod, du Unbekannter«, flüsterte er.

»Faustina«, rief er endlich, »warum ließest du diesen Mann sterben? Er hätte mich geheilt.«

Und wieder versank er in die Betrachtung des Bildes.

»Du Mensch«, sagte er nach einer Weile. »Wenn ich nicht mein Heil von dir empfangen kann, so kann ich dich doch rächen. Meine Hand wird schwer auf denen ruhen, die dich mir gestohlen haben.«

Wieder lag er lange Zeit schweigend, dann aber ließ er sich zu Boden gleiten und sank vor dem Bild auf die Knie.

»Du bist der Mensch«, sagte er. »Du bist, was ich nie zu sehen gehofft habe.« Und er deutete auf sich selbst, sein zerstörtes Gesicht und seine zerfressenen Hände. »Ich und alle andern, wir sind wilde Tiere und Ungeheuer, aber du bist der Mensch.«

Er neigte den Kopf so tief vor dem Bild, dass er die Erde berührte. »Erbarme dich meiner, du Unbekannter!«, sagte er, und seine Tränen benetzten die Steine.

»Wenn du am Leben geblieben wärest, so hätte dein bloßer Anblick mich geheilt«, sagte er.

Die arme alte Frau erschrak darüber, was sie getan hatte. Es wäre klüger gewesen, dem Kaiser das Bild nicht zu zeigen, dachte sie. Sie hatte von Anfang an gefürchtet, dass sein Schmerz allzu groß sein würde, wenn er es sähe.

Und in ihrer Verzweiflung über den Kummer des Kaisers riss sie das Bild an sich, gleichsam, um es seinem Blick zu entziehen.

Da sah der Kaiser auf. Und siehe da, seine Gesichtszüge waren verwandelt, und er war, wie er vor der Krankheit gewesen war. Es war, als hätte diese ihre Wurzel und Nahrung in dem Hass und der Menschenverachtung gehabt, die in seinem Herzen gewohnt hatten; und sie hatte in demselben Augenblick entfliehen müssen, in dem er Liebe und Mitleid gefühlt hatte.

Aber am nächsten Tag sendete Tiberius drei Boten aus.

Der erste Bote ging nach Rom und befahl, dass der Senat eine Untersuchung anstelle, wie der Landpfleger in Palästina sein Amt verwalte, und ihn bestrafe, wenn es sich erweisen solle, dass er das Volk unterdrücke und Unschuldige zum Tode verurteile.

Der zweite Bote wurde zu dem Winzer und seiner Frau geschickt, um ihnen zu danken und sie für den Rat zu belohnen, den sie dem Kaiser gegeben hatten, und um ihnen zugleich zu sagen, wie alles abgelaufen war. Als sie alles bis zu Ende gehört hatten, weinten sie still, und der Mann sagte: »Ich weiß, dass ich meiner Lebtag darüber nachgrübeln werde, was geschehen wäre, wenn diese beiden sich begegnet wären.« Aber die Frau erwiderte: »Es konnte nicht anders kommen. Es war ein zu großer Gedanke, dass diese beiden sich begegnen sollten. Gott der Herr wusste, dass die Welt ihn nicht zu ertragen vermochte.«

Der dritte Bote ging nach Palästina und brachte von dort einige von Jesu Jüngern nach Capreae, und diese begannen hier die Lehre zu verkünden, die der Gekreuzigte gepredigt hatte.

Als diese Lehrer in Capreae anlangten, lag die alte Faustina auf dem Totenbett. Aber sie konnten sie noch vor ihrem Tod zu der Jüngerin des großen Propheten machen und sie taufen. Und in der Taufe wurde sie Veronika genannt, weil es ihr beschieden gewesen war, den Menschen das wahre Bild des Erlösers zu bringen.

Ein Weihnachtsgast

Einer von denen, die das Kavaliersleben auf Ekeby genossen hatten, war der kleine Rüster, der Noten transponieren und Flöte spielen konnte. Er war von niedriger Herkunft und arm, ohne Heim und ohne Familie. Als die Schar der Kavaliere sich zerstreute, brachen schwere Zeiten für ihn an.

Nun hatte er kein Pferd und keinen Wagen mehr, keinen Pelz und keine rotgestrichene Proviantkiste. Er musste zu Fuß von Gehöft zu Gehöft ziehen und trug seine Habseligkeiten in ein blaukariertes Taschentuch eingebunden. Den Rock knöpfte er bis zum Kinn hinauf zu, sodass niemand sehen konnte, wie es um das Hemd und die Weste bestellt war, und in dessen weiten Taschen verwahrte er seine kostbarsten Besitztümer: die auseinandergeschraubte Flöte, die flache Schnapsflasche und die Notenfeder.

Sein Beruf war, Noten abzuschreiben, und wenn alles gewesen wäre wie in alten Zeiten, so hätte es ihm nicht an Arbeit gefehlt. Aber mit jedem Jahre, das verging, wurde die Musik oben in Värmland weniger gepflegt. Einstweilen wurde er noch als alter Freund auf den Herrenhöfen aufgenommen, aber man jammerte, wenn er kam, und freute sich, wenn er ging. Er roch nach Branntwein, und sobald er ein paar Schnäpse oder einen Toddy bekommen hatte, wurde er wirr und erzählte unerquickliche Geschichten. Er war die Geißel der gastfreien Gutshöfe.

Einmal kam er um die Weihnachtszeit nach Löfdala, wo Liljecrona, der große Violinspieler, daheim war. Liljecrona war auch einer der Ekebykavaliere gewesen, aber nach dem Tode der Majorin zog er auf sein prächtiges Gut Löfdala und blieb dort. Nun kam Rüster in den Tagen vor dem Weihnachtsabend zu ihm, störte die Festvorbereitungen und verlangte Arbeit. Liljecrona gab ihm einige Noten abzuschreiben, um ihn zu beschäftigen.

»Du hättest ihn lieber gleich fortschicken sollen«, sagte seine Frau, »jetzt wird er das so in die Länge ziehen, dass wir ihn über den Heiligen Abend hierbehalten müssen.«

»Irgendwo muss er doch sein«, sagte Liljecrona. Und er bewirtete Rüster mit Toddy und Branntwein, leistete ihm Gesellschaft und sprach die ganze Ekebyer Zeit noch einmal mit ihm durch. Aber er war verstimmt und seiner überdrüssig, er wie alle die andern, obgleich er es nicht merken lassen wollte, denn alte Freundschaft und Gastlichkeit waren ihm heilig. Aber in Liljecronas Haus hatten sie sich nun drei Wochen lang für das Weihnachtsfest gerüstet. Sie hatten in Unbehagen und Hast gelebt, sich die Augen bei Talglichtern und Kienspänen verdorben, im Schuppen beim Fleischeinsalzen und im Bräuhaus beim Bierbrauen gefroren. Doch die Hausfrau wie die Dienstleute hatten sich allem ohne Murren unterzogen.

Wenn alle Verrichtungen beendet waren und der Heilige Abend anbrach, dann würde ein großer Zauber sie gefangen nehmen. Am Weihnachtsfest würde ihnen Scherz und Spaß, Reim und Fröhlichkeit ohne alle Mühe über die Lippen kommen. Alle würden sich mit Lust im Tanze drehen, und aus den dunklen Winkeln der Erinnerung würden die Worte und

Melodien der Tanzspiele auftauchen, obgleich man gar nicht glauben konnte, dass sie noch immer da waren. Und dann würden sie alle so gut sein, so gut! Aber als nun Rüster kam, fand der ganze Haushalt von Löfdala, dass Weihnachten verdorben war. Die Hausfrau und die älteren Kinder und treuen Diener waren alle derselben Meinung. Rüster versetzte alle in lähmende Angst. Sie fürchteten überdies, dass, wenn er und Liljecrona anfingen, sich in den alten Erinnerungen zu ergehen, das Künstlerblut in dem großen Violinspieler aufflammen würde und sein Heim ihn verlieren musste. Einst hatte es ihn nie lange daheim gelitten. Es lässt sich nicht beschreiben, wie sie jetzt auf dem Hofe den Hausherrn liebten, seitdem er ein paar Jahre bei ihnen geblieben war. Und was hatte er zu geben, besonders an Weihnachten! Er hatte seinen Platz nicht auf irgendeinem Sofa oder Schaukelstuhl, sondern auf einer hohen, schmalen, glattgescheuerten Holzbank in der Kaminecke. Wenn er dort saß, dann zog er auf Abenteuer aus. Er fuhr rings um die Erde, er stieg zu den Sternen und noch höher empor. Er spielte und sprach abwechselnd, und alle Hausleute versammelten sich um ihn und hörten zu. Das ganze Leben wurde glanzvoll und schön, wenn der Reichtum dieser einzigen Seele es überstrahlte.

Darum liebten sie ihn, so wie sie das Weihnachtsfest, die Freude, die Frühlingssonne liebten. Und als nun der kleine Rüster kam, war ihr Weihnachtsfriede zerstört. Sie hatten vergeblich gearbeitet, wenn dieser kam und den Herrn des Hauses fortlockte. Es war ungerecht, dass dieser Säufer am Weihnachtstisch eines frommen Hauses sitzen und alle Weihnachtsfreude stören sollte.

Am Vormittag des Weihnachtsabends hatte der kleine Rüster seine Noten fertiggeschrieben, und da sprach er von Fortgehen, obgleich es natürlich seine Absicht war, zu bleiben. Liljecrona war von der allgemeinen Verstimmung angesteckt und sagte darum gezwungen und matt, dass es wohl das Beste wäre, wenn Rüster über Weihnachten da bliebe, wo er war.

Der kleine Rüster war stolz und leicht entflammt. Er drehte seinen Schnurrbart auf und schüttelte die schwarze Künstlermähne, die gleich einer dunklen Wolke um seinen Kopf stand. Was meinte Liljecrona eigentlich? Er sollte bleiben, weil er an keinen anderen Ort fahren konnte? Ah, man denke nur, wie sie in den großen Eisenwerken im Broer Kirchspiel standen und auf ihn warteten! Die Gaststube war bereit, der Willkommensbecher gefüllt. Er hatte solche Eile. Er wusste nur nicht, zu wem er zuerst fahren sollte. »Gott bewahre«, sagte Liljecrona, »so fahre doch.« Nach dem Mittagessen lieh sich der kleine Rüster Pferd und Schlitten, Pelz und Decken. Der Knecht von Löfdala sollte ihn zu irgendeinem Gutshof in Bro kutschieren und dann rasch heimfahren, denn es sah nach einem Schneesturm aus. Niemand glaubte, dass er erwartet wurde oder dass es ein einziges Haus in der Umgegend gab, wo er willkommen gewesen wäre. Aber sie wollten ihn so gern loswerden, dass sie sich dies verhehlten und ihn ziehen ließen. »Er hat es selbst gewollt«, sagten sie. Und nun, dachten sie, wollten sie fröhlich sein. Aber als sie sich gegen fünf Uhr im Speisesaal versammelten, um Tee zu trinken und um den Christbaum zu tanzen, schwieg Liljecrona verstimmt. Er setzte sich nicht auf die Märchenbank, er berührte weder Tee noch Punsch, er erinnerte sich an keine Polka, die Violine war ihm verleidet. Wer spielen und tanzen konnte, mochte es ohne ihn tun.

Da wurde die Gattin unruhig, da wurden die Kinder missvergnügt, alles im ganzen Haus ging verkehrt. Es wurde der allertraurigste Weihnachtsabend.

Die Grütze brannte an, die Lichter flackerten, das Holz rauchte, der Wind blies bittere Kälte in die Stuben. Der Knecht, der Rüster kutschiert hatte, kam nicht heim. Die Haushälterin weinte, die Mägde zankten.

Plötzlich erinnerte sich Liljecrona, dass man den Spatzen keine Garbe hinausgehängt hatte, und er beklagte sich laut über alle Frauen rings um ihn, die alte Sitten außer Acht ließen und neumodisch und herzlos waren. Aber sie begriffen wohl, dass ihn Gewissensbisse quälten, weil er den kleinen Rüster am heiligen Weihnachtsabend aus seinem Hause hatte fortgehen lassen.

Und ehe man sich's versah, ging Liljecrona in sein Zimmer, versperrte die Tür und begann zu spielen, wie er nicht gespielt, seit er zu wandern aufgehört hatte. Es war Hass und Hohn, es war Sehnsucht und Sturm. Ihr dachtet mich zu binden, aber ihr müsst eure Fesseln umschmieden. Ihr dachtet mich so kleinmütig zu machen, wie ihr selbst seid. Aber ich ziehe hinaus ins Große, ins Freie. Alltagsmenschen, Haussklaven, fangt mich, wenn es in eurer Macht steht! Als die Gattin diese Töne hörte, sagte sie: »Morgen ist er fort, wenn Gott nicht in dieser Nacht ein Wunder tut. Jetzt hat unsere Ungastlichkeit gerade das hervorgerufen, was wir vermeiden wollten.«

Inzwischen fuhr der kleine Rüster durch das Schneetreiben. Er zog von einem Hause zum andern und fragte, ob es Arbeit für ihn gäbe, aber nirgends wurde er aufgenommen. Sie forderten ihn nicht einmal auf, aus dem Schlitten zu steigen. Einige hatten das Haus voll Besuch, andere wollten am Weihnachtstag über Land fahren. »Versuche es beim nächsten Nachbar«, sagten sie alle.

Er mochte immerhin kommen und das Behagen von ein paar Werktagen stören, nicht aber das des Weihnachtsabends.

Das Jahr hatte nur einen Weihnachtsabend, und auf den hatten sich die Kinder den ganzen Herbst über gefreut. Man konnte doch diesen Menschen nicht an einen Weihnachtstisch setzen, wo es Kinder gab. Früher hatten sie ihn gern aufgenommen, aber nicht jetzt, wo er trank. Was sollte man auch mit dem Menschen anfangen? Die Gesindestube war zu schlecht und das Gastzimmer zu fein.

So musste der kleine Rüster von Hof zu Hof ziehen, in dem peitschenden Schneesturm. Der nasse Schnurrbart hing schlaff über den Mund, die Augen waren blutunterlaufen und verschleiert, aber der Branntwein verflüchtigte sich aus seinem Hirn. Rüster begann zu grübeln und zu staunen. War es möglich, war es möglich, dass niemand ihn aufnehmen wollte? Da sah er mit einem Male sich selbst. Er sah, wie jämmerlich und verkommen er war, und er begriff, dass er den Menschen verhasst sein musste. Mit mir ist es aus, dachte er. Es ist aus mit dem Notenschreiben, es ist aus mit der Flöte. Niemand auf Erden braucht mich, niemand hat Barmherzigkeit mit mir. Der Schneesturm pfiff und spielte, er riss die Schneehaufen auf und türmte sie wieder zusammen, er nahm eine Schneesäule in die Arme und tanzte damit übers Feld, er hob eine Flocke himmelhoch und stürzte eine andere in eine Grube. »So ist es, so ist es«, sagte der kleine Rüster, »solange man fährt und tanzt, ist es ein fröhliches Spiel, doch wenn man hinab in die Erde soll, dort eingebettet und verwahrt werden, dann ist es Kummer und Leid.« Doch hinab mussten alle, und jetzt war er an der Reihe. Er war am Ende.

Er fragte nicht mehr danach, wohin der Knecht ihn führte. Er glaubte, dass er in das Reich des Todes fuhr.

Der kleine Rüster verbrannte keine Götter auf dieser Fahrt. Er verfluchte weder das Flötenspiel noch das Kavaliersleben, er dachte nicht, dass es besser für ihn gewesen wäre, wenn er die Erde gepflügt oder Schuhe genäht hätte. Aber darüber klagte er, dass er nun ein ausgespieltes Instrument war, das die Freude nicht mehr gebrauchen konnte. Niemanden klagte er an, denn er wusste, wenn das Waldhorn gesprungen ist und die Gitarre ihre Stimme verloren hat, dann müssen sie fort. Er wurde plötzlich ein sehr demütiger Mensch. Er begriff, dass es mit ihm zu Ende ging, jetzt am Weihnachtsabend. Der Hunger oder die Kälte würden ihn umbringen, denn er verstand nichts, er taugte zu nichts und hatte keine Freunde. Da bleibt der Schlitten stehen, und auf einmal ist es hell um ihn, und er hört freundliche Stimmen, und da ist jemand, der ihn in ein warmes Zimmer führt, und jemand, der ihm heißen Tee bringt. Der Pelz wird ihm abgenommen, und mehrere Menschen rufen, dass er willkommen ist, und warme Hände bringen Leben in seine erstarrten Finger.

Von alledem wurde ihm so wirr im Kopfe, dass er wohl eine Viertelstunde nicht zur Besinnung kam. Er konnte unmöglich begreifen, dass er wieder nach Löfdala gekommen war. Er war sich gar nicht bewusst gewesen, dass der Knecht es satt bekommen hatte, im Schneesturm herumzufahren, und nach Hause umgekehrt war. Ebenso wenig verstand er, warum er jetzt in Liljecronas Haus so freundlich empfangen wurde. Er konnte nicht wissen, dass Liljecronas Gattin begriff, welche schwere Fahrt er an diesem Weihnachtsabend gemacht hatte, wo er an jeder Tür, an die er geklopft hatte, abgewiesen worden war. Sie hatte so großes Mitleid mit ihm bekommen, dass sie ihre eigenen Sorgen vergaß. Liljecrona setzte das wilde Spielen in seinem Zimmer fort. Er wusste nichts davon, dass Rüster gekommen war. Dieser saß indessen mit der Frau und den Kindern im Speisesaal.

Die Dienstleute, die am Weihnachtsabend auch da zu sein pflegten, waren vor der Langweile bei der Herrschaft in die Küche geflüchtet.

Die Hausfrau versäumte nicht, Rüster zu beschäftigen. »Sie hören ja, Rüster«, sagte sie, »dass Liljecrona den ganzen Abend nur spielt, und ich muss mich um das Tischdecken und das Essen kümmern. Die Kinder sind ganz verlassen. Sie müssen sich der zwei Kleinsten annehmen, Rüster.«

Kinder, das war ein Menschenschlag, mit dem Rüster am wenigsten in Berührung gekommen war. Er hatte sie weder im Kavaliersflügel noch im Soldatenzelt getroffen, weder in Gasthöfen noch auf Landstraßen. Er scheute sich beinahe vor ihnen und wusste nicht, was er sagen sollte, das fein genug für sie war.

Er nahm die Flöte hervor und lehrte die Kinder, Klappen und Löcher mit den Fingern zu bedienen. Es waren zwei Knaben im Alter von vier und sechs Jahren. Sie bekamen eine Lektion auf der Flöte, und das interessierte sie sehr. »Das ist A«, sagte er, »und das ist C«, und dann griff er die Töne. Da wollten die Kleinen wissen, was das für ein A und was für ein C das war, das gespielt werden sollte.

Da nahm Rüster Notenpapier heraus und zeichnete ein paar Noten.

»Nein«, sagten sie, »das ist nicht richtig.« Und sie eilten fort und holten ein Abc-Buch.

Da fing der kleine Rüster an, ihnen das Alphabet abzuhören. Sie konnten und konnten es nicht. Es sah windig aus mit ihren Kenntnissen. Rüster wurde eifrig, hob die Knirpschen auf seine Knie und begann sie zu unterrichten. Liljecronas Frau ging aus und ein und hörte ganz erstaunt zu. Es klang wie ein Spiel, und die Kinder lachten die ganze Zeit, aber sie lernten dabei, ja, das taten sie.

Rüster fuhr ein Weilchen fort, aber er war nicht recht bei dem, was er tat. Er wälzte die alten Gedanken, die er im Schneesturm gehabt hatte, in seinem Kopf. Hier war es gut und behaglich, aber mit ihm war es doch auf jeden Fall aus. Er war verbraucht. Er würde fortgeworfen werden. Und urplötzlich schlug er die Hände vors Gesicht und begann zu weinen.

Da kam Liljecronas Frau hastig auf ihn zu. »Rüster«, sagte sie, »ich kann verstehen, dass Sie glauben, für Sie sei alles aus. Sie haben kein Glück mit der Musik, und Sie richten sich durch den Branntwein zugrunde. Aber es ist noch nicht aus, Rüster.«

»Doch«, schluchzte der kleine Flötenspieler. »Sehen Sie, so wie heute Abend mit den Kleinen dazusitzen, das wäre etwas für Sie. Wenn Sie die Kinder lesen und schreiben lehren wollten, dann würden Sie wieder überall willkommen sein. Das ist kein geringeres Instrument, um darauf zu spielen, Rüster, als Flöte und Violine. Sehen Sie sie an, Rüster!«

Sie stellte die zwei Kleinen vor ihn hin, und er sah auf, blinzelnd, so, als hätte er in die Sonne gesehen. Es war, als fiele es seinen kleinen trüben Augen schwer, denen der Kinder zu begegnen, die groß und klar und unschuldig waren. »Sehen Sie sie an, Rüster!« ermahnte Liljecronas Frau.

»Ich getraue mich nicht«, sagte Rüster, denn es schien ihm wie ein Fegefeuer, in den Kinderaugen die Schönheit der Unschuld zu schauen. Da lachte Liljecronas Frau hell und froh auf. »Dann sollen Sie sich an sie gewöhnen, Rüster. Sie sollen dieses Jahr als Schulmeister bei uns bleiben.«

Liljecrona hörte seine Frau lachen und kam aus seinem Zimmer.

»Was gibt es?«, sagte er. »Was gibt es?«

»Nichts anderes«, antwortete sie, »als dass Rüster wiedergekommen ist und dass ich ihn zum Schulmeister für unsre kleinen Jungen bestellt habe.«

Liljecrona war ganz verblüfft. »Wagst du das«, sagte er, »wagst du es? Er hat wohl versprochen, nie mehr …«

»Nein«, sagte die Frau, »Rüster hat nichts versprochen. Aber er wird sich vor mancherlei in Acht nehmen müssen, wenn er jeden Tag kleinen Kindern in die Augen sehen soll. Wäre es nicht Weihnachten, hätte ich dies vielleicht nicht gewagt, aber wenn unser Herrgott es wagte, ein kleines Kindlein, das sein eigner Sohn war, unter uns Sünder zu setzen, dann kann ich es wohl auch wagen, meine kleinen Kinder versuchen zu lassen, einen Menschen zu retten.«

Liljecrona konnte gar nicht sprechen, aber es zitterte und zuckte in jeder Falte seines Gesichts, wie immer, wenn er etwas Großes hörte.

Dann küsste er seiner Frau die Hand, so fromm wie ein Kind, das um Verzeihung bittet, und rief laut: »Alle Kinder sollen kommen und Mutter die Hand küssen.«

Das taten sie, und dann hatten sie ein fröhliches Weihnachtsfest in Liljecronas Heim.

Quellenverzeichnis

Die Erzählungen dieses Bandes sind folgenden Publikationen entnommen.

Die schönsten Geschichten der Lagerlöf. Aus dem Schwedischen von Marie Franzos. München (1953)

Der Luftballon; Reors Geschichte; Die Prinzessin von Babylonien; Waldemar Atterdag brandschatzt Visby; Unter den Kletterrosen; Ein Stück Lebensgeschichte

Selma Lagerlöf: *Sagen und Legenden.* Aus dem Schwedischen von Marie Franzos. München (1964)

Die Legende vom Vogelnest; Die Legende von der Christrose

Die schönsten Geschichten der Lagerlöf. Neue Folge. Aus dem Schwedischen von Marie Franzos und Pauline Klaiber-Gottschau. München (1963)

Das Flaumvögelchen; Der Hochzeitsmarsch; Die Vogelfreien; Der Roman einer Fischersfrau

Selma Lagerlöf: *Christuslegenden.* Aus dem Schwedischen von Marie Franzos. München (1948).

Das Schweißtuch der heiligen Veronika

Die schönsten Geschichten der Lagerlöf. Aus dem Schwedischen von Marie Franzos. München (1953)
Ein Weihnachtsgast

Die Texte wurden behutsam modernisiert. Orthografie und Interpunktion wurden den Regeln der neuen deutschen Rechtschreibung angepasst.